文春文庫

ゴースト・スナイパー
上

ジェフリー・ディーヴァー
池田真紀子訳

文藝春秋

貴君の意見には賛成しないが、それを主張する権利は全面的に支持しよう。

――イヴリン・ベアトリス・ホール

『ヴォルテールの友人』（一九〇六年）

目次

（下巻に続く）

主な登場人物

リンカーン・ライム……………………四肢麻痺の科学捜査の天才
アメリア・サックス……………………ニューヨーク市警刑事　ライムのパートナー
トム・レストン…………………………ライムの介護士
ロン・セリットー………………………ニューヨーク市警刑事
ロドニー・サーネック…………………ニューヨーク市警サイバー犯罪対策課刑事
メル・クーパー…………………………ニューヨーク市警鑑識官
フレッド・デルレイ……………………FBI捜査官
ナンス・ローレル………………………ニューヨーク州地方検事補
ビル・マイヤーズ………………………ニューヨーク市警警部　特捜部部長
シュリーヴ・メッガー…………………国家諜報運用局（NIOS）長官
スペンサー・ボストン…………………同管理部長
バリー・シェールズ……………………同情報スペシャリスト

ジェイコブ・スワン……………殺し屋
ドン・ブランズ………………モレノ殺害を実行したエージェントの暗号名
〝魔法使い〟…………………NIOSを監督する上部官庁の担当者
アネット・ボーデル…………スワンに殺害されたバハマの娼婦
ハリー・ウォーカー…………〈ウォーカー・ディフェンス・システムズ〉CEO
ロバート（ロベルト）・モレノ……米政府を批判する活動家
エドゥアルド・ド・ラ・ルーア……モレノとともに殺害された記者
シモーン・フローレス………モレノのボディガード
リディア・フォスター………モレノと行動を共にしていた女
ウラジーミル・ニコロフ……エリート・リムジンの運転手
ヘンリー・クロス……………〈クラスルーム・フォー・アメリカズ〉理事長
マイケル・ポワティエ………王立バハマ警察巡査部長　モレノ事件捜査指揮官
マクファーソン………………同副本部長

本書は、二〇一四年十月に文藝春秋より刊行された単行本を
文庫化にあたり二分冊としたものです。

ゴースト・スナイパー

第一部　ポイズンウッドの木

五月九日　火曜日

1

視界に光が閃《ひらめ》いた。

遠くで一瞬だけ輝いた、白色の、あるいは淡い黄色を帯びた光。

海のきらめきだろうか。それとも、ターコイズ色をした入り江に張り出した砂嘴《さし》からの光か。

しかし、そうだ、ここに危険などないはずだ。ここは、隔絶された美しいリゾート地だ。マスコミの注目や敵対者の視線はここには届かない。

ロベルト・モレノは窓の向こうに広がる景色を凝視した。まだ三十代のなかばなのに、早くも視力が怪しくなっている。眼鏡を鼻の上のほうに押し上げてから、景色をじっと見つめた。スイートルームの窓のすぐ外から続く庭園、白い線のような細長いビーチ、その向こうで脈打つ青緑色の海。美しく、外の世界から切り離されて……守られている。波に揺られる船影はない。彼がここに来ていることを探り出すのは無理だ。たとえ突き止めた敵がいたとして、ライフルを抱え、入り江の向こう、二キロ近く先の砂嘴に並ぶ工場の建物のあいだに身を隠し、いまこの瞬間にも接近を試みているのだとしても、距離と汚染された空気が目視の邪魔をして、狙撃を不可能にするだろう。

閃光が見えたのは一度だけだった。いまはもう、きらめくものはない。

ここは安全だ。安全に決まっている。

それでも懸念は消えなかった。マーティン・ルーサー・キング師のように、ガンジーのように、モレノはつねに危険にさらされている。危険は生活の一部になっていた。死を恐れてはいない。怖いのは、志を遂げる前に命を落とすことだった。彼は若い。なすべきことはまだだ残っている。たとえば、いまから一時間ほど前に準備や手配を終えたばかりのイベント。大きな意義を持つイベントだ。広く世間の注目を集めるだろう。この先一年だけでも同じようなイベントが十以上も控えていた。

そしてさらにその先には豊かな未来が続いている。

薄茶色の質素なスーツに白いシャツ、ロイヤルブルーのネクタイという、いかにもカリブ海にふさわしい服でずんぐりした体を包んだモレノは、ルームサービス係が運んできたコーヒーポットからカップ二つにコーヒーを注ぎ、ソファに座り直すと、レコーダーの準備をしているジャーナリストにカップの一つを差し出した。

「セニョール・ド・ラ・ルーア。ミルクは使いますか？　砂糖は？」

「いや、けっこうです」

会話はスペイン語だった。モレノはスペイン語を流暢《りゅうちょう》に操る。英語は心底嫌いで、どうしてもという場面でしか使わないことにしていた。英語は母語だが、ニュージャージーのアクセントがいまだに抜けきっていない。herは〝ハラ〟に近い発音になり、mirrorは〝ミッラ〟、goneは〝ガン〟に聞こえた。自分の話す声を聞くと、幼い時期を過ごしたアメリカでの記憶が即座に蘇ってくる。仕事漬けで酒と無縁の堅物の父、対照的に酒浸りだった母。荒涼とした風景、近くの高校に通ういじめっ子たち。やがて救済の日が訪れた——サウスヒルズよりずっと寛容な土地、人々の話す言葉さえ柔らかで優雅な土地に、一家で移住することになったのだ。

ジャーナリストが言った。「それより、エドゥアルドと呼んでください」

「では、私のことはロベルトと」

本来は〝ロバート〟なのだが、ウォール街の弁護士やワシントンDCの政治家にありそうな名前がいやだった。異国の戦場に低廉な種でも蒔《ま》くように、地元住民の死体を散らかしている軍人にも似合いそうだ。

だから、スペイン風に〝ロベルト〟と名乗っている。

「たしかアルゼンチンにお住まいなんでしたね」モレノは言った。痩せ形の体つきをしたジャーナリストの髪は薄くなりかけていた。青いシャツに着古した黒のスーツを合わせ、ネクタイは締めていない。「ブエノスアイレスですか」

「そうです」

「街の名の由来をご存じですか」

ド・ラ・ルーアは、知らない、生まれ育ちはブエノスアイレスではないのでと答えた。

「〝きれいな空気〟という意味なのはご存じでしょう」モレノは説明を始めた。もともと読書家で、主にラテンアメリカの文芸書と歴史書を週に数冊のペースで読んでいる。「ただし、この〝空気〟が指しているのは、アルゼンチンの空気ではなく、イタリアのサルディーニャ島のものなんです。島の中心都市カリャリの高台にある、ブエンナーレという地区にちなんで命名されたんですよ。その地区は、旧市街にたまった――そう、有り体《あてい》に言えば、有害な空気よりも上に位置していた。それで、〝きれいな空気《ブエンナーレ》〟と名づけられた。現在のブエノスアイレスを発見したスペインの探検家は、その地区の名をもらって命名したわけです。もちろん、いまお話ししたのは、街が最初に建設されたときのことですよ。その町は、ヨーロッパ人に食い物にされるのを嫌った先住民に滅ぼされました」

ド・ラ・ルーアが言った。「さすがですね、雑談にまでちゃんと反植民地精神が貫かれているとは」

モレノは笑った。しかしすぐにまた窓の向こうに視線をやった。

さっき見た閃光がどうしても気にかかる。だが窓から見えるのは、庭園の植栽と、一キロ半ほど先に横たわる陸地のおぼろな輪郭だけだった。このホテルは、バハマの首都ナッソーがあるのと同じ、ニュープロビデンス島南西部沿岸のさびれた一角に位置している。敷地はフェンスで囲まれているし、庭園はこのスイートルーム専用で、北と南は高いフェンスで守られ、西側はすぐにビーチと海だ。

誰もいやしない。人がいるはずがない。

きっと鳥だろう。木の葉が揺れただけのことだろう。

それに、少し前にシモーンが敷地の安全を確認したばかりではないか。モレノはシモーンを一瞥《いちべつ》した。浅黒い肌をした大柄で寡黙なブラジル人は、仕立てのよさそうなスーツを着ていた。ボディガードのシモーンのほうがモレノよりもよほど立派な身なりをしているが、派手な印象ではない。年齢は三十代で、見るからにボディガードらしい、そして誰もがボディガードに求める物騒な気配を漂わせてはいるものの、いかがわしい人間ではない。元軍人で、除隊したあと、いまの職に就いた。

ボディガードとして第一級の人物でもある。シモーンの頭がゆっくりと動いた。ボスの視線の行き場に気づいて即座にガラス窓の前に移動し、外の様子をうかがっている。

「何か光のようなものが見えただけだ」モレノは説明した。

シモーンは、カーテンを閉めておこうと提案した。

「いや、このままでいいよ」

エドゥアルド・ド・ラ・ルーアは自腹を切って〝きれいな空気の町〟から来たのだ、美しい眺望くらいゆっくり見せてやろうとモレノは思った。企業や政治家の提灯記事は決して書かず、真実を伝える姿勢を貫き通しているきまじめなジャーナリストに、贅沢を経験する機会はそうないはずだ。昼食にはサウス・コーヴ・インの高級レストランに誘い、贅を尽くした料理を一緒に楽しむ心づもりでいた。

シモーンは窓の外にもう一度だけ視線を投げたあと、元の椅子に戻って雑誌を取った。

ド・ラ・ルーアがレコーダーの録音スイッチを入れた。「始めてよろしいですか」

「ええ、お願いします」モレノはド・ラ・ルーアの声に全神経を向けた。

「ミスター・モレノ、あなたが代表を務めるローカル・エンパワーメント運動は、つい先日、アルゼンチンに新しい支部を開設しましたね。アルゼンチンでは最初の支部と聞きました。そもそも団体を創設したきっかけから教えていただけますか。具体的にはどのような活動をしてらっしゃるんでしょう」

　これまで数えきれないほど繰り返してきたプレゼンテーションだ。取材に来たジャーナリストや講演の観衆など、その時々の聞き手に応じて話の運びを変えることはあるが、核心部分はシンプルだった――マイクロクレジット、マイクロアグリカルチャー、マイクロビジネスなどを通じて自立をはかり、アメリカ政府や企業の影響を排斥していこうと、ラテンアメリカ先住の人々に呼びかけている。

　ド・ラ・ルーアにはこう話した。「私たちはアメリカ企業による開発に反対の立場を取っています。アメリカ政府の援助や社会プログラムにも反対を唱えている。いずれも、結局のところ、その恩恵に依存させることを目的としているからです。私たちは人間と見なされていない。安価な労働力、アメリカ製品の市場にすぎないんです。悪しきサイクルですよ。ラテンアメリカの人々は、まずアメリカ企業の工場で搾取される。そして次には、同じ企業の商品を買うよう焚《た》きつけられているんですから」

　ド・ラ・ルーアが言った。「アルゼンチンをはじめとする南米各国への企業投資について、私はこれまで数多くの記事を書いてきました。あなたの運動についてももちろん知っています。資本を投じるという意味では、企業と変わらないところがあるのでは？　資本主義を悪《あ》し様《ざま》に非難しながら、同時に資本主義に乗じていると言えるように私には思えますが」

　モレノは長めに伸ばした髪をかき上げた。黒い髪にかなりの数の若白髪《わかしらが》が混じっている。

「それは違います。私が批判しているのは資本主義の悪用――具体的には、アメリカによる資本主義の悪用です。私は武器としてビジネスを利用しているんです。変革のためにイデオロギーだけに頼るのは愚か者のすることだ。思想は、そう、船で言えば舵。金はプロペラです」

ジャーナリストはにやりと笑った。「いいですね、いまのを記事のリードに使わせてもらおう。さて、世間の一部は――私が読んだ記事によれば、一部の人々は、あなたを革命家と呼んでいます」

「単に弁が立つだけのことですよ。偉そうな口をきくというだけのことです！」そう冗談めかして言ったあと、モレノの顔から笑みが消えた。「まじめな話、世界は中東にばかり気を取られていて、中東よりもはるかに大きな力が生まれていることに気づいていない。そう、ラテンアメリカです。私が代弁しているのはそれですよ。新たな秩序が生まれた。このまま無視され続けるわけにはいきません」

ロベルト・モレノは立ち上がり、窓の前に立った。

高さ十数メートルはあろうかというポイズンウッドの木が上空から庭園を見下ろしている。このスイートルームにたびたび宿泊しているモレノは、その大木がいたく気に入っていた。仲間意識さえ抱いている。ポイズンウッドは力強く、恵み深く、このうえなく美しい。しかし、その名が示すとおり、毒《ポイズン》を持っている。花粉や、木材や葉を燃やして出る煙を吸いこむと、焼けつくような痛みに苦しめられることになる。それでもなおポイズンウッドは、バハマの華麗なアゲハチョウに滋養を与えている。シロボウシバトは、その実を主たる食物としている。

私とあの木は似ている――モレノはふと思った。そのイメージは今度の記事にぴったりかもしれない。今日の話のなかでそのことに――

新たな光が閃いた。

それと同時に何かが動いて、大木の枝をまばらに彩る葉がかすかに揺れたかと思うと、目の前の大きな窓ガラスが破裂した。ガラスは無数のクリスタルの猛吹雪に姿を変え、モレノの胸に熱い炎が花開いた。

次に気づいたとき、彼はソファに横たわっていた。二メートルほど後ろにあったはずのソファの上にいた。

いったい……いったい何が起きた？　どういうことだ？　ああ、意識が……意識が遠のいていく。

息ができない。

モレノは大木を凝視した。さっきまでよりずっと鮮明に見えている。奇妙にはっきり見えていた。そうか、景色をぼかすガラスがなくなったからか。海から風が吹いて、枝を優しく波立たせている。葉の波が盛り上がり、また引いていく。木が彼の代わりに呼吸していた。彼には息ができないからだ。胸がこう激しく燃えていては呼吸は無理だ。この痛みがあっては、息などできない。

怒鳴り声。誰か来てくれという叫び声。

血。どこもかしこも血だらけだ。

太陽が沈もうとしている。空が見る見るうちに暗くなった。しかし……いまは午前中ではなかったか？　妻の顔が脳裏に浮かぶ。十代の息子と娘の顔も。思考はしだいに輪郭を失い、やがて意識の上にはたった一つのもの――あの大木だけが残された。

毒と力。毒と力。

体の内側の炎は鎮まり始めていた。消えようとしている。安堵の涙があふれかけた。

暗闇はまた一段、深さを増した。
ポイズンウッド。
毒の木……
毒……

第二部　ウェイティングリスト　五月十五日　月曜日

2

「おい、こっちに向かっているんじゃなかったのか」リンカーン・ライムは苛立《いらだ》ちを隠そうともせずに訊いた。

「病院で何かあったらしいですよ」玄関前の廊下から――キッチンからかもしれないし、ほかのどこかからかもしれない――トムの声が返事をした。「遅れるそうです。手が空いたら連絡すると」

「〝何か〟か。いいね、じつに具体的だ。〝病院で何かあった〟か」

「僕は聞いたとおりに伝えただけです」

「彼は医者だろう。正確な言葉を使うべきだ。時間にも正確であるべきだ」

「ええ、彼は医者です」トムが切り返す。「緊急事態がつきものの職業ですよ」

「しかし、〝緊急事態〟とは言わなかったわけだろう。〝何か〟と言った。手術は五月二十六日の予定だぞ。延期はしたくない。そうでなくても待たせすぎだと思っているくらいなんだ。なぜもっと早くできないのか理解に苦しむね」

ライムは真っ赤なストームアローを走らせてＰＣモニターの前に移動し、籐椅子のすぐ隣で停まった。椅子にはアメリア・サックスが座っている。ブラックジーンズにノースリーブの黒いブラウスという装いに、細いゴールドチェーンにダイヤモンドと真珠が一粒ずつついたネックレスをしていた。時刻はまだ早く、春の陽光が東向きの窓から射しこみ、頭頂部で一つに結ってピューター製のピンでまとめたサックスの赤い髪を魅惑的に輝かせている。ライムは視線をモニターに戻し、ニューヨーク市警の科学捜査コンサルタントとして解決に導いたばかりの殺人事件の鑑識報告書を確認した。

「あともう少しで書き上がるから」サックスが言った。

二人がいるのは、マンハッタンのセントラルパーク・ウェストに面したライムのタウンハウスの客間だ。ウィリアム・M・トィードがニューヨークの市政を牛耳っていた十九世紀後半ごろはおそらく、客人や求婚者を招じ入れるためのひっそりと落ち着いた応接室だったであろうその部屋はいま、実用一本槍の鑑識ラボに変貌を遂げ、証拠を分析するための機器や器具、コンピューターやケーブルで埋め尽くされている。床の隅々までケーブル類が這っていて、車椅子で動き回ると、まるで凸凹道《でこぼこ》を走っているようだったが、ライムにはその揺れを肩の上下でしか感じることができない。

「医者は遅れるそうだよ」ライムは小声でサックスに言った。先ほどのトムとのやりとりのあいだもずっと三メートルほどの距離にいたのだから、わざわざ繰り返す必要はないだろう。しかし、ライムの苛立ちはまるでおさまらず、そうやって最後にもう一言だけ医師をけなしてようやく気分が少しすっきりした。右腕を慎重に前に伸ばし、タッチパッドを操作して、画面をスクロールしながら報告書の最後の一ページに目を通した。「いいぞ、よく書けている」

サックスが訊く。「送っちゃっていい？」

ライムはうなずいた。サックスが送信キーを押し、暗号化された六十五ページ分の報告書は、ウィリアムズ裁判の背骨となって検察側を支えるべく、ここから十キロほど離れたクイーンズ地区にあるニューヨーク市警の鑑識本部に向け、虚空《こくう》に放たれた。

「完了」

そう、これで完了だ。ただし、出廷して証言するという仕事はまだ残っている。十二歳と十三歳の少年をブルックリンのイーストニューヨークの通りに送り出して殺人を代行させた麻薬王の公判。ライムとサックスは、裸眼では見えない微細な証拠物件や少年の一人が履いていた靴の跡を手がかりに、マンハッタンの商店の床を出発点として、レクサスのセダンのカーペット、ブルックリンのレストランを経由し、最後にタイ・ウィリアムズの自宅にたどりついた。

麻薬密売組織のボスは殺人現場にはいなかった。銃に一度も手を触れておらず、襲撃を指示した記録もない。幼い実行犯たちは怯《おび》えきり、ウィリアムズに不利な証言を拒んでいる。だが検察官にはもう、そういったハードルを越える必要はない。ライムとサックスが証拠の糸を紡ぎ、犯行現場とウィリアムズの自宅を一本に結びつけることに成功したからだ。

麻薬王は、この先の一生を塀の内側で過ごすことになる。

サックスがライムの動かないほうの腕――車椅子にストラップで固定された左腕に手を置き、そっと力をこめた。彼女の青白い皮膚を透かして腱《けん》が盛り上がるのが見て取れ、腕を握られたのだということがライムにもわかった。長身のサックスが立ち上がって伸びをする。サックスは五時に起床したあと、報告書の仕上げにかかりきりだった。ライムはサックスより少しだけ寝坊した。

コーヒーのカップを置いたテーブルに歩み寄ろうとして、サックスが顔をしかめた。このところ腰と膝の関節炎が悪化しているらしい。ライムの四肢を麻痺させた脊髄損傷は〝壊滅的〟と評されている。ただし、そのせいで痛みを感じたことは一度もない。

人間の肉体は、程度の差こそあれ、その持ち主の期待にそむくものだ。たとえいまの時点では健康で不自由のない生活を送っていても、行く手の地平線にはかならず暗雲が垂れこめている。衰えを予期して怯えるスポーツ選手や美貌に恵まれた人々、そして若者たちに、ライムは同情を感じていた。

そのうえ、皮肉なことに、リンカーン・ライムには正反対のことが当てはまった。彼の身体の状況は、何年か前にどん底まで一直線に降下したあと、ひたすら回復を続けていた。新たな脊髄手術法の成果だ。加えて、本気でエクササイズに取り組み、リスクを伴う実験的な治療もいとわないライム自身の熱意の賜物でもある。

そこまで考えたとき、今日、次の手術に備えて術前評価に来るはずの医師が遅れていることを思い出して、怒りがふたたび火の手を上げた。

玄関から、二音のチャイムが聞こえた。

「僕が出ます」トムの大きな声が続く。

言うまでもなく、このタウンハウスは完全バリアフリーになっている。ＰＣを使い、訪問客を映像で確かめ、言葉を交わして、招き入れることもできた。あるいは、もちろん、お引き取り願うことも可能だ（客嫌いのライムはしばしば訪問者を追い返す。不作法にそうすることも少なくない。そんなわけで、最近ではトムが電光石火で対応するようになっていた）。

「誰だ？　誰なのか先に確認してくれよ」

ドクター・バーリントンではないだろう。遅刻の原因になっている〝何か〟が片づきしだい、まず電話が来ることになっているのだから。いまはそれ以外の来客の相手をする気にはなれない。

しかし、来客の名を先に確かめたか否かはこの際問題にはならなかった。客間に現れたのは、ロン・セリットーだった。

「よう、リンカーン。家にいたか」

ほかにどこに行くというのか。

ずんぐりむっくりの刑事は、入ってくるなりコーヒーとパンが載ったトレーに突進した。

「コーヒーを淹《い》れ直しましょうか」トムが訊く。華奢《きやしや》な体つきをした介護士トムは、ぴしりとアイロンのかかった白いシャツに花柄の青いネクタイ、黒っぽいスラックスという出で立ちだ。今日のカフリンクの素材は黒檀かオニキスと見える。

「いやいや、いいよ、トム。おはよう、アメリア」

「おはよう、ロン。レイチェルはどう、元気にしてる？」

「ああ、おかげさまで。最近、ピラティスを始めたとかでね。それにしても、妙ちきりんな言葉だな。エクササイズか何かのことらしいんだが」セリットーは例によって皺《しわ》くちゃな茶色いスーツに、これもまた例によって皺くちゃなパウダーブルーのシャツを着ていた。深紅のネクタイだけは、どういうわけか、かんなで仕上げた木材のようになめらかだった。もらったばかりのプレゼントだろう。贈り主は恋人のレイチェルか？　いまは五月だ。クリスマス時期ではない。きっと誕生日プレゼントだ。セリットーの誕生日がいつなのか、ライムは知らない。それを言ったら、他人の誕生日などほとんど知らなかった。

セリットーはコーヒーを飲み、デニッシュをかじった——ただし、ほんの二口だけ。万年ダイエット中なのだ。

いまから何年も前、ライムとセリットーは仕事でよくパートナーを組んでいた。事故のあと、ライムを事件捜査に復帰させたのはロン・セリットーだった。といっても、機嫌を取ったり、おだてたりしてではなく、その甘ったれたケツをいいかげんに持ち上げて事件の一つも解決してみせろと叱咤して（厳密に言えば、ライムの場合、ケツをしっかり落ち着けて事件捜査に取り組めということになるだろうか）。しかし、つきあいが長いとは言っても、セリットーが社交のためにこのタウンハウスを訪れることはない。重大犯罪課に所属する一級刑事セリットーの席は、ビッグ・ビルディング——ニューヨーク市警本部のあるワン・ポリス・プラザ・ビル——にあり、ライムが捜査顧問として参加する捜査の指揮官にはセリットーが任じられることが多い。つまり、こうしてセリットーが現れること自体が前兆なのだ。

「で」ライムは大柄な刑事に目をやった。「何かうれしい知らせを持ってきたんだろう、ロン？　興味深い事件、魅惑的な事件でも起きたか」

セリットーはコーヒーを飲み、デニッシュをまた少しかじった。「それが、俺もよくわからん。突然、上のほうから電話がかかってきて、おまえはいま空いてるかと訊かれた。そろそろウィリアムズ事件が片づくころだと答えたよ。そうしたら、大至急おまえの家に行って、とある人物たちとそこで落ち合えと言われた。彼らもいまここに向かってるらしい」

「〝とある人物〟？　〝彼ら〟？」ライムは辛辣《しんらつ》に訊き返した。「私の医者を病院に引き止めている〝何か〟に負けないくらい具体的だな。どうやら伝染力があるらしい。流感と同類か」

「なあ、リンカーン。俺もそれしか知らないんだよ」

ライムは渋面をサックスに向けた。「この件について、私には誰からも電話一本なかった。きみはどうだ、サックス、何か連絡はあったか」

「いいえ、まったく」

セリットーが言った。「いや、それにはちゃんと理由があるんだ」

「理由？」

「どんな事件にせよ、極秘らしい。このまま極秘にしておけとのお達しだ」

ふむ――ライムは心のなかでつぶやいた。どうやら〝魅惑的〟に一歩近づいたようだ。

3

ライムは顔を上げ、二人の訪問客を観察した。客間に入ってきた二人はすべてにおいて対照的だった。

一人は五十歳代の男性で、身のこなしがどことなく軍人を連想させた。肩の収まり具合から見て既製品と思《おぼ》しき、黒に近い紺色のスーツを着ている。二重あごで、髭は生やしておらず、肌は小麦色に焼け、髪は海兵隊員のように短く刈りこんであった。おそらく市警本部の幹部だろう。

もう一人は三十代初めくらいの女性だ。小太りの体型ではあるが、いまのところ肥満のレベルには達していない。艶のない金色の髪を一九六〇年代に流行したような外巻きのボブスタイルにし、ヘアスプレーでかっちりと固めていた。肌が青白いのはファンデーションを厚塗りしているせいらしい。ひどいニキビ痕などは見当たらないところから察するに、あののっぺりとした厚化粧はファッションとしての選択なのだろう。銃口のような黒い目は、アイシャドウやアイライナーで強調されているわけではないが、クリーム色の肌との対比でかえって際立って見えた。薄い唇は口紅なしで、乾いていた。あの口が笑みを作ることはほとんどなさそうだ。

彼女の目は、新たな目標物を探してはそこにレーザー光のような視線を照射し、その本質が露《あらわ》になるまで、あるいは、大して重要なものではないと判断できるまで分解している。機器類、窓、ライム。濃い灰色をしたスーツはやはり高価なものではない。三つ並んだプラスチックのボタンをきっちり留めてあった。黒っぽい色の丸ボタンは、よく見ると向いている方角が微妙に違っている。サイズは問題なく合っているが、体の描く曲線には完璧には合っていないスーツを選んでしまい、自分でボタンを付け替えたということかもしれない。ローヒールの黒い靴はくたびれ具合が左右で異なっており、つい最近、リキッドタイプの傷の補修剤を使って手入れした痕跡が見えた。

そうか、わかったぞ――ライムは思った。彼女の素性がわかった。どんな用向きで来たのか、いっそう好奇心をそそられた。

セリットーが男性を紹介した。「リンカーン。こちらはビル・マイヤーズだ」

マイヤーズは会釈をして言った。「ライム警部、お目にかかれて光栄です」〝警部〟は、ライムが何年か前にニューヨーク市警を退職した時点での階級だ。これでマイヤーズの素性も確定した。思ったとおり、市警幹部の一人だろう。それもかなり上層の。

ライムは電動車椅子を進めて手を差し出した。マイヤーズはそのぎこちない動きに目を留め、一瞬ためらったあと、握手に応じた。ライムもまた別の動きに目を留めていた。サックスが表情をわずかに険しくしている。ライムが最近動くようになった手や指を、社交辞令に、それも不必要に使うことを彼女は快く思っていないのだ。だが、ライムとしては使わずにいられなかった。運命が彼にもたらした変化を修正することに十年を費やしてきた。その歳月を経て得た数少ない勝利を誇りに思い、存分に活用して何が悪い？

それに、遊べないなら、玩具を持っている意味はない。

マイヤーズは謎めいた〝とある人物たち〟の片割れを紹介した。名前はナンス・ローレル。「こちらはリンカーン」マイヤーズが言い、また握手が交わされた。彼女の手はマイヤーズのそれより力強いようだが、もちろん、ライムには断言はできない。手を動かすことは可能でも、そこに感覚は伴わなかった。

ローレルはライムの茶色い豊かな髪、太い鼻筋、鋭敏な瞳をじっと見つめた。「よろしく」と一言発したきり、何も言わずにいる。

「きみは」ライムは言った。「ＡＤＡだね？」

ＡＤＡ――地方検事補。

そのあてずっぽう気味の推理に、ローレルはいっさいの身体的反応を示さなかった。短い間があったあと、こう答えただけだった。「そうです」

セリットーは次に、マイヤーズとローレルをサックスに引き合わせた。マイヤーズは、きみの評判もあれこれ聞いているよとでも言いたげな表情でサックスを見た。握手に応じるためにマイヤーズのほうに進み出たサックスが軽く顔をしかめたことにライムは気づいた。座っていた椅子に戻るときには自然な足取りを装っていた。そのあと鎮痛剤のアドヴィルを二錠、さりげなく口に入れて水なしで飲み下したが、ライム以外はやはり誰も気づいていないようだった。関節炎がどれだけつらかろうと、サックスはアドヴィルより強い薬を決して使おうとしない。

話を聞くと、マイヤーズも階級はやはり警部で、ライムの知らない、新設されたばかりの部課、特捜部の部長だという。自信に満ちた物腰と用心深い目つきから推測するに、マイヤーズと特捜部はニューヨーク市警内部で相当な影響力を持っているのだろう。もしかしたらマイヤーズは、将来は市政に打って出ることを目指している野心家なのかもしれない。

ライム自身は、州政や国政は言うに及ばず、ニューヨーク市警のような組織での駆け引きには無関心を貫いてきた。いまこの瞬間に彼の関心を独占しているのはマイヤーズという人物がここにいる意味だ。指揮系統が謎に包まれた部署に籍を置くベテラン警察官と、獲物を見つけた猟犬のごとき目をした地方検事補の訪問。それは退屈を撃退する力を持った仕事の依頼であることを示唆している。そして退屈は、事故のあと彼を何より脅《おびや》かしてきた強敵だった。

期待で心臓の鼓動が速くなっているのがわかった――ただし、こめかみの血管の脈動を通じて。彼の胸は何も感じることができない。

ビル・マイヤーズはナンス・ローレルに説明役を譲った。「用件の荷ほどきは彼女に任せよう」

ライムは茶化すような視線をセリットーに向けたが、セリットーは気づかないふりをしている。〝用件の荷ほどき〟。官僚やジャーナリストが会話にちりばめるその手のもったいぶった新語はどうも好きになれない。最近では、たとえば〝ゲーム・チェンジャー〟という表現。政治的パフォーマンスと同義語として使われる〝カブキ〟もそうだ。初老の女性が髪に入れた真っ赤なハイライトや、頬に彫られたタトゥのように浮いている。

また短い間があって、ローレルが口を開いた。「ライム警部――」

「リンカーンでけっこう。もう警察の人間ではない」

一呼吸ほどの沈黙。「では、リンカーン。現在、ある事件の立件準備を進めているのですが、そのなかでいくつか特殊な事情が生じまして、あなたに捜査指揮をお願いしてはという話になりました。あなたと、サックス刑事に。たびたび一緒に仕事をされているそうですね」

「そのとおり」このローレル検事補には、相手と打ち解けて話すことはあるのだろうか。見たところなさそうだとライムは思った。

「事件を説明します」ローレルが続けた。「先週の火曜、五月九日に、バハマのある高級リゾートホテルでアメリカ市民が射殺されました。地元警察が目下、捜査を進めていますが、犯人はアメリカ人で、すでにアメリカに――おそらくはニューヨーク周辺に戻っていると信ずるべき理由があります」

一文ごとに短い間がはさまるような話し方だった。いちいち〝エリート〟な表現を探しているからだろうか。それとも、あるまじき言葉を口にしてしまった場合の責任をあらかじめ見積もっているがための間か。

「といっても、犯人を殺人罪で起訴する考えは持っていません。国外で発生した犯罪について州裁判所で訴追するのは困難です。不可能ではありませんが、時間がかかりすぎます」これまで以上に濃度の高い沈黙があった。「それに、今回は迅速に動くことが何より肝要です」

それはなぜだ？　ライムは心のなかでつぶやいた。

魅惑的……

ローレルが続けた。「ニューヨークでは、別の、独立した容疑での起訴を試みる考えでいます」

「共謀罪か」ライムの思考は瞬時にその結論に到達した。「いいね。優れた着眼点だ。殺人の計画はニューヨーク州内で立案されたことを論拠とするわけだな」

「おっしゃるとおりです」ローレルが応じた。「殺害を命じたのはニューヨーク市内に在住する人物です。それゆえ、ニューヨーク市検事局が管轄権を有します」

警察官の、あるいは元警察官の例に漏れず、ライムの法知識は検事や弁護士のそれに優るとも劣らない。頭のなかで州刑法のページをめくり、関連条項を探し出した──犯罪を構成する行為を行なう意図を持って、その行為の実行に関わったり、実行を促したりすることに、一人または複数の人物と合意した場合、共謀罪が成立する。「殺人事件そのものがアメリカ国外で発生したとしても、その根幹を成す行為──殺人がニューヨークで犯罪とされている。したがって、ニューヨークで起訴できる」

「そのとおり」ローレルがうなずく。ライムが状況を正確に分析したことに満足しているのかもしれないが、表情からは判断がつかなかった。

サックスが尋ねた。「殺害を〝命じた〟と言いましたね。どういうこと？　犯罪組織による暗殺？」

犯罪組織が恐喝や殺人、誘拐を行なっても、そのボスが逮捕され、有罪判決を受けることはほとんどない。犯行現場とその人物を結びつける証拠はまず見つからないからだ。それでも、共謀罪で実刑を科せられる例は少なからずある。

しかしローレルはこう答えた。「いいえ。組織犯罪ではありません」

ライムの思考はせわしなく駆け巡った。「共謀者を特定して逮捕したら、バハマ側は引き渡しを要求するのではないかな。少なくとも実行犯については」

ローレルは一瞬、無言のままライムを見つめた。彼女のたびたびの沈黙は、そろそろライムの神経に障り始めていた。長い間のあと、ようやく答えが返ってきた。「身柄引き渡しは拒否します。九十パーセント以上の確率で引き渡しをせずにすむでしょう」ローレルは三十代にしては若く見える。どこか女学生のようなひたむきさを感じさせる。いや、〝ひたむき〟は少し違うな、とライムは思い直した。〝意地っ張り〟と言うべきだろう。

〝いったん決めたら梃子《てこ》でも動かない〟という決まり文句も似合いそうだ。

セリットーがローレルとマイヤーズの双方に向けて尋ねた。「容疑者はもう浮かんでいるんですか」

「はい。実行犯の身元はまだわかりませんが、殺害を命じた二人については把握しています」

ライムは笑みを作った。胸のなかで好奇心が波立っている。獲物のかすかな匂いを捉えた瞬間にオオカミが感じるであろう興奮も渦巻いていた。ナンス・ローレルも同じものを感じているとわかった——その熱意はロレアルのファンデーションで塗りこめられていて、目で確かめることはできないにしても。ライムは、この話がどこへ行こうとしているかわかったと思った。

しかもその目的地は、〝魅惑的〟などという領域をはるかに超えていた。

ローレルが続けた。「今回の事件は、アメリカ政府職員の命令によって行なわれた標的殺害《ターゲット・キリング》、言うなれば暗殺です。その職員は、NIOS——ここマンハッタンに本部を置く国家諜《ナショナル・インテリジェンス・》報運用局《アンド・オペレーションズ・サービス》の長官を務める人物です」

ライムの推測はだいたい当たっていたということだ。CIAか国防省あたりだろうという予想ははずれたが。

「驚いたな」セリットーが小声で言った。「連邦政府の高官をしょっぴく気か」そう言ってマイヤーズを見たが、マイヤーズは何の反応も示さずにいた。そこでまたローレルに向き直った。「そんなこと、できるのか」

今回は二呼吸分くらいの沈黙があった。「それはどういう意味でしょう、セリットー刑事？」

どうやら当惑しているらしい。

セリットーとしてはおそらく、文言どおりの意味で尋ねたことだったに違いない。「いや、ほら、免責特権があるんじゃないかと思ったんだがね」

「NIOSの弁護士はその線で弁護を試みるでしょうが、それは私の専門です。政府職員の免責特権をテーマに書いた論文を学術誌に投稿したこともあります。初審の州裁判所で有罪を勝ち取れる確率はおよそ九十パーセント、控訴審でも八十パーセントと見積もっています。最高裁まで持ちこまれたとしても、勝てるはずです」

「免責特権に関する法規というのは？」サックスが訊いた。

「優越条項の問題です」ローレルが説明する。「憲法に定めがあって、簡単に言えば、法の抵触があった場合、州法より連邦法が優先されるということ。ニューヨーク州法に触れた連邦政府職員がいたとして、その行為が権限の範囲内で行なわれたものであるなら、ニューヨーク州が起訴することはできません。しかし、私たちの事件の場合、ＮＩＯＳ長官は道をはずれた——与えられた権限の範囲を超えた行為をしたと考えています」

ローレルはマイヤーズに視線をやった。マイヤーズが言った。「その点を中心に三百六十度の検討を行なった結果、問題の人物は、暗殺指令の根拠となった情報を個人的な目的のために操作したと判断するべき座標軸にあるとの結論に至った」

三百六十度の検討……座標軸……

「個人的な目的とは？」ライムは訊いた。

「それはまだわからない」マイヤーズが続けた。「その男は、国を守らなくてはという意識に取り憑かれているようだ。国家の安全を脅かす人物はすべて排除しなくてはならないと思いこんでいる。たとえ国家にとっての脅威とまでは言えなくても、愛国心に欠けると思えば排除する。その男の命令によってナッソーで射殺された人物はテロリストではない。少し、その——」

サックスが尋ねた。「一つ確かめておきたいことがあります。州司法長官はゴーサインを出しているんですね？」

「発言に遠慮がない人物だったというだけです」ナンス・ローレルが言った。

今回の沈黙は、上司の許可なく勝手に動いているのではと疑われたことに対する苛立ちを隠すためのものだったのかもしれないが、表情からはやはり判断がつかなかった。ローレルは冷静に答えた。「殺害事件の情報は、私たちの支局――NIOSの本部所在地であるマンハッタン支局にもたらされました。私が地方検事と話し合いを持ち、担当を申し出たのは、免責特権に関する経験が豊富だということもありますが、この種の犯罪にふだんから強い懸念を抱いているからです。適正手続きという観点から、標的殺害は憲法に違反すると私は考えています。支局長から、この事件は私のキャリアにとって地雷のようなものであることを理解しているかと確認されました。私はわかっていますと答えました。支局長はオールバニーで州司法長官に面会を求め、長官は許可を出しました。ですから、ええ、長官のゴーサインはきちんともらっています」そう言ってサックスの視線をまっすぐにとらえた。サックスも同じように揺るぎない視線で見つめ返した。

マンハッタン支局長と州司法長官は二人とも、ワシントンの現政権と対立する政党を支持している。そこまで勘ぐるのは果たして行きすぎだろうか。しかし、事実の裏づけがある場面では、皮肉は皮肉のうちに入らないだろう。

「スズメバチの巣へようこそ」セリットーが言い、その場の全員がにやりとした――ナンス・ローレル一人を除いて。

マイヤーズがライムに向かって言った。「ナンスから相談を受けたとき、あなたに依頼してはどうかと提案した理由はそれです。あなたやセリットー刑事、サックス刑事は、ほかの刑事と比較して自由な立場にある。ふつうの捜査官ほど本部に縛られていない」

リンカーン・ライムは現在、ニューヨーク市警やＦＢＩをはじめ、彼が請求書に書き入れる高額な報酬を支払う意思のある捜査機関のコンサルタントを務めており、難度が限界値に近いような事件ばかり選んで依頼を引き受けていた。

ライムは訊いた。「で、主たる共謀者とは誰だ？　ＮＩＯＳの長官というのは？」

「名前はシュリーヴ・メッガー」

「実行犯の身元については何も？」サックスが尋ねる。

「ええ、まだ何も。彼──または彼女は、軍人かもしれません。そうなると厄介ですね。民間人でいてくれたら幸運ですが」

「幸運？」サックスが訊き返した。

軍の裁判制度が関わると、たちまち面倒になる──ローレルはそのことを言っているのだろうとライムは推測した。

ところが、ローレルの返答は違っていた。「傭兵や民間の殺し屋と比べて、兵士は陪審の共感を得やすいものです」

セリットーが訊いた。「実行犯のほかに共謀者が二人いると言ったね。メッガーと、もう一人は？」

「もう一人は」ローレルはどことなくそっけない口調で言った。「この国のトップです」

「トップ？」セリットーが訊き返す。

この質問についても沈黙して熟慮する必要があったか否かはともかく、ローレルはやはり一呼吸おいてから答えた。「アメリカ合衆国大統領です。言うまでもなく。標的殺害にはかならず大統領の承認を得なくてはなりませんから。といっても、大統領を訴追する予定はありません」

「そりゃそうだ、よしてくれ」ロン・セリットーは笑い声を立てて言った。くしゃみを我慢しているような声だった。「大統領を訴えるとなると、政治的な地雷程度じゃすまない。核爆弾だよ」

ローレルは、セリットーがアイスランド語でも話したかのように眉根を寄せた。「政治は問題ではありません、セリットー刑事。たとえ大統領が職権を逸脱して標的殺害を命じたとしても、その罪を裁くのは刑事裁判ではなく、議会による弾劾《だんがい》制度ですから。私の管轄権はさすがにそこには及びません」

4

束《つか》の間《ま》、魚をグリルする匂いに気を取られた。魚と、料理用バナナ、それにライムの香り。ほかにもう一つ匂いがする。スパイスのようだ。

知っているのに、思い出せない。

漂ってくる匂いをもう一度確かめた。いったい何だったろう？

引き締まった体にクルーカットの茶色の髪をした男は、荒れた歩道をまたぶらぶらと歩き始めた。歩道はやがて、無舗装の小道に変わった。土を覆うコンクリート板がそっくりなくなっている。ダークスーツのジャケットの襟もとから風を入れて内側にたまった熱気を追い出し、ノーネクタイで来てよかったとつくづく思った。雑草で埋め尽くされた空き地の前でまた立ち止まる。昼前のこの時間帯、低層の商店やパステルカラーのペンキが剝げかけた民家が並ぶ通りは閑散としていた。人間はいないが、この島でよく見かける雑種の犬が二匹、日陰にだらしなく寝そべっていた。

まもなく、女が現れた。

女はディープ・ファン・ダイビングショップをあとにして、ウェストベイの方角に歩きだした。ガルシア＝マルケスの小説を片手に持っている。

小麦色の肌、陽射しにさらされて色の抜けた金髪。こめかみ辺りの髪を一筋だけ三つ編みにし、ビーズの飾りをつけて胸まで垂らしている。メリハリのきいた体は砂時計のようだった。ただし、ほっそりとした砂時計だ。黄と赤のビキニを着てオレンジ色のパレオを腰に巻いており、透けるように薄い生地が誘うように揺れていた。パレオの裾は足首まで届いている。若さにあふれたしなやかな肉体。笑顔はときに、いたずらっ子の表情をのぞかせる。

ほら、いまもそうだ。

「あら、誰かと思えば」女は彼の前に来て立ち止まった。

ナッソーの中心街から少し離れた静かな界隈だった。商店はあっても人気《ひとけ》はない。犬たちは半分眠ったような目でこちらをながめている。耳は、栞《しおり》をはさむ代わりに折ったページの角のように垂れていた。

「やあ」ジェイコブ・スワンはマウイジムのサングラスをはずして顔の汗を拭ったあと、サングラスをかけ直した。日焼け止めを忘れてきたのを後悔した。このバハマ旅行はまったく予定外のことだった。

「ふうん。あたしの電話、故障してるのかしら」アネットが皮肉めいた口調で言った。

「いや、故障はしていないと思う」スワンは顔をしかめて見せた。「わかってる。電話すると約束したな。有罪を認めるよ」

認めはするが、せいぜい微罪だ。彼は金を払って彼女のサービスを買っただけだからだ。恋人同士だったなら、彼女のいまの媚《こ》びたような発言はもっと辛辣に耳に突き刺さったことだろう。

だが、先週のあの一夜は、客と娼婦という関係を超えたものだった。請求されたのは二時間分の料金だけだったのに、彼女は朝まで彼の部屋で過ごした。映画『プリティ・ウーマン』とはいかずとも、楽しい一夜だった。

窓から出入りする湿り気を帯びた優しい風、静寂に割りこむ海の規則正しい音。約束の時間は瞬《また》く間に過ぎた。まだいてくれるかと尋ねると、アネットはいいわと答えた。彼のホテルの部屋は小さなキッチン付きで、ジェイコブ・スワンはそこで夜食を作った。食料品はナッソーに着いてすぐに買ってあった。ヤギ肉、タマネギ、ココナツミルク、オイル、米、ホットソース、この地で定番のさまざまなスパイス。慣れた手つきで骨から肉を削ぎ落とし、一口サイズに切り分けて、バターミルクでマリネした。午後十一時には、とろ火で六時間じっくり煮込んだシチューができあがっていた。二人で料理を食べ、相当量のローヌ産ワインも胃袋におさめた。

それからまたベッドに戻った。

「商売の調子はどうだ？」ジェイコブ・スワンは路上でそう尋ね、どちらの商売の話をしているかわかるよう、ダイビングショップのほうに顎をしゃくった。とはいうものの、ディープ・ファンでのパートタイムの仕事は、シュノーケルのレンタル料金よりも高額なサービスを希望する顧客との出会いの場でもある（店の名がなんとも意味深であることに、もちろん二人とも気づいていた）。

アネットはきれいに灼けた肩をすくめた。「まあまあかな。不景気のしわ寄せは来てるけど、お金持ちの人はそれでもまだ、サンゴや熱帯魚と触れ合いたいみたい」

雑草のはびこる空き地には、すり減ったタイヤや廃棄されたコンクリートブロックなどが点々と放置されていた。内臓だけ持ち去られた、傷と錆だらけの電化製品の残骸もある。気温は秒刻みで上昇していた。まぶしい反射と漂う埃、空き缶、伸び放題に伸びた生け垣、陣地を広げている雑草が二人を取り巻いている。匂いもだ——魚とライムとバナナをグリルする香り、ごみを焼く煙の臭い。

それに、あのスパイス。あれはいったい何だった？

「そこで働いてるって話した覚えがないんだけど」アネットが店のほうを振り返った。

「いや、きみから聞いたよ」スワンは短く刈りこんだ髪をつるりとなでた。丸い頭頂部に汗の粒が浮いていた。ジャケットの襟元をまた持ち上げて風を入れた。気持ちいい。

「暑くないの？」

「ブレックファースト・ミーティングがあってね。きちんとした格好をしなくちゃならなかった。こっちにいられるのは今日一日だけだ。もしきみの予定が空いているなら……」

「今日の夜は？」アネットが言った。誘うような笑みを作る。

「夜もまた会議だ」ジェイコブ・スワンは表情を変えなかった。ただ彼女の目をまっすぐに見つめただけだった。無念そうに眉をひそめたりもしなければ、子供みたいににやけた顔をすることもなかった。「この後すぐはどうかな」彼女の目の奥に欲望が見えたような気がした。彼自身が感じているのと同じ欲望。

「あのワインの銘柄は何？」

「夕食に出したワインのことか？　シャトーヌフ・デュ・パプだ。ワイナリーまでは覚えていない」

「あれは甘美だった」

ジェイコブ・スワンが日常的に使う語の一つではない――厳密には、一度も使ったことがない――が、たしかに、甘美なワインだった。彼女もだ。さあ早くほどいてと誘うように揺れていた、ビキニのボトムスのストラップ。ビーチサンダルからのぞく爪には青いペディキュアが塗られ、両方の足の親指にゴールドのリングがあった。やはりゴールドのイヤリングとよく合っていた。手首にはゴールドのブレスレットを何本も重ねていた。

アネットも彼を眺め回している。裸体を思い出しているのだろう。屈強な体、引き締まった腰回り、厚い胸板と太い腕。日ごろから鍛え上げている筋肉はたくましい。

アネットが言った。「本当は予定があったけど……」

言葉の代わりに、新たな笑みがセンテンスを締めくくった。

彼の車に向かって歩きだす。アネットが腕をからませてきた。一緒に助手席側に回って車に乗せ、彼も乗りこんだ。彼女が自宅までの道順を説明した。エンジンをかけたあと、ギアを入れる前に、ジェイコブ・スワンは言った。「おっと、忘れるところだった。電話はしなかったが、プレゼントを持ってきた」

「ほんと？」アネットが目を輝かせた。「何？」

後部座席に手を伸ばし、アタッシェケースとして使っているバックパックから箱を取り出した。「アクセサリーは好きだろう？」

「嫌いな女なんていないわ」アネットが言った。

彼女が箱を開けるのを見ながら、スワンは言った。「料金の代わりというつもりじゃないよ。料金は別にきちんと渡す」

「何言ってるの、水臭い」アネットは〝心配しないで〟というように微笑んだ。それから、細長い箱に注意を戻した。スワンは通りの左右を確かめた。あいかわらず人っ子一人いない。角度を見きわめ、左手を後ろに引いて――親指と人さし指に力を入れ、二本のあいだを大きく広げて――特殊な方法でアネットの喉を強打した。

アネットが息を呑んだ。目を見開いている。背を反らすようにして、打たれた喉を手で押さえた。

「ぐ……ぐ……ぐ……」

手際の要るテクニックだった。あまりにも強く打つと、気管を完全につぶしてしまう（それで話せなくなっては困る）。かといって弱すぎれば、悲鳴をあげられる。

アネットの目が彼を凝視していた。彼の名前を呼ぼうとしているのかもしれない——といっても、先週教えたのは偽名だったが。スワンはアメリカ発行のパスポートを三冊と、カナダ発行のものを二冊持っている。クレジットカードも五種類の名義で所持していた。知り合ったばかりの相手に〝ジェイコブ・スワン〟という名を最後に使ったのは、いったいいつのことだったろう。

表情一つ変えずにアネットを見つめ返したあと目をそらし、バックパックから粘着テープを取り出した。

肌と同じ色をしたラテックスゴムの手袋をはめ、テープをちぎり取った。そこで手を止めた。わかったぞ。どこかこの近くで料理している人物が魚料理に加えたスパイスが何なのか、やっとわかった。

コリアンダーだ。

くそ、どうしてすぐに思いつかなかった?

5

「被害者はロバート・モレノ」ナンス・ローレルが言った。「三十八歳」

「モレノ――どこかで聞いたような気がする」サックスがつぶやいた。

「さかんに報道されていたからだろう、サックス刑事」ビル・マイヤーズ警部が言った。「トップ記事だった」

セリットーが尋ねた。「待てよ、ひょっとして、あの〝反米主義のアメリカ人〟？　見出しではそんなふうに呼ばれていたような記憶がある」

「そう、その男だ」マイヤーズはうなずいた。それから、苦々しげに私見を付け加えた。「ふん、裏切り者め」

このときばかりはエリートぶった言葉の出番はなかった。

ライムはローレルの表情をうかがった。どうやらマイヤーズのコメントが気に入らなかったらしい。それにいらいらしているようにも見える。本題とは無関係のおしゃべりにつきあう暇などないと言いたげだった。そうだ、この件では迅速に動く必要があるとさっき話していたが、いまならその理由がわかる。捜査が行なわれていることを察知するや、ＮＩＯＳは頓挫させるための手立てを講じるだろう――法的、そしておそらくは別の側面からも。

ついでに言えば、ライムも焦《じ》れていた。〝魅惑的〟な仕事という刺激がぜひとも必要だった。

ローレルが一枚の写真を全員に向けて掲げた。白いシャツを着た男、その前にラジオのマイク。丸みを帯びた顔立ちに、だいぶ薄くなった髪。ローレルが説明した。「これが最近の写真――カラカスに開設していたラジオ局のスタジオで撮影されたものです。アメリカのパスポートを持っていましたが、住所はアメリカ国内にはなく、ベネズエラに定住していました。五月九日に、仕事で滞在していたバハマのホテルの一室にいたところを狙撃されて死亡しました。死者はほかに二人。モレノのボディガードと、モレノの取材に来ていた記者です。ボディガードはブラジル国籍、ベネズエラ在住。記者はプエルトリコ人で、アルゼンチンに居住していました」

ライムはこう指摘した。「マスコミの扱いはあまり大きくなかったね。政府が引き金に指をかけている姿を目撃されていたのなら――というのはあくまでも比喩だが――もっと大騒ぎになっていたはずだろう。表向き、犯人は誰だということになっている？」

「麻薬カルテルです」ローレルが答えた。「モレノは、ローカル・エンパワーメント運動という団体を設立して、ラテンアメリカの先住民や貧困層を支援していました。麻薬取引に批判的な立場を取っていたのは事実です。ただ、いずれかのカルテルがモレノの暗殺を目論んでいたことを裏づけるような事実は一つも見つかっていません。麻薬カルテルによる暗殺説は、疑惑の目を自分たちからそらすために、メッガーとＮＩＯＳがでっち上げた話ではないかと私は考えています。それに、まだお話ししていないことがあります。モレノを殺害したのがＮＩＯＳのスナイパーであることは確かです。証拠があります」

「証拠？　どんな？」セリットーが訊いた。

ローレルの、顔の表情ではなくボディランゲージが、詳しく説明するのを喜んでいることを暗に伝えていた。「内部告発者がいます。ＮＩＯＳの職員、あるいはＮＩＯＳに何らかのコネのある人物です。モレノ殺害を指示する命令書をリークしました」

「ウィキリークスみたいに？」セリットーはそう尋ねたあと、すぐに首を振った。「いや、違うな、あれとは違う」

「そうだな、違う」ライムは言った。「情報を公にしたのなら、いまごろ大騒ぎになっているはずだ。検事局に届いたんだろう。じかに。ひそかに」

マイヤーズが言った。「そのとおりだ。内部告発者は、殺害命令を検事局のグラブに直球で投げこんだ」

ライムは、その浮いた表現に気づかなかったふりをしてローレルのほうを向いた。「モレノという男のことを詳しく聞かせてくれ」

ローレルが説明を始めた――メモなどはいっさい確かめず、それでもよどみなく。ニュージャージー州で生まれ育ったロバート・モレノは、十二歳のとき、アメリカの石油会社に地質学者として勤務していた父親の仕事の都合で家族とともにアメリカを離れ、中央アメリカに移住した。当初はアメリカンスクールに通っていたが、母親が自殺したあと地元の学校に転入した。成績は優秀だった。

「お母さんが自殺した？」サックスが訊いた。

「移住がストレスになったようですね……夫の出張の多さも。仕事柄、中米各地の採油所や地質調査現場を飛び回って、家を空けていることが多かったようで」

ローレルの被害者の人物描写は続いた。アメリカ政府や企業が自らの利益を優先し、ラテンアメリカの人々を食い物にしている現状を目の当たりにしたモレノは、幼少時からアメリカに反感を抱いていたという。メキシコシティの大学を卒業後にラジオの司会者になったのと時期を同じくして政治活動を本格化させ、番組や執筆活動を通じてアメリカや、モレノ呼ぶところの〝二十一世紀の帝国主義〟を手厳しく批判し始めた。

「カラカスに居を定めて、そこでローカル・エンパワーメント運動を創設しました。労働者の自立を促し、アメリカやヨーロッパの企業が雇用を創出するのを待つ必要のない社会、またアメリカからの援助を当てにする必要のない社会を築くことを目標とする団体です。南米、中米、カリブ諸島に、合わせて六つの支部を置いています」

ライムは当惑を感じた。「およそテロリストらしからぬ経歴だな」

ローレルが言った。「おっしゃるとおりです。ただし、一部のテロ組織に関して好意的な発言をしています。アルカーイダ、ソマリアのアル・シャバブ、中国の新疆の東トルキスタンイスラム運動。中南米やメキシコの過激派グループのいくつかと協調関係にもありました。たとえばコロンビアの国民解放軍、革命軍、自警軍連合。ほかに、ペルーのセンデロ・ルミノソにも強い共感を抱いていました」

「センデロ・ルミノソ――〝輝く道《シャイニング・パス》〟のこと？」サックスが訊いた。

「そうです」

敵の敵は味方、か――ライムは心のなかでつぶやいた。たとえ爆弾を使って子供を殺して回っている集団であろうと、敵の敵であれば手を組むというわけだ。「そうは言っても」ライムは尋ねた。「標的殺害？　それだけのことで？」

ローレルが答えた。「ブログやラジオ番組でのモレノのアメリカ批判は、しばらく前から加速度的に攻撃性を増していました。〝真実のメッセンジャー〟を自称していて、かなり不穏当な発言もあったようです。本心からアメリカを憎んでいたんですね。アメリカ人旅行客や兵士の射殺事件、アメリカ大使館や企業の海外支社で起きた爆弾事件のいくつかは、モレノに触発された人々が起こしたものだという噂もあったようです。ですが、調べたかぎりでは、モレノの過去の発言のなかにテロ行為を命令したり、唆《そその》したりしているものは一つもありませんでした。影響を与えるのと、共謀するのとは違います」

ほんの十分前に知り合ったばかりではあるが、ライムは、ミズ・ナンス・ローレルならモレノの発言を徹底的に調べ尽くしたに違いないと思った。

「ところがＮＩＯＳは、モレノがテロ行為を計画していたとの情報があったと主張しています。具体的には、マイアミにある石油会社の爆破計画。入手したスペイン語の電話のやりとりを声紋解析した結果、モレノのものと一致したようです」

ローレルはくたびれたブリーフケースを開け、取り出した書類を確かめながら説明を続けた。「まずモレノの声で――〝フロリダのアメリカン製油だ。水曜日に〟。未知の相手、〝十日か。五月十日だな？〟。モレノ、〝そうだ。正午に決行する。従業員が昼休みで出てくるタイミングを狙う〟。相手、〝どうやって、その、ブツを現場に届ける？〟　モレノ、〝トラックで運ぶ〟。このあとしばらく聞き取り不能のやりとりがあって、ふたたびモレノ、〝これは始まりにすぎない。似たようなメッセージを今後いくつも計画している〟」

会話を書き起こした文書をブリーフケースに戻す。「ターゲットとされた会社――アメリカン製油の施設はフロリダ州周辺に二つあります。マイアミにある南東部本社と、沖合に浮かぶ掘削リグです。モレノはトラックで運ぶと言っていますから、掘削リグがターゲットとは考えにくい。そこでＮＩＯＳは、ブリッケル・アヴェニューにある南東部支社がターゲットであると断定しました。

ちょうどそのころ、アナリストが別の情報を入手しました。直前の一月《ひとつき》ほどのあいだに、モレノとつながりのある複数の会社が、ディーゼル燃料、化学肥料、ニトロメタンをバハマ向けに出荷したという情報です」

即席爆弾の代表的な材料が三種そろっている。オクラホマシティの連邦政府ビルを吹き飛ばしたのは、まさにその三つで作った爆弾だった。しかもその爆弾は、トラックで現場に運ばれている。

ローレルが続けた。「メッガーがこんなふうに考えたのは明らかでしょう――爆弾がひそかにアメリカ国内に持ちこまれる前にモレノが殺害されれば、モレノの部下は計画を中止するに違いない。モレノはマイアミで事件が起きる前日に射殺されました。五月九日です」

ここまでの話を聞くかぎり、暗殺への賛否は別問題として、メッガーの採った解決策が多くの人命を救ったことは事実と言えそうだ。

ライムはその点を指摘しようとしたが、ローレルに先回りされた。「ただし、モレノが話していた計画とは、じつはテロ行為ではありませんでした。暴力によらない抗議行動だったんです。五月十日の正午、アメリカン製油の本社前にトラックが六台到着しました。爆弾を運んできたわけではありません。荷台に乗っていたのはデモ要員です。

爆弾の材料とされたものは、ローカル・エンパワーメント運動のバハマ支部が発注した物資でした。ディーゼル燃料は運送会社向け、肥料は農業協同組合で使い、ニトロメタンは土壌の燻蒸剤として使用。いずれも違法性はありません。モレノの殺害命令に記されていた物資はこの三種類だけですが、ほかにも何トン分もの品物が同じ便で発送されていました。農産物の種子、米、トラックの部品、ボトル入りのミネラルウォーターなど無害な物資ばかりです。NIOSはそういった品物を記載するのを都合よく忘れたということになります」

「集めた情報から抜け落ちていたというわけではないんだな」ライムは訊いた。

とりわけ長い沈黙が流れたあと、ようやく答えが返ってきた。「違います。私は情報操作の結果だろうと考えています。メッガーはモレノを嫌っていた。彼の雄弁さを嫌っていました。モレノを〝卑しむべき売国奴〟呼ばわりしたという記録もあります。メッガーは、手もとに集まった情報の一部しか上に報告していなかったのではないでしょうか。ワシントンの上層部は爆弾テロの計画が進行していると判断し、殺害にゴーサインを出した。しかしメッガーは、実際には爆弾テロではないということを知っていたのではないかと」

セリットーが言った。「となると、NIOSは無実の市民を殺したことになる」

「そうです」ローレルが勢いこんだように答えた。「ありがたいことに」

「え？」サックスが言った。額に皺を寄せている。

一拍の沈黙があった。サックスは、さきほど実行犯が軍人ではなく民間人であれば〝幸運〟

だと言われたときと同じように狼狽し、ローレルのほうは、サックスの困惑のわけを理解できずにいる。

ライムは口をはさんだ。「陪審の話だよ、サックス。筋金入りのテロリストではなく、憲法で保障された、自由に発言する権利をただ行使していたにすぎない政治活動家を殺害したとなれば、有罪は間違いないだろうからね」

ローレルが付け加えた。「私にとっては、その二つに道徳的な差はありません。適正な手続きを経ずに人を死刑に処すことは許されません。どのような人間であっても。ですが、リンカーンがいまおっしゃったとおりです。陪審の反応を考慮しないわけにはいきません」

「というわけで、警部」マイヤーズがライムを見やった。「この捜査を引っ張っていくのに、あなたみたいに地に足のついた人物が必要なんですよ」

科学捜査の現場をよく知っている人物と言いたいのだろうが、ライムの主たる移動手段が何であるかを考えると、実にお粗末な言葉の選択だ。

即座にイエスと答えたいところだった。あらゆる意味で興味深く、しかも取り組み甲斐のありそうな事件だ。しかし、即答はしなかった。サックスの様子に目を留めたからだ。下を向いて頭皮に爪を立てている。いつもの癖だった。何をそこまで気にしているのだろう。

サックスがローレルに向かって言った。「アウラキ師の殺害では、検事局はＣＩＡを追及しなかったわ」

米国籍を持つアンワル・アウラキは、急進派イスラム教の導師《イマーム》で、聖戦《ジハード》唱道者、そしてイエメンのアルカーイダ系組織の指導者でもあった人物だ。モレノと同様にアメリカ国外に居住し、

〝インターネットのビン・ラーディン〟という異名を持ち、自身のブログを通じてアメリカ人への攻撃をさかんに呼びかけていた。アウラキ師に影響を受けたとされる人物が起こした事件に、二〇〇九年に起きたフォート・フッド銃乱射事件、同じく二〇〇九年の〝下着爆弾〟飛行機爆破未遂事件、二〇一〇年のタイムズスクウェア爆破未遂事件などがある。

アウラキ師と、師のウェブサイト管理者で、やはりアメリカ国籍を持つ男性は二〇一一年、CIAの指揮のもと、無人機による攻撃を受けて殺害された。

ローレルは戸惑ったようだった。「私にどうしろと？　私はニューヨーク州の検事補です。アウラキの暗殺に、ニューヨーク州が管轄すべき論点はありません。でももし、勝てそうな案件を選んで担当しているのかと訊いていらっしゃるなら、サックス刑事、そのとおりですとお答えします……。既知の危険なテロリストを暗殺した罪でメッガーを起訴してもおそらく勝てないでしょう。暗殺された人物がアメリカ市民ではない場合も同じです。でも、ロバート・モレノ射殺事件なら、陪審を納得させる自信があります。メッガーと実行犯を有罪にできれば、ほかのもっとグレーな事件に時間を割く余裕もできるでしょう」またしても沈黙。「もしかしたら、ワシントンはこれまでの方針を見直して、今後は憲法を遵守するかもしれない……殺し屋稼業から足を洗うかもしれません」

ライムにちらりと視線を投げたあと、サックスはローレルとマイヤーズの両方に向かって言った。「どうかしら。何かしっくり来ない気がするの」

「しっくり来ない？」ローレルが訊き返した。その表現に当惑している様子だ。

指と指を強くこすり合わせながら、サックスが言った。「うまく言えないけど、私たちの仕事ではないように思います」

「あなたとリンカーンの仕事ではないということ？」ローレルが尋ねた。

「警察の仕事ではないということ。だって、これは刑法上の問題ではなく、政治の問題でしょう。ＮＩＯＳが人を殺すのを阻止したいなら、反対はしない。でもそれは、警察ではなくて議会が考えるべき問題ではないかしら」

ローレルがライムのほうを盗み見た。サックスの指摘にはたしかに一理ある。ライムの考えは、そこにはまったく及んでいなかった。法の議論になると、善悪という、より大きな問題は視界から消えてしまう。州政府や連邦政府、あるいは市議会がある行為を違法と定義しているかどうか、肝心なのはそれだけだ。定義されている場合、ライムの仕事は単純そのものだ。法を犯した者を追跡し、公判を維持できる証拠固めをする。

それはチェスと似ていた。チェスという難解なゲームを考案した人物は、クイーンは全方位に動けると決め、ナイトは限られたマスにしか移動できないと定めた。それ自体に何か重要な意味はあるだろうか。とくにない。それでも、ルールが決まっている以上、プレイヤーはそのルールに従ってゲームをする。

ライムはローレルの視線に気づかぬふりをして、サックスを見つめた。

やがてローレルの姿勢が変わった。ほんのわずかだが、明白な変化。守勢に入ったのだろうとっさに思ったが、ライムのその推測は間違っていた。ローレルは〝検事モード〟に移行した。法廷に置かれた検察席から立ち上がり、ずらりと並んだ陪審――被告人の有罪をまだ確信していない陪審の説得に取りかかろうとしているかのように。

「アメリア。正義は細部に宿っていると私は考えます」ローレルは弁論を開始した。「小さなことが重要だと思うの。私がレイプ犯の罪を問うのは、女性に対する性犯罪が横行すると社会全体が不安定になるからではありません。一人の人間が、ニューヨーク州刑法一三〇条三十五項で禁じられている行為を行なったからです。それが私の仕事です。検事という職業に就くすべての人間の仕事です」

一瞬の間をおいて、ローレルは続けた。「お願い、アメリア。あなたのすばらしい業績はよく知っています。この捜査にぜひ加わってください」

野心だろうか。それともイデオロギーゆえか。ライムは小柄なナンス・ローレルをあらためて観察した。かちかちに固めた髪、太く短い指、素のままの爪、実用本位のパンプスに押しこめられた小さな足。顔の厚化粧と同じく、リキッドタイプの補修剤を厚く塗った靴。二つの動機のどちらがこの女性を駆り立てているのか、まったく判断がつかない。それでも一つ確かなことがある。ナンス・ローレルの目には感情が欠けていた。その目を見ていると、背筋がぞくりとする。リンカーン・ライムの背筋は、よほどのことでなくては寒気など感じない。

沈黙が続いた。サックスの視線がライムの目をとらえる。ライムがこの捜査をどれだけ望んでいるか、サックスが察したのがわかった。そして、それが意見を百八十度転換させた。サックスが一つうなずいた。「わかった。参加します」

「私もだ」ライムは、しかし、マイヤーズやローレルのほうを見てはいなかった。視線はサックスに注がれていた。表情でありがとうと伝えていた。

「俺の意向は誰も気にしちゃいないようだが」セリットーがうなるように低い声で言った。

「せっかくのキャリアがふいになったってかまやしない。それで連邦政府高官の悪事を暴けるならな」

ライムは言った。「最優先すべきは、秘密裏に進めることだね」

「ええ、内密にする必要があります」ローレルが応じた。「そうでないと、証拠を隠滅されてしまうでしょうから。ただ、いまの時点ではあまり心配しなくてもいいと思います。リークされることがないよう、検事局のほうで打てる手はすべて打っておきました。NIOSがこの捜査の存在を察知しているとは考えられません」

6

ジェイコブ・スワンはレンタカーでニュープロビデンス島の南西岸に向かっていた。目的地は、広大なクリフトン・ヘリテージ公園近くの海に張り出した砂嘴だ。途中で携帯電話に新しいメールが届いた。ロバート・モレノの死について──共謀容疑について、ニューヨークで始動した捜査の更新情報だった。捜査班のメンバーの氏名など詳しい情報が入り次第、また連絡するという。

早い。予想していたよりずっと展開が早かった。

車のトランクから鈍い音が聞こえてきた。トランクでは、不運な娼婦アネット・ボーデルが体を小さく丸めている。しかし音はかすかで、周辺には誰もいない。バハマでは、道端でごみをあさる連中や、サンズやカリックといった地元産のビールを飲んだりジョークやゴシップを披露し合ったり、女や上司の不平不満を並べたりして暇つぶしをしている男たちが日常の風景の一つになっているが、いまは彼らの姿も見えなかった。

車も一台も通らない。ターコイズ色の海を行くボートもない。

西インド諸島はみごとな二重構造を成している――スワンは周囲に目を配りながらそんなことを思った。旅行客にとってはきらびやかな遊び場、住民にとっては限界水準の生活の場。スポットライトが当たっているのはドルやユーロとサービスや娯楽との交差点だけで、バハマという国のそれ以外の大部分はただ疲弊している。たとえば、そう、このビーチのそばにある砂の土地、熱気と雑草とごみくずで埋め尽くされた一角のように。

車を降り、汗をかいた掌を少しでも冷まそうと、手袋の口から息を吹き入れた。それにしても暑い。ここへ来るのは初めてではなかった。つい先週も来たばかりだ。針の穴をくぐるような狙撃が成功し、反逆者ミスター・ロバート・モレノの心臓がライフル弾によって引き裂かれたあと、スワンは車でここを訪れて衣類などの証拠を地中に埋めた。そのまま永久に放っておくつもりでいたのだが、ニューヨーク検事局がモレノ殺害事件の捜査に乗り出したという予想外の情報が届き、掘り返してきちんと処分すべきだと考え直した。

しかしその前に、片づけなくてはならない仕事《タスク》……対象が一つある。

スワンは車の後部に回り、トランクの蓋を開けてアネットを見下ろした。涙と汗。苦しげな顔。

空気を求めてあえいでいる。

次に、後部座席に置いていたスーツケースから宝物の一つを取り出した。愛用の料理用ナイフ——貝印〝旬《しゅん》〟シリーズのスライスナイフ。刃渡り二十二センチ、日本の関市《せき》で鍛冶職人によって一つひとつ作られたもので、刃の部分にこのブランドの特徴的な槌目《つちめ》模様が入っている。刃の芯材はV金10号、そこにダマスカス鋼を三十二層重ねて作られたものだ。柄の材質はクルミ、価格は二百五十ドル。同じ会社のさまざまな形状やサイズのナイフを何本も持っているが、なかでも気に入っているのはこのスライスナイフだ。我が子のように愛している。魚を下ろすのにも使うし、牛肉をカルパッチョ用に透けるほど薄く切るのにも、また人間にモチベーションを与える道具としても使う。

ナイフはいつも、メッサーマイスターのくたびれたロール式ケースに入れて持ち歩いている。ぼろぼろの料理本も一緒だ。アメリカの料理研究家ジェームズ・ビアードの本を一冊、フランスの料理人でキュイジーヌ・マンスール（〝美味しく食べて痩せる料理〟）を提唱したミシェル・ゲラールの本を一冊。税関の検査官は、預かり荷物のなかのプロ用ナイフセットに目を留めることがあっても、それが実はどれほど危険なものであろうと、レシピ本が一緒にあれば、とりたてて怪しまない。それに、仕事で遠い土地を訪れたとき、ナイフは役に立つ。ジェイコブ・スワンは、バーで時間をつぶしたり、一人で映画に出かけたりする代わりに、料理をすることも多い。

たとえば、先週、ヤギ肉を骨から削ぎ落とし、角切りにしてシチューを作ったように。

ママのちっちゃなお肉屋さん、ちっちゃなかわいいお肉屋さん……

また音が聞こえた。どん。アネットが足をばたつかせているらしい。

スワンはトランクの前に戻り、髪をつかんで女を車から引きずり下ろした。

「ぐ、ぐ、ぐ……」

おそらく、〝やめて、やめて、やめて〟と言っているのだろう。

砂の地面にくぼんだ場所を見つけた。アシのような植物に囲まれ、ひしゃげたカリック・ビールの空き缶やレッド・ストライプ・ビールの空き瓶、使用済みのコンドーム、朽ちかけた煙草の吸い殻などが、まるで装飾品のように周辺を縁取っていた。女をそこに仰向けにし、胸をまたいで座った。

周囲に視線を走らせる。誰もいない。喉を半ばつぶしておいたから、さほど大きな声は出せないはずだが、まったく悲鳴なしというわけにはいかないだろう。

「さて。これからいくつか質問をする。ちゃんとした言葉で答えろ。訊かれたらすぐに返事をするんだぞ。どうだ、しゃべれそうか?」

「ぐ」

「イエスと言え」

「イ……イエ……イエス」

「いい子だ」ポケットを探ってティッシュペーパーを取り出し、もう一方の手で女の鼻をつまんだ。女が口を開けると、ティッシュペーパーを使って舌をつかみ、先端を二センチほど唇から出させた。女は首を激しく振ったが、ただ舌をつかまれているよりよけいに痛いとすぐに悟ったらしい。

気力を振り絞るようにして抵抗をやめた。

ジェイコブ・スワンは〝旬〟ナイフをそろそろと持ち上げると、刃と柄をほれぼれと眺めた。調理器具には、ほかのどんな物体にも劣らぬ美しいデザインを持つものが少なくない。刃の先端側の槌目に陽射しが当たり、まるで海の波に跳ね返されたかのようにきらめいた。刃の先端で女の舌先をそっとなぞる。濃いピンク色の肉に一筋の線が浮かび上がったが、血は流れなかった。

女が声を漏らす。〝お願い、やめて〟とでも言ったのだろう。

ちっちゃなお肉屋さん……

つい二週間ほど前、カモの胸肉に切れ目を入れたときのことを思い出す。余分な脂肪が落ちやすいよう、グリルに入れる前に、この同じナイフを使って浅い切れ目を三本入れた。スワンは身を乗り出した。「いいか、よく聞け」女の耳に唇を寄せてそうささやく。女の熱を持った肌が頬に触れた。

先週のあの夜とまったく同じように。

いや、違うな。先週のあの夜と少し似て*いる*、か。

7

捜査のバトンをライム一同に手渡すと、マイヤーズ警部（と彼の鼻持ちならない言い回し）はそそくさと引き上げていった。

モレノ殺害共謀事件は重大な捜査ではあるが、結局のところ、ニューヨークで進行中のあまたある捜査のうちの一つにすぎない。マイヤーズ警部と彼の知られざる特捜部が時間を割くべき事件はほかにいくらでもあるだろう。

加えて、この捜査から距離を置きたいという動機もあるに違いない。マイヤーズはローレルを後押しするためにここに来た。警部という立場を考えれば、それは当然のことだ。警察と検事局は、結局のところ一心同体なのだから。しかし捜査が他者に無事引き継がれると、マイヤーズは目的地を明かすことなく退場した。ライムはマイヤーズから政治的野心を嗅ぎ取ったことを思い出した。もしあれが彼の勘違いでなければ、マイヤーズは、一歩離れたところから捜査を見守りたいと考えるに決まっている。そして捜査が実を結んだ暁《あかつき》には、犯人が連行されるタイミングに合わせて舞台に再登場する。しかし捜査が失敗して非難の渦に放りこまれるようなら、自分はそのまま知らぬ存ぜぬを決めこむ。

かなり高い確率で後者の結果になるだろう。

それはそれでかまわない。正直なところ、ライムとしては、マイヤーズがいないほうがありがたかった。〝船頭多くして〟どころか、自分以外に一人でも船頭がいてはやりにくくてしかたがない。

言うまでもなく、ロン・セリットーは残っている。正式に指揮官に就任したいま、ぎしぎしとやかましい籐椅子にどっかりと腰を据え、デニッシュをちびちびかじって最終的には半分くらい腹におさめた直後だというのに、早くも朝食のトレーの上のマフィンの誘惑と闘っている。しかしまもなく、前回の気まぐれダイエットの成果を再確認するかのように腹部の贅肉を二度きゅっとつまんだ。マフィン一つくらい食べても許されると思いたかったのだろうが、そうはいかなかったようだ。

「NIOSの長官というのはどんな男だ?」セリットーはローレルに尋ねた。「メッガーって言ったっけ?」

ローレルはこのときもまた、資料を確認せずにすらすらと説明を始めた。「年齢は四十三。離婚歴あり。元妻はウォール街の事務所に所属する弁護士です。メッガーはハーヴァード大から予備役将校訓練部隊に入り、その後、陸軍に入隊してイラクに駐留しています。駐留時点での階級は中尉、帰国時は大尉でした。そのまま順調に昇進するものと周囲は見ていましたが、途中で出世街道をはずれています。本人に問題があったようですね。その件はのちほどまた詳しく。除隊後にイェール大に入学、法律と政治学の修士号を取得。国務省を経て、いまから五年前に運営部長としてNIOSに入局。去年、NIOS長官が定年退職し、メッガーは幹部陣の最年少の一人でしたが、後任の座を手に入れました。周囲の誰にも止められないような意気込みだったとか」

「子供は?」サックスが訊いた。

「え?」ローレルが言った。

「メッガーに子供はいるのかしら」

「ああ、何者かに脅されている可能性を考えてらっしゃるんですね。子供の存在を利用して、メッガーに不適切な命令を出させているとか」

「違うわ」サックスは言った。「子供はいるのかなってちょっと思っただけ」

驚いたようなまばたき。ローレルは初めて手もとの資料に目を落とした。「息子と娘が一人ずつ。中学生です。一年ほど接触を制限されていましたが、現在は面会権を与えられています。ただ、子供たちはほとんどずっと母親のところにいるようです。

メッガーは超のつくタカ派です。自分なら二〇〇一年九月十二日の時点でアフガニスタンに核爆弾を投下していたと公言していますし、攻撃される前に敵を排除する国家の権利について積極的な発言を繰り返しています。メッガー呼ぶところの〝反アメリカ活動〟に国外で関わっているアメリカ市民を最大の敵と見なしている。たとえば、反政府活動に加わったり、テロ組織を擁護する言論を行なったりするような市民ですね。といっても、政治信念は人それぞれですから、そこに関心はありません」短い間。「それより重大なのは、精神的に不安定な人物であるということです」

「たとえばどんなふうに？」セリットーが訊いた。

ライムの忍耐はそろそろ尽きようとしていた。さっさと証拠物件の検討に取りかかりたい。

しかし、サックスとセリットーは二人とも、マイヤーズ警部が好みそうな言い回しを借りるなら、事件捜査に〝包括的に〟取り組むタイプだ。そこで、ローレルに話を続けさせることにし、ライム自身はそれに注意深く耳を傾けているふりを続けることにした。

ローレルが答えた。「感情面で問題があります。主として怒り。メッガーを動かしているのは怒りでしょう。名誉除隊ということにはなっていますが、キャリアに悪影響を及ぼすようなエピソードの記録が六つほど見つかりました。怒りの爆発、癇癪《かんしゃく》。呼び方はどうあれ、感情をまったくコントロールできなくなることがあるようです。一時期、入院していたこともあります。データマイニングの結果、記録の一部を手に入れました。現在でも精神科医にかかっていて、薬も服用しているようですね。暴れて警察に拘束されたことも複数回。起訴は一度もされていませんが。実のところ、妄想性パーソナリティ障害の境界例ではないかと私は考えています。病気というほどではないのでしょうが、妄想や依存症といった明らかな問題を抱えている。怒りに依存しているというようなことです。いえ、もう少し厳密に言うなら、怒りの作用の中毒になっている、かしら。この問題について私なりに予習したところでは、怒りの発作を起こして感情を爆発させたあとの解放感は、中毒性を持つそうです。麻薬に似ています。憎しみを感じる人物をスナイパーに命じて殺させることに快感を覚えているのではないでしょうか」

たしかに、予習は万全らしい。まるで学生に講義を行なう精神科医のようだった。

「そんな問題があるのに、どうして長官になれたの?」サックスが訊いた。

ライムもその点を疑問に思っていたところだった。

「人を殺すことに著しく長《た》けているからです。少なくとも、軍歴からはそう読み取れます」ローレルは続けた。「メッガーという人物を陪審に理解してもらおうとしても簡単にはいかないでしょう。でも、どうにかやってみるつもりです。メッガーが証言に立ってくれることを祈るのみだわ。まさしく私の腕の見せ所になるでしょう。実際に怒りを爆発させる姿をぜひ陪審に目撃してもらいたいですから」ライムからサックスに視線を移す。「捜査のなかで、メッガーの情緒の不安定さや怒り、暴力的傾向を示すものを探していただけますか」

今度はサックスが一瞬押し黙った。「それは——当てにされても困るわ」

沈黙合戦。「どういう意味でしょうか」

「ある人物が癇癪持ちであることを科学捜査で証明できるとは思えないということ」

「いいえ、科学捜査ではなく一般的な捜査のなかでとお願いしたつもりでした」ローレルは、二十センチ以上も背の高いサックスを見上げた。「あなたの人事ファイルを拝見しました。心理プロファイルや事情聴取のスキルに高い評価が与えられていますね。何を探しているかわかっていて探せば、きっと見つけられると思います」

サックスは首をわずかに傾け、疑わしげに目を細めてローレルを見つめた。ライムも驚きを覚えていた。この検事補はあらかじめサックスの経歴を確認してきたらしい。おそらくライムについても調べただろう。

予習……

「では、そういうことで」ローレルが唐突にそう言った。話し合いはここまで。サックスとライムは情緒不安定の証拠を探す。ふむ。よかろう。

そこへトムが現れた。新しく淹れ直したコーヒーのポットを持っている。ライムは介護士をローレルに紹介した。トムをじっと観察するナンス・ローレルの厚化粧の仮面がほんの一瞬、ひび割れたように見えた。目に強い光が宿った。しかし、ローレルの薬指に結婚指輪はないとはいえ、並外れてハンサムでチャーミングなトム・レストンは恋愛対象としては釣り合わないのではないか。少し考えたあと、ライムはこう結論づけた。ローレルのいまの反応は、トムに異性として魅力を感じたからではなく、親しい誰か、あるいは親しかった誰かに似ているせいだろう。

ようやくトムから目をそらしたあと、ローレルはコーヒーを断った。勤務中のコーヒーは職業倫理に反するとでもいうかのように。それから、完璧に整理整頓されたブリーフケースを開いた。フォルダーのインデックスラベルは規則性を持って色分けされていた。パソコンは二台入っている。オレンジ色の小さなスリープランプが二つ、点滅を繰り返していた。ローレルは書類を一枚引き出した。

「さて」顔を上げて一同に訊く。「殺害指令ですが——ごらんになりますか」

見たくないわけがない。

8

「念のため、〝殺害指令〟というのは正式な呼び名ではありません」ナンス・ローレルはそう付け加えた。「通称です。正式には〝特殊任務命令書《スペシャル・タスク・オーダー》〟——略称ＳＴＯ」

「何だかかえっておっかねえな」セリットーが言った。「こう、無害化したとでも言うのか？気味が悪い」

ライムも同感だった。

ローレルはサックスに紙を三枚差し出した。「そこのボードに貼っていただけますか。全員に見えるように」

　サックスは一瞬ためらったあと、頼まれたとおり書類をテープで貼った。

　ローレルが一ページ目を指で叩いた。「先週の木曜日に検事局に届いたメールです」


　ロバート・モレノに関する報道を確認しろ。あれは添付した命令書に沿って行なわれた作戦だ。文書中の〝レベル2〟はNIOS長官を指す。作戦は長官の指示で計画された。モレノはアメリカ市民だった。〝CD〟は付随的損害《Collateral Damage》、〝ドン・ブランズ〟はモレノ殺害を実行したエージェントのコードネーム。

——善意の差出人

「メールの発信元の調査はこちらでやろう。ロドニーだ」ライムはそう言ってサックスに目で合図した。

　サックスはローレルに向き直り、ときおり協力を依頼しているニューヨーク市警のサイバー犯罪対策課の捜査員のことだと説明した。「ロドニーに調査依頼を送るわ。このメールのデータを持ってる？」

　ローレルはブリーフケースからフラッシュドライブが入った透明ポリ袋を取り出した。感心なことに、きちんと証拠物件保管継続（COC）カードが貼られている。ローレルは袋をサックスに渡しながら言いかけた。「そのカードに——」

　しかしこのときにはすでにサックスはカードに氏名を書きこんでいた。それからフラッシュドライブを自分のパソコンに挿入して、キーボードを叩き始めた。

「くれぐれも内密にと念を押してください」

画面を見つめたままサックスが言った。「最初の段落にそう書いた」まもなく調査依頼のメールを書き上げてサイバー犯罪対策課に送信した。

「このコードネーム、どこかで聞いたような気がしないか」セリットーが言った。「ブランズ。ブランズ……」

「スナイパーはカントリーウェスタン好きなのかも」サックスが言う。「ドン・ブランズってシンガーソングライターがいるでしょう。フォークやカントリーウェスタンのジャンルで活躍してる人。なかなかいい曲を書くのよ」

ローレルは、音楽――とりわけカントリーウェスタンのようににぎやかな音楽など一度も聴いたことがないとでもいうように首をかしげた。

「情報サービスに問い合わせだ」ライムは言った。「〝ブランズ〟でデータマイニングを頼もう。NOCだとしても、現実世界に何らかの痕跡を残していないとも限らない」

非公式諜報員（NOC）として偽名を使って活動しているエージェントであっても、クレジットカードやパスポートは持っている。その使用履歴をもとに行動を追跡した結果、本当の身分を暴く手がかりをたぐりよせることができる場合も少なくない。情報サービス課はニューヨーク市警に新しく設けられたデータマイニング専門の部署で、アメリカ一優秀と言われていた。

サックスが依頼書を送信するのを待って、ローレルはボードに向き直り、そこに貼った二枚目の紙を指先で叩いた。「問題の命令書はこれです」（次頁）

SECRET　TOP SECRET　TOP SECRET　TOP SECRET　TOP SECRET　TOP S

特殊任務命令書

待機中の任務

８／２７	９／２７
対象《タスク》：ロバート・Ａ・モレノ（NIOS ID: ram278e4w5）	**対象《タスク》**：アルバラニ・ラシード（NIOS ID: abr942pd5t）
誕生年月：７５／４（ニュージャージー州）	**誕生年月**：７３／２（ミシガン州）
完了期日：５／８-５／９	**完了期日**：５／１９
承認：レベル２・済 レベル１・済	**承認**：レベル２・済 レベル１・済
補足文書：添付資料Ａ参照	**補足文書**：なし
確認の要否：要	**確認の要否**：否
ＰＩＮの要否：要	**ＰＩＮの要否**：要
ＣＤ：承認（ただし最小限とすること）	**ＣＤ**：承認（ただし最小限とすること）
詳細： 担当スペシャリスト：ドン・ブランズ、キル・ルーム。スイート１２００号室（バハマ、サウス・コーヴ・イン）	**詳細**：未定
状況：完了	**状況**：未完了

ボードのもう一枚の資料には〈添付資料A〉というタイトルがついていた。さっきナンス・ローレルから説明があったバハマ行きの貨物――化学肥料、ディーゼル燃料、ニトロメタン――に関する補足情報だ。貨物はニカラグアのコリント港やベネズエラのカラカスから発送されている。

ローレルは、まだ近くのパソコンに挿《さ》したままになっていたフラッシュドライブのほうにうなずいた。「内部告発者のメールには、ほかに.wavファイルも添付されていました。実行犯のスナイパーと、上官らしき人物のあいだでやりとりされた、電話または無線の会話を録音した音声ファイルです。まず、任務実行直前のやりとりを聞いてください」そう言って、期待を込めた視線をサックスに向けた。サックスは一瞬、動きを止めたあと、またパソコンの前に腰を下ろし、キーボードを叩いた。まもなく、安手のスピーカーから短時間のやりとりが聞こえた。

部屋に二人……いや、三人いるようです。

モレノは確認できるか。

あー……ガラスに光が反射して……ああ、これなら見える。はい。タスクを確認しました。姿が見えます。

やりとりはそこで終わっていた。ライムは周波数分析をかけて声紋をグラフにしてみろと言いかけたが、サックスがすでに終えていた。ライムは言った。「声紋が一致したからといって、引き金を引いたことが証明されるわけではないが、現場にいたことは証明できる。あとはこの声の主を特定するだけだな」

「スペシャリスト」ローレルが言った。「殺し屋の正式な肩書きは〝スペシャリスト〟のようです」

「〝NIOS　ID〟というのは何だろう」セリットーが聞いた。

「おそらく、別のR・A・モレノと取り違えたりしないように振られたものだろう。ターゲットの取り違えはさすがにまずい」ライムは言った。「密告者は実行犯の氏名を書いていないね。興味深いな」

「知らないのかもしれない」セリットーが言う。

サックスが口を開いた。「でも、それ以外は全部知ってるみたいよね。良心の及ぶ範囲が限定されてるってこと？　NIOS長官は密告したいけど、実行役に任命された人物には連帯意識を抱いているとか」

ローレルがうなずく。「同感です。実行犯の名前も知っているんでしょう。この密告者もぜひ探し出したいわ。起訴するためではなくて、情報を引き出すために。スナイパーを特定するのにこの密告者が最大の鍵になりそうですね。そしてスナイパーを押さえられなければ、共謀罪の立証はおぼつかない。当然、起訴も不可能です」

サックスが言った。「密告者が見つかったとしても、進んで情報を提供するとは思えない。そのつもりがあるなら、いまの時点でもう、知っていることをみんな伝えてきてるはずよ」

ローレルが上《うわ》の空《そら》といった調子で言った。「密告者を連れてきてもらえれば……かならず口を割らせます。かならず」

サックスが尋ねた。「ほかの二人――ボディガードと記者のド・ラ・ルーアの殺害容疑でメツガーを追及することは考えた?」

「いいえ。命令書に明記されているのはモレノ一人で、その二人は単なる巻き添えですから、そこに手を出すとややこしいことになると判断しました」

サックスの渋い表情はこう言っているようだった――単なる巻き添えでも、死んだという点ではモレノと何も変わらないのに? ああ、そうだった、大事な陪審を混乱させちゃったらたいへんだものね。

ライムは言った。「事件について詳しく頼む」

「入手できている情報はごくわずかです。バハマの地元警察から予備報告書は送られてきましたが、そのあと連絡が途絶えてしまっています。こちらから連絡しても、折り返しの電話さえありません。銃撃されたとき、モレノがホテルの自分の部屋にいたことはわかっています」ローレルは命令書を指し示した。「一二〇〇号室のスイートルームです。NIOSは〝キル・ルーム〟と呼んでいたようですね。スナイパーは、ホテルからおよそ二千メートル先の砂嘴から銃撃しています」

「二千メートル? 凄腕だわ」サックスは驚いたように眉を吊り上げた。サックス自身、射撃は得意で、たびたび大会に出場しており、ニューヨーク市警や民間の大会の記録保持者でもあるが、ライフルより拳銃を好んだ。「いわば百万ドルの一弾ね。スナイパーの最長狙撃記録はおよそ二千五百メートルだそうよ。このスナイパーは相当な腕の持ち主だということになる」

「私たちには好都合です」ローレルが応じた。「容疑者の人数がぐっとせばまりますから」

それは言えている――ライムは思った。「ほかには？」

「以上です」

それだけ？　電子メール、リークされた政府の機密書類、共謀者の一人の名前。

ライムにぜひとも必要なものが一つ、欠けていた――物的証拠が一つもない。

数千キロのかなた、ニューヨーク州外に――異国にあるからだ。

犯行現場と海で隔てられた現場鑑識のプロフェッショナルか。やれやれ。

9

シュリーヴ・メッツガーは、ロウワー・マンハッタンにある自分のオフィスのデスクについていた。近くの高層ビルに反射した朝の光が一条、微動だにせずにいる彼の腕と胸を白く浮かび上がらせている。

ハドソン川にじっと目を凝らしていると、昨日、ＮＩＯＳの監視調査部から送られてきた、暗号化されたメールに目を通したときの戦慄が蘇った。監視調査部の情報収集スキルはＣＩＡやＮＳＡのそれに劣らないが、幸い、ＮＩＯＳはさほど一般に認知されていない。おかげで、何をするにも外国情報活動監視裁判所の令状が不可欠というような制約に手足を縛られずにすむ。しかもその分、集まる情報の質は高いものになる。

昨日の日曜の夕方、メッガーは娘のサッカーの試合を観戦していた。対戦相手は強敵ウルヴァリンズ。大事な試合だった。彼は観戦スタンドのセンターライン前の席に陣取っていた。何があろうとそこを動くつもりはなかった。

子供に関することでは、用心に越したことはない――苦い経験から身に染みてそう学んでいた。

しかし、軽量素材でできた眼鏡のレンズの汚れを拭いてかけ直したとき、そして――まず困惑させ、次に狼狽を招き、世界が砕け散ったような衝撃を与えるような――メールを読んだとき、〝煙《スモーク》〟が噴出した。一瞬のうちに彼の周囲に充満して、そのまま居座った。気体というより、ゲルのようにねっとりとした感触をしたそれが喉もとまでせりあがってきて、息苦しいような感覚に襲われた。体が震え始めた。顎を食いしばり、両手を握り締めた。何かに心臓を握り締められているかのようだった。

そのとき、メッガーは頭のなかでこう繰り返した。大丈夫、対処できる。これも仕事のうちだ。露見のリスクは覚悟していたではないか。何度も自分に言い聞かせた。おまえはスモークじゃない。スモークはおまえの一部じゃない。こんなもの、その気になれば追い払える。追い払え。意識をほかへ向けるんだ。

それで少し落ち着いた。きつく組み合わせていた両手をほどき、スーツのスラックスに包まれた痩せた脚を指先でリズミカルに叩いた（ほかのサッカー・パパたちはみなジーンズを穿《は》いていたが、メッガーは、オフィスからサッカー場に直行する前に着替える時間がなくてスーツのままだった）。身長は百八十センチに少し届かないくらい、体重は六十八キロ。子供のころは太っていた。あるとき体重を落として以来、リバウンドはしていない。薄くなりかけた茶色の髪は、公務員にしては長めかもしれないが、このスタイルが気に入っていて、変える予定はとくにない。

昨日、観客席で電話をポケットにしまったちょうどそのとき、十二歳のミッドフィールダーが振り返って観客席の父親のいるあたりに向かって微笑んだ。メッツガーも笑みを返した。ただし、作り笑いだった。ケイティもおそらく気づいていただろう。スコッチでもあおりたいところだったが、ニューヨーク州ブロンクスヴィルの中学校で酒を販売しているはずもない。メニューに並んだなかでもっとも強い物質はカフェインだった。それでも、ウッドロー・ウィルソン中学校ＰＴＡ謹製のクッキーやブロンディは天下一品で、そこからある種の恍惚感を得ることはできた。

そもそも、酒でスモークを撃退するのは間違っている。

ドクター・フィッシャー、あなたの言うことは正しかった。たぶん。

昨夜、オフィスに戻り、問題のニュースをどうにか消化しようと試みた。マンハッタンの地方検事補が憂国の英雄を気取り、モレノ事件に関して彼を追っているという。メッツガー自身も法律の専門家だ。考えうる罪状を頭のなかでひととおり検討し、彼を叩きつぶせるだけの威力を持つ最大の棍棒《こんぼう》は共謀罪だろうと結論した。

だが、さらに衝撃的なニュースが追い討ちをかけた。検事局がモレノ事件を嗅ぎつけたのは特殊任務命令書がリークされたからだという。

内部告発者がいた？

裏切り者め！　私、ＮＩＯＳ、それに——これが何より許せない——国家に対する裏切り行為だ。そう考えたとたん、スモークがふたたび周囲に満ちた。男なのか女なのか知らないが、その検事補をシャベルで殴り殺すイメージが脳裏に閃く。怒りは、いつも思いがけぬテーマを選択する。その妄想はことさら血なまぐさく、おどろおどろしい効果音までついていた。メッガーはその暴力の激しさと執拗さに狼狽すると同時に、腹の底から湧き上がってくるような快感に酔いしれた。

平静を取り戻したあと、取るべき対策を取った。あちこちに電話をかけ、暗号化という頑丈な繭《まゆ》で何重にもくるんだメールを送った。問題を解消すべく、打てる手はすべて打った。

そしていま、月曜の朝を迎えて、メッガーは川に背を向けて伸びをした。頭も体もそこそこ機能している。合計で四時間ほど睡眠を取って（眠りは浅かった。疲労はスモークに力を与えるのだ）ＮＩＯＳのトレーニング施設でシャワーを浴びた。そのあと金庫とキャビネット、パソコン、数枚の写真、本、それに地図くらいしかない六メートル四方の殺風景なオフィスに戻り、カフェラテを口に運んだ。パーソナル・アシスタントのルースには、ミルクの代わりに豆乳を使ったソイラテを買ってきた。次は自分もソイラテにしてみようか。ルースによれば、豆乳にはリラックス効果がある。

ノースカロライナ州ブーンに旅行したとき撮った、自分と子供たちの額入りの写真を眺めた。観光牧場で乗馬を楽しんだあと、スタッフが撮影した記念写真だ。カウボーイの格好をしたスタッフがかまえたカメラは、ニコンのものだった。彼の部下のスナイパーがイラクで使うスコープを製造しているのと同じメーカーだ。スナイパーの一人のことを思い出した。千八百メートル先で即席爆弾をまさに起爆しようとしていたイラク人の肩に、338ラプア・マグナム弾を撃ちこんだスナイパー。現実は映画とは違う。ラプア・マグナムのように強力な弾丸は、体のどの部位に当たろうと、その人間を確実に殺す。肩であっても、脚であってもだ。そのときも、引き裂かれた体は音もなく砂の地面に崩れ落ちた。そしてシュリーヴ・メッガーは安堵と喜びの息をついた。

さあさあ、スマイルですよ、ミスター・メッガー。本当にお行儀のいいお子さんたちですね。六つ切り三枚にウォレットサイズ十枚でよろしいですか。

裏切り者の死を計画し、実行しているあいだ、彼の内側にスモークはない。影も形もなかった。そのことは精神科医のドクター・フィッシャーにも打ち明けた。ドクターは不穏な顔をした。その件について、どちらもそれきり追及しなかった。

メッガーは自分のパソコンを一瞥した。次に〝魔法の電話〟を見た。

彼の淡い色をした目――生気のない黄緑色で、自分では気に入らない――はふたたび景色を眺めた。ハドソン川が少しだけ見える。九月のあるよく晴れた朝、頭のいかれた愚か者たちが、眺望を邪魔していたビルを取り除いたおかげで見えるようになった景色。連中は同時にメッガーに転職を決意させて、あとに残された同胞たちに脅威をもたらすことになった。

その思考とスモークが合体した。9・11同時テロのことを思い出すといつもそうだ。あの日の記憶は、以前なら彼を弱らせた。ところが、いまは思い出すたびに焼けつくような痛みが襲ってくる。

意識をほかへ向けろ……

電話が鳴った。発信者の番号を確かめる。ディスプレイには——翻訳すれば——〝おまえはおしまいだ〟と表示されていた。

「メッガーです」

「シュリーヴ！」朗らかな声が聞こえた。「やあ、元気かね？　こうしておしゃべりするのはいつ以来だったかな」

メッガーはオズの魔法使いが嫌いだった。『オズの魔法使い』そのものではなく、登場人物の魔法使いが嫌いという意味だ（映画はおもしろかった）。魔法使いは陰湿で奸智に長け、専制的で、はったりだけでトップまで上り詰めて……実力もないくせに天下を掌中に収めている。いま電話をかけてきているこの男とそっくりだ。

電話の魔法使いが咎めるような調子で言った。「電話をくれてもよかっただろうに、シュリーヴ」

「まだ事実を確認している最中でして」メッガーはそう応じた。魔法使いはいま、ここから四百キロメートル南のワシントンDCにいる。「こちらでも把握しきれていない部分が多いので」

言い訳になっていない。しかし、相手がどこまで知っているのかはっきりしない以上、曖昧に対応しておくのが無難だろう。

「モレノに関する情報がお粗末だったというわけだな、シュリーヴ？」

「そのようです」

魔法使い——「よくあることだ。防ぎようがない。まったく、厄介な業界だよ。ときに、きみの情報はどれも念入りにチェックされていたんだね？ ダブルチェック、トリプルチェックされていた。そうだね？」

きみの……

その代名詞を選ぶ意図は見え透いていた。

「もちろんです」

作戦立案段階で、メッガーは、モレノはアメリカン製油の南東部本社を爆破するつもりでいる、モレノの死と引き換えに大勢の命を救うことができると力説した。しかし現実には、女性デモ要員が政治家を狙ってトマトを投げつけただけだった。しかも命中しなかった。魔法使いはいま、その経緯には一言も触れようとせずにいる。

しかし魔法使いとの会話の要点は、いつだって言葉に表れないことがらにこそ集約されている。彼の言葉は――あるいは口にされなかった言葉は、耳が痛くなるほど声高にメッガーの失策を指摘していた。

魔法使いとは何年も一緒に仕事をしている。顔を合わせる機会はそう多くないが、たまに会うと、がっしり体型のにこやかな男は決まって紺色の綾織り（という生地らしい）のスーツを着て、派手な柄入り靴下を履き、ジャケットの襟に星条旗のピンをつけている。メッガーのようにスモークの問題に悩まされることはなく、話し声はいつも穏やかそのものだった。

「至急、対策を講じる必要がありました」守勢に立たされていることを腹立たしく思いながら、メッガーは続けた。「モレノが危険な存在であることは確かです。テロ組織に資金を提供し、武器売買を支援しています。彼の団体はマネーロンダリングもしている」

心のなかで訂正した――モレノは危険な存在だった。射殺されたのだ。いまはもうこの世にいない。

ワシントンの魔法使いはいつもの甘い声で言った。「そう、時間的猶予が許されない場合もあるな、シュリーヴ。それは事実だ。いやはや、実に難しい業界だね」

メッツガーは爪切りを取り出した。ゆっくりと爪を整えていく。そうしていれば、スモークを遠ざけておくことができた。少なくとも、いくらかは。そんな理由で爪を切るのは奇妙だが、ポテトフライやクッキーをむさぼり食うよりはましだろう。妻や子供に怒鳴り散らすよりずっといい。

魔法使いが送話口を手でふさいだのがわかった。誰かと話しているくぐもった声が聞こえる。

誰が一緒なのだろう。司法長官か？

ホワイトハウスの主か？

まもなく魔法使いが電話口に戻ってきた。「捜査が進行中だそうだね」

くそ。やはり知っていたか。その話はどこから伝わったのだろう。テロリストも脅威だが、この仕事では、情報のリークも同じくらい危険だった。

スモーク。もう止められない。

「ええ、そのようです」

次に続いた沈黙は、明らかにこう問うていた――〝まさかこのまま黙っているつもりでいたのかね、シュリーヴ？〟

しかし魔法使いが実際に口にしたのは、「警察か？」だった。

「ニューヨーク市警です。FBIではなく。ただし、免責特権を認めた判例があります」メッガーの法律の知識は何年も使われないまま埃をかぶっていたが、この仕事に就く前に、ニーグル事件の判決やそれに関連する判例を丹念に調べた。判決の結論部分は、眠っていたって暗誦できる。〝その行為が職権の範囲内で行なわれたものである場合、連邦政府職員が国家犯罪で起訴されることはない〟。

「免責特権か」魔法使いが言った。「むろん、こちらでも調べたよ」

もう？　そう心のなかで訊き返しながらも、本気で驚いてはいなかった。

粘りつくような沈黙。「何もかも職権の範囲内だったと断言できるんだね、シュリーヴ？」

「はい」

頼む。いまはスモークを外に逃がすわけにはいかない。

「けっこう。ところで、今回のスペシャリストはブランズだったかな」

どれほど強力な盗聴防止措置が取られている回線であろうと、人名やコードネームは決して口に出してはならない。

「はい」

「警察は事情聴取に来たか」

「いいえ。厳重に身分を隠していますから、本人を特定するのは不可能です」

「言うまでもないことだが――本人も自分の立場は理解しているだろうね」

「ええ、用心していますよ。全員がしています」

またしても短い間があった。「そうか。その件について私から言いたいことはそれだけだ。

あとはきみに任せよう」

「お任せください」

「頼むぞ。というのも、諜報特別委員会のほうで予算に関する議論が始まっているそうでね。急に。わけもなく。私はとくに予定は聞いていなかったんだが、まあ、ああいう委員会はいつ何を言い出すかわからんものだろう。予算がどこにどう使われているか、点検しているらしい。それをきみにも伝えておこうと思った。まったく腹が立つことだがね、今回の対象はＮＩＯＳのようだから」

スモークは広がらなかった。だが、メッガーは驚愕していた。言葉一つ出なかった。

魔法使いはかまわず先を続けた。「馬鹿げた話だよ。私たちがどれだけ苦労してＮＩＯＳを起ち上げたことか。あのとき、難色を示した人間が一部にいたね」乾ききった笑い声。「リベラル派の友人たちは、きみがやろうとしていることが気に食わなかった。保守派の友人たちは、きみがＣＩＡやペンタゴンの仕事を横取りすることになるのが気に食わなかった。まさに四面《しめん》楚歌《そか》だった。

まあいい。どうせ議論するだけで終わるんだろうから。まったく、金というものは。何事も最終的には金の問題に行き着くのはなぜなんだろうな。ときに、ケイティやセスは元気かね」

「ええ。おかげさまで」

「それなら安心だ。おっと、そろそろ行かなくては、シュリーヴ」

電話を終えた。

ちくしょう。

いやな予感がする。

綾織りのスーツを着て目が痛くなりそうに派手な靴下を履き、剃刀《かみそり》みたいに鋭い目をした陽気な魔法使いが暗に言わんとしているのはこういうことだ。おまえはお粗末な情報に基づいてアメリカ市民を殺害した。この件が州裁判所で裁かれることになれば、オズの国に至る道も血で染まることだろう。ワシントンＤＣの大勢の目がニューヨークに注がれ、モレノ問題の成り行きを見守っている。彼らもスナイパーを派遣してＮＩＯＳを狙撃する準備を始めた。言うまでもなく、そのスナイパーが放つのは、〝予算の大幅削減〟という弾丸だ。ＮＩＯＳの心臓は、半年もたつころには鼓動を停止しているだろう。

そしてこの一件は、ヘビの寝息のようにひっそりと処理されていたはずだ――そう、内部告発者さえいなければ。

裏切り者。

スモークを押し戻せないまま、メッガーはインターコムを使ってアシスタントを呼び、またコーヒーを口に運んだ。

きみの情報はどれも念入りにチェックされていたんだね？　ダブルチェック、トリプルチェックされていた。そうだね？……

いや、その件については、実を言うと……

メッガーは自分に言い聞かせた。いまの状況をよく考えてみろ。いくつか電話をかけた。メールも送った。後処理は着々と進んでいるはずじゃないか。

「シュリーヴ？　あの……何かありましたか」ルースの目は、紙のカップを持つ彼の手に注がれていた。それで初めて気がついた。彼の手は、いまにもつぶれそうなくらいカップを強く握り締めていた。つぶれたら、ぬるくなったコーヒーが飛び出して、服の袖や、この広い国でわずか十人ほどしか読むことを許されていない書類を汚すだろう。

惨事をもたらしかねない手の力を抜き、顔には笑みを浮かべた。「いや、大丈夫だ。昨夜よく眠れなかったものだから」

パーソナル・アシスタントのルースは六十代初めの女性だ。面長《おもなが》の魅力的な顔にはそばかすがうっすらと残っており、実際の年齢よりも若々しい印象を与えている。聞くところでは、一九六〇年代にはヒッピーだったらしい。六七年、サンフランシスコから始まったヒッピー・ムーブメント〝サマー・オブ・ラブ〟をリアルタイムで経験している。しかもその中心地へイト・アシュベリーに住んでいたという。いまは灰色の髪をいつもどおりきっちり一つにまとめている。手首のさまざまな色をしたゴムバンドは、どれもチャリティブレスレットだった。乳癌、希望、融和。それぞれのチャリティの目的ははっきりとは知らない。知りたいとも思わなかった。しかしその種のメッセージは、たとえ曖昧模糊としたものであろうと、NIOSのような目的を持った政府機関にはふさわしくないように思える。

「スペンサーはまだかな」メッツガーは尋ねた。

「三十分ほどで来るそうです」

「来たらすぐ通してもらえないか」

「わかりました。ほかには？」

「いまはそれだけだ」

ルースが元ヒッピーらしくパチョリオイルの香りを残してオフィスを出ていき、扉が閉まると、メッツガーはさらに何通かメールを送った。新着メールもいくつか届いた。そのうちの一通は有望だった。

少なくとも、スモークをいくらか遠ざけるだけの力は持っていた。

10

ナンス・ローレルは、ガスクロマトグラフの鈍い鏡のような金属筐体《きょうたい》をにらみつけるようにしていた。その表情を見るかぎり、そこに映っているものに反応する様子はない。髪や化粧の具合を確かめているのではなさそうだ。

ローレルはまもなく振り返ると、セリットーとライムに尋ねた。「どのように進めたらいいと思いますか」

ライムの頭のなかにはすでに、明確な捜査プランが画かれていた。「私は証拠分析に全力を尽くす。サックスとロンには、NIOSやメッツガーともう一人の共謀者——スナイパーについての情報を集められるだけ集めてもらう。サックス、一覧表を頼む。登場人物を書いておいてくれ。情報はまだまったくないも同然だがね」

サックスはフェルトペンを取り、何も書いていないホワイトボードの前に立つと、乏しい手持ちの情報をメモしていった。

セリットーが口を開いた。「密告者の正体も突き止めたいな。一筋縄じゃいかないだろうが。リスクを背負ってることは本人も自覚してるだろう。何て言ったたって奴が密告したのは、どこかの食品会社が朝食用のシリアルに粗悪な小麦を使ってるってレベルの話じゃない。政府が人殺しをしたって話だからな。アメリア、きみはどう思う？」

サックスが答えた。「密告メールとＳＴＯの情報をロドニーに送ってある。ロドニーやサイバー犯罪対策課との調整は任せて。匿名のメールの送信元を追跡したいなら、ロドニーに頼むのが一番よ」そこで少し考えてから続けた。「フレッドにも連絡しない？」

ライムも少し考えてから答えた。「そうだな」

「フレッドというのは？」ローレルが訊く。

「フレッド・デルレイ。ＦＢＩ捜査官だ」

「いけません」ローレルは即座に言った。「連邦の人間は巻きこまないでください」

「どうして？」セリットーが訊いた。

「ＮＩＯＳに伝わってしまうかもしれない。リスクが大きすぎます」

サックスが反論した。「フレッドの専門はおとり捜査よ。目立たないようにって頼めば、目立たないように動いてくれる。この捜査には協力者が必要だわ。フレッドなら、全米犯罪情報センターや各州の犯罪者データベースにも登録されていないような情報にアクセスできる」

ローレルは迷った。青白い丸顔（見る角度によってはきれいだ。素朴な種類の美しさがある）に、そうとはわからないくらいの小さな変化が表れた。あれは危惧だろうか。怒り？　それとも反感か。ローレルの表情は、ヘブライ語やアラビア語で書かれているかのようだった。そまるきりかけ離れた二つの意味のどちらなのか判断する手がかりは、ちっぽけな発音区別符号しかない。

サックスは一度だけ検事を見やったあと、頑なな声で言った。「デリケートな捜査だときちんと伝えます。彼なら理解してくれるわ」

それから、ローレルに答える間を与えずに手近な電話のスピーカーボタンを押した。ローレルが身を固くするのがわかった。サックスに近づいて通話を切るボタンを押すべきかどうか迷っている。

うつろな呼び出し音が大きく響いて部屋を満たした。

「はい、デルレイ」その押し殺すような調子は、トレントンやハーレムで潜入捜査の真っ最中だから、大きな声を出して不要な注目を引きたくないと伝えているかのようだった。

「フレッド？　アメリアよ」

「おっと、アメリアか、どうだ、元気でやってるか？　しばらくぶりじゃねえか。うっかりしたことは言えねえな。そっちの声は俺にしか聞こえてねえが、どうせ俺の声はマディソン・スクウェア・ガーデンじゅうに響き渡ってるも同然なんだろうから。スピーカーフォンに殺意を感じるよ」

「安心して、フレッド。こっちで聞いてるのは私と、ロンと、リンカーン――」

「よう、リンカーン。しばらく前のハイデッガー哲学の賭け、おまえさんの負けだったよな。毎日うちの郵便受けをチェックしてるが、昨日の時点じゃまだ小切手の一枚も届いてない。フレッド・〝哲学をめぐる論争を仕掛けるな〟・デルレイ宛の小切手をとっとと送ってよこせ」

「忘れているわけではない」ライムは不平がましく言った。「きちんと支払うよ」

「五十ドルだ」

「ロンにも一部、支払い義務があるように思うが。私を唆した張本人だからね」

「よせよ、俺は関係ない」セリットーが即座に否定した。

ナンス・ローレルは呆気《あっけ》にとられたような顔でこのやりとりに聞き入っていた。ローレルの特技リストを作ったとしたら、〝軽口を叩き合う〟という項目はどこまで行っても出てこないだろう。

いや、もしかしたら、サックスが自分の許可を待たずにフレッド・デルレイに電話したことに腹を立てているだけのことかもしれない。

サックスは何事もなかったように少し前の説明を続けた。「――と、地方検事補のナンス・ローレル」

「それはそれは、実に光栄じゃないか。どうも、ローレル検事補。港湾労働者の裁判はみごとだった。あれはあんただろ?」

沈黙。「そうです、デルレイ捜査官」

「ありゃどう見たって勝ち目はなかったよな。おまえさんも知ってんだろ、リンカーン? ジョーイ・バローン事件だよ。南管区の。連邦で起訴したんだが、陪審を納得させられなくて、生ぬるい評決で終わった。ところがそちらのローレル検事補は、州裁に持ちこんで、懲役二十年以上って評決を勝ち取った。連邦検事はオフィスにあんたの写真を飾ってるって噂だぜ……

ダーツの標的盤に貼ってるらしい」

「それは初耳です」ローレルが四角張った声で応じた。「あの結果に自分では満足しています」

「で、俺に何の用だって？」

サックスが言った。「フレッド、難しい事件なの。デリケートな捜査になる」

「おまえさんのその声音を聞くかぎりじゃ、えらく楽しげな事件じゃねえか。いまさら〝やっぱ話すのやめた〟とか言わねえでくれよ」

一瞬、サックスの口もとに笑みが浮かんだ。フレッド・デルレイはＦＢＩでもっとも優秀な捜査官の一人であり、秘密情報提供者のオペレーターとしても定評があり、また家族を愛する夫であり父親であり……アマチュア哲学者でもある。しかし、おとり捜査官としての長い経験を経て、独特の語り口調を確立していた。服装も奇抜だが、言葉のセンスもまた、それに負けず劣らず風変わりだ。

「容疑者は、フレッド、あなたのボスなの。連邦政府」

沈黙。「ふむ」

サックスはローレルに視線を向けた。ローレルは束の間ためらったあと説明役を引き継ぎ、モレノ事件に関して、少ないながらもいま判明している事実をふたたび挙げていった。

フレッド・デルレイは動じることなく冷静に聞いているようだったが、口を開いたとき、デルレイの声にはふだんと違う警戒感が忍びこんでいた。「ＮＩＯＳ？　いや、あれは俺たちのうちには入らねえ。連中は別次元の存在だよ。言っとくが、好意的な意味じゃねえぞ」

それ以上の説明はしなかったが、それでも言いたいことはわかるような気がした。

「待ってな。一つ二つ調べてみる」電話のスピーカーからキーボードを叩く音が聞こえた。クルミの殻がテーブルにばらばらと落ちる音に似ていた。

「あの、デルレイ捜査官」ローレルが口を開いた。

「フレッドでいい。落ち着きな。通信はがっちがちに暗号化されてるから」

まばたき。「ありがとう」

「よし。ちょいとうちのファイルをのぞいてみてる。うちのファイルだ……」長い間があった。「ロバート・モレノ、別名ロベルト・モレノ。おお、たしかにあるな。アメリカン製油関係のメモがくっついてるぞ……うちのマイアミ支局がテロ事件発生の恐れありとして緊急発進したが、蓋を開けてみたら、どでかい誤報とわかった。モレノに関するこっちのデータ、要るか？」

「ちょっと待って、フレッド。いいわ、お願いします」サックスはパソコンの前に腰を下ろし、新規ファイルを開いた。

「行くぞ。モレノは二十年前から国外に在住してる。帰国するのは年に一度かそこらだ。おっと、帰国し、て、たか。でもって……要監視リストには入ってたが、アクティブ・リスクには一度も分類されてない。基本的に大口を叩くだけの男だったから、危険度はさほど高くないとされてたわけだな。アルカーイダやセンデロ・ルミノソみたいな組織と仲よしだったが、実際にテロ攻撃を呼びかけたことは一度もない」デルレイは小声で何か独り言を言った。それから続けた。「このメモによるとだな、射殺事件の黒幕はどこかの麻薬カルテルかもしれねえってのが公の見解だ。しかし、そいつを立証するのは無理だろう……おっと、何だこいつは？」

沈黙。

「フレッド？　聞こえているか？」ライムは焦れったくなって訊いた。

「ああ」

ライムは溜め息をついた。

まもなくデルレイが先を続けた。「こいつは手がかりになるかな。国務省からの報告だ。どうやらモレノ氏はこっちにいらしてたらしいぜ。我らがニューヨーク市にな。四月三十日の深夜に入国、五月二日に出国してる」

ロン・セリットーが尋ねた。「具体的なことは書いてないか？　滞在中に何をしたか、どこに行ったか」

「ないな。そっちで調べてもらうしかない。俺もできるだけのことはしてみる。カリブ海や南米の支局に問い合わせてみるよ。おっと、写真が出てきた。送っとくか？」

「けっこうです」ローレルがそっけなく答えた。「そちらとのやりとりは最小限にとどめるべきですから。それより、私かセリットー刑事、サックス刑事、あるいはリンカーン・ライム氏に宛てて電話をください。用心は――」

「勇気の大半を占める」デルレイは謎めいた口調でことわざを引用した。「それについて異論はこれっぽっちもねえよ。それを言ったらだ、連中はまだ何も知らねえっていうのは確かなんだろうな？　ＮＩＯＳには知られてねえってのは絶対だな」

「はい」ローレルが答えた。

「そうか」

ライムは言った。「納得していないような口ぶりだな」

デルレイが低く笑った。「ま、幸運を祈ってるよ、諸君」

サックスが電話を切った。

「ところで、私はどこを使っていいかしら」ローレルが訊いた。

「え、使うって？」サックスが訊き返す。

ローレルは室内を見回している。「デスクをお借りしたいの。テーブルでもいいわ。デスクの形をしていなくてもかまわない。作業スペースが広ければ何でも」

「どうしてデスクが要るの？」

「検事局のオフィスを使うわけにはいかないから。だってそうでしょう？」わかりきったことだと言いたげだった。「リークの心配がある。いつかはＮＩＯＳに伝わってしまうでしょうけれど、この捜査のことはできるだけ伏せておきたいわ。ああ、あれがいい。あのテーブル。借りてもかまいませんか」

ローレルは隅の作業用テーブルを指さした。

ライムはトムを呼び、旧型の鑑識用具が入った箱や書籍などを下ろしてテーブルを片づけさせた。

「パソコンは持ってきていますが、専用の電話回線とＷｉＦｉルーターも必要です。そこに暗号化した専用アカウントを作成します。できればネットワークを共有したくないのですが」ライムをちらりと見る。「可能であれば」

チームにこの新メンバーが加わることをサックスが歓迎していないのは、表情を見ればわかる。リンカーン・ライムはもともと単独行動を好む人間だが、少なくとも捜査の進行中は、他人の存在を喜びはせずとも、受け入れる寛容さを身につけた。今回もとくに異論はない。

　ナンス・ローレルは重たそうなブリーフケースと文書ケースをテーブルに置くと、ファイルを取り出し始めた。いくつかの山に分けて積んでいく。大学生活の初日に数少ない持ち物をデスクやベッドサイドテーブルに並べ、少しでも居心地をよくしようとしている、学生寮に荷物を運びこんだばかりの新入生のようだった。

　やがてローレルは顔を上げた。「ああ、一つ忘れるところでした。この捜査では、彼を聖人のように見せる証拠を集めていただきたいの」

「はい？」サックスが言った。

「ロバート・モレノを聖人のような人物に見せたいということ。扇動的な発言ばかりしていたし、アメリカに対しても徹底して批判的な態度を取っていました。だから、彼が生前にした善い行ないを探してください。たとえばローカル・エンパワーメント運動。学校を作ったり、第三世界の子供たちに食料援助をしたり。そういったことです。家族を大切にする父であり夫であったとか」

「どうしても必要なこと？」サックスが訊く。〝どうしても〟を強調したところに、信じがたいという気持ちが表れていた……加えて、辛辣な響きもたっぷり込められていた。

「ええ」

「どうして？」

「そのほうがいいからです」またしても、わかりきったことだと言いたげな口ぶり。

「それって」短い間。「答えになってないわ」サックスは言った。ライムの顔を見ようとしない。ライムとしてはありがたかった。サックスとローレルのあいだで激しく散っている火花を自分は浴びたくない。

「これも陪審対策です」ローレルはライムのほうを盗み見るようにしながら言った。少し前の同じ議論では彼女の側についたように見えたからだろう。「正直な人物、善良で道徳的な人物だったことを示す必要がある。弁護側は、モレノに危険人物のイメージを重ねようとするでしょう——挑発的な服を着てレイプ犯を誘惑するような言動を取った被害者にも非があるとほのめかす弁護士みたいに」

サックスが言った。「その二つのシナリオはまったく別物だわ」

「そう？　私にはそうは断言できません」

「事件捜査の目的は真実を突き止めることでしょう？」

サックスの言葉を咀嚼《そしやく》しているのだろうか、しばしの間があった。「裁判で勝てないなら、真実を見つけたところで何の意味があるかしら」

ローレルの観点からは、それで議論は決着を見たらしい。全員に向き直るとこう言った。

「スピードが肝心です。時間との勝負になります」

セリットーがうなずいた。「だな。いつＮＩＯＳに嗅ぎつけられるかわからん。知れたら、証拠は次々姿を消すだろう」

ローレルが言った。「それもありますが、私が指摘したいのは別のことです。ホワイトボードを見てください。例の殺害命令です」

SECRET　TOP SECRET　TOP SECRET　TOP SECRET　TOP SECRET　TOP S

特殊任務命令書
待機中の任務

8／27	9／27
対象《タスク》：ロバート・A・モレノ (NIOS ID: ram278e4w5)	**対象《タスク》**：アルバラニ・ラシード (NIOS ID: abr942pd5t)
誕生年月：75／4（ニュージャージー州）	**誕生年月**：73／2（ミシガン州）
完了期日：5／8‐5／9	**完了期日**：5／19
承認：レベル2・済 レベル1・済	**承認**：レベル2・済 レベル1・済
補足文書：添付資料A参照	**補足文書**：なし
確認の要否：要	**確認の要否**：否
PINの要否：要	**PINの要否**：要
CD：承認（ただし最小限とすること）	**CD**：承認（ただし最小限とすること）
詳細： 担当スペシャリスト：ドン・ブランズ、キル・ルーム。スイート1200号室（バハマ、サウス・コーヴ・イン）	**詳細**：未定
状況：完了	**状況**：未完了

全員がＳＴＯを見つめた。ライムも目で文字を追ったが、答えはすぐには見つからなかった。しかしまもなく、ふいに閃いた。「待機中、か」

「そう、そこです」検事補がうなずいた。

ローレルが続けた。「ここに出てくるラシードという人物やその所在について、調べても何も出てきません。彼の〝キル・ルーム〟はイエメンあたりにある小屋で、そこを本拠に核爆弾の部品でも売りさばいているのかもしれない。あるいは、メッガーの熱意を思えば、コネティカット州リッジフィールドの民家の居間ということもありえます。ラシードはそこでグアンタナモの収容施設についてブログを書いたり、アメリカ合衆国大統領を侮辱するような文言を垂れ流したりしているのかもしれません。所在はともかく、ＮＩＯＳが今度の金曜日までにこの人物を殺害しようとしていることは確かです。その場合の〝付随的損害〟は誰になるでしょう？　ラシードの妻や子供？　偶然通りかかった市民？　ぜひとも未然にメッガーを逮捕したいんです」

ライムは言った。「しかし、それでかならず暗殺を阻止できるとはかぎらないだろう」

「わかっています。ただ、ＮＩＯＳや連邦政府に向けたメッセージにはなるでしょう。〝隠れて何をしているか、注意深く見ている人間がいるぞ〟というメッセージ。それがあれば、暗殺を延期して第三者にＳＴＯを検証させ、合法か否か再確認しようとするかもしれない。でも、メッガーがＮＩＯＳ長官でいるかぎり、それは期待できません」

ローレルは法廷で最終弁論を始めようとしている検事のように進み出ると、芝居がかったしぐさで殺害命令書をとんとんと叩いた。「それに、一番上にあるこの番号。８／27と９／27。

日付ではありません。待機中のタスクに振られた連番です。標的に振られた番号ということ。モレノはＮＩＯＳが殺害した八番目の標的でした。ラシードは九番目です」

「〝27〟はトータルの人数だということか」セリットーが訊く。

「そうです。一週間前の時点で、二十七人だった」ローレルは冷ややかに言った。「今日は何人に増えていることやら」

11

シュリーヴ・メッガーのオフィスの入口に人影が現れた。落ち着き払った辛抱強い幽霊を連想させる人影。

「スペンサー」

本部におけるメッガーの右腕、ＮＩＯＳ管理部長スペンサー・ボストンは、メッガーが呼び出しのメールを送ったとき、メイン州の澄み切った青い空と静かな湖畔の風景を楽しんでいた。そのメールを受け取ったボストンは、その場で休暇を切り上げてニューヨークに戻ってきた。それを恨みに思っているのだとしても――おそらく腹を立てているに違いない――顔色にはまったく表れていなかった。

感情を表に出すのは不適切だ。

けしからぬことだ。

スペンサー・ボストンはいぶし銀の気品、一時代前の優雅さをたたえている。顔つきは柔和で、一本線を描く唇の両端から括弧《かっこ》のような皺が伸びていた。ウェーブのかかった豊かな髪は灰色だ。年齢はメツガーより十歳上で、物腰はどこまでも冷静かつ理性的だった。〝魔法使い〟と同じくスモークには悩まされていない。ボストンはオフィスに入り、詮索好きな耳を意識して反射的にドアを閉めたあと、メツガーと向かい合う椅子に腰を下ろした。無言のまま、メツガーの手に握られている携帯電話に視線を落とした。めったに使ったことのない、そしてこの建物から外に持ち出されたことが一度もない携帯電話は濃い赤色をしているが、トップシークレットのやりとりに使うから赤を選んだわけではない。即納可能な商品がたまたまそれだったというだけのことだ。メツガーはそれをひそかに〝魔法の電話〟と呼んでいる。

見ると、携帯電話を握り締めている手の筋肉が引き攣《つ》っていた。

電話を置き、数年前から同僚として働いている男に軽くうなずいた。スペンサー・ボストンとは、NIOSの前長官が政界の渦に呑みこまれ、メツガーがその後を継いで以来のつきあいだった。ちなみに、前長官の転職は完全な失敗に終わっている。

「来てくれてありがとう」メツガーは堅苦しい口調で早口に言った。休暇を邪魔してしまったことについて何か言わなくてはという義務感に駆られたかのように。スモークは実にさまざまな影響をもたらす。たとえば、怒りが沸き立っているわけではない場面であっても、常識的な人間ならどうふるまうかを忘れさせてしまう。人生を苦痛に支配されていると、四六時中、警戒して時間を過ごすことになる。

パパ?……ねえ、大丈夫なの?

どうして?　パパはほら、笑っているのに?

そうだね。でも、なんとなく変だよ。


ボストンが姿勢を変えた。椅子がきしむ。ボストンは小柄な男ではない。背の高いプラスチックのカップからアイスティを飲み、話の先を促すように太く濃い眉を吊り上げた。

メッガーは言った。「内部告発者がいる」

「何だって?　いや、ありえない」

「確認が取れている」経緯を説明した。

「まずいな」ボストンがつぶやくように言った。「で、どうする?」

その挑むような質問を無視してメッガーは続けた。「そいつを見つけてくれないか。どんな手を使おうとかまわない」

おい、言葉に気をつけろ——そう自分を叱りつけた。スモーク任せでしゃべるんじゃない。

「この話は誰と誰が?」ボストンが訊いた。

「彼は知っている」そう答え、もったいぶった視線を魔法の電話に向けた。

それ以上の説明は必要なかった。

魔法使いのことだとわかる。

ボストンが顔をしかめた。やはり当惑しているらしい。以前、別の諜報機関に勤務していたころ、ボストンは自ら希望して中米担当となり、パナマなど難しい地域で駐留する諜報員の采配に手腕を発揮した。彼の専門は政権交代というデリケートな分野だ。ボストンの活躍の場はそこにあり、政治の世界ではない。それでも、アメリカ政府という後ろ盾がなくなるようなことがあれば、考えうる最悪のタイミングで配下の諜報員とともに孤立無援で捨て置かれかねないと身をもって知っている。現にボストンは、革命グループや反政府組織、麻薬カルテルなどに拘束されたことがあるという。尋問されたこと――おそらくは拷問にかけられたこともあるが、本人の口からそういった経験が語られたことは一度もない。

だが、ボストンはこうして生き延びている。ワシントンDCにある脅威の質が変わろうと、自分を守るためのスキルは変わらない。

ボストンは、すっかり灰色に変わってはいるが、あいかわらずうらやましいほど豊かな髪を手でかき上げると、先を待った。

メッツガーは続けた。「彼は――」また魔法の電話に目をやる。「――捜査のことは知っているが、情報のリークには一言も触れなかった。おそらく知らないんだと思う。裏切り者を見つけ出さなくてはならない――噂がワシントンに届いてしまう前に」

薄い紅茶をすすっているボストンの顔に何本か深い皺が刻まれた。見ろよ、あの味わいのある顔。貫禄ある陰の実力者を演じさせたら、ドナルド・サザーランドとだっていい勝負になるだろう。ずっと年下のメッツガーのほうがよほど頭髪が薄く、しかも肉の薄い貧相な体つきをしていた。傍目《はため》にはただの小者にしか見えないだろうという気がした。

「どう思う、スペンサー？　ＳＴＯのリーク元はどこだろう」

ボストンは窓の外に視線を向けた。彼の座っている場所からはハドソン川は見えないはずだ。見えるのは朝日を跳ね返している近隣のビルだけだろう。「フロリダの誰かではないかな。次の候補はワシントンの誰か」

「テキサスやカリフォルニアは？」

「それはないと思うね。ＳＴＯのコピーは届いているだろうが、所属のスペシャリストに命令が下らないかぎり、開くことさえないはずだ……それに、言いにくい話だが、このオフィスを頭から除外するわけにはいかない」優雅な白髪頭をぐるりと巡らせ、ＮＩＯＳ本部を示唆した。

たしかに。考えたくもないが、この本部の人員が裏切った可能性は否定できない。

ボストンが続けた。「ＩＴセキュリティの連中にサーバーやコピー機、スキャナーに痕跡が残っていないか調べさせよう。ダウンロードを許可されている管理職者にはポリグラフ検査を受けさせる。オートボットを使ってフェイスブックの徹底サーチもするといいだろうな。いや、フェイスブックだけじゃない。ブログもだ。フェイスブック以外のＳＮＳもすべて。ＳＴＯにアクセスできる人物が、政府や我々の任務を批判する投稿をしていないか確認する」

任務――悪党を始末すること。

納得できる提案だった。さすがだ。「いいね。やることが山積みだ」メッガーの視線は窓の向こうへとさまよった。このオフィスより百メートルほど高い位置で、上から吊られた職人が窓ガラスを清掃していた。いつものように、９・11同時多発テロを連想した。燃えるビルから飛び降りた人々。

スモークがふくらんで、肺が圧迫された。

息をしろ……

スモークを追い払え。だが、どうやっても息ができない。あの悪夢の日、大勢の〝ジャンパー〟がビルから飛び降りた。息ができなかったからだ。彼らの肺は、彼らを呑みこもうと燃え盛る炎が噴き出す脂っぽい煙を吸いこんで一杯になっていた。炎は地鳴りのような音を立てて彼らの四メートル四方のオフィスに押し入ろうとしていた。逃れる先は一つしかなかった。窓の外――そのはるか下には、永久不変のコンクリートが待ち受けていた。

メッガーの両手はまたしても震え始めた。

こちらをじっと観察しているボストンの視線を感じた。メッガーは何気ないそぶりで額入りの写真の角度を直した。彼、セス、ケイティ、それに鼻を鳴らす馬。品質の確かなレンズを通して記録された思い出。そのレンズは、一発の銃弾を誰かの心臓へとまっすぐに導くスコープに似ていなくもなかった。

「彼らは――警察は、任務完了の証拠も持っているのかな」

「いや、それはないと思う。STOの状況の欄に完了とある、それだけだ」

殺害命令は、文字どおりのもの――対象《タスク》の排除を命令する文書にすぎない。暗殺の実行と完了を裏づける文書が作られることはなかった。何を訊かれても否定、否定、否定――それが約束事だった。

ボストンが尋ねた。「どんな対処を……?」

「ひととおり連絡した。当然ながら、ドン・ブランズにも捜査の件は伝えてある。ほかに知っているのはほんの数人だ。あれこれ……やってはいる」

わかったような、わからないような表現。魔法使いを非難できない。

あれこれやってはいる……

みごとな灰色の髪と、さらにみごとな実績の持ち主、スペンサー・ボストンは、また紅茶をすすった。プラスチックの蓋に挿したストローがこすれて、弓でヴィオラの弦を弾いたようなかすかな音が鳴った。「心配するな、シュリーヴ。私がかならずその男を見つけ出す。女かもしれないがね」

「ああ、頼む。いつでもいい。日中であろうと、夜中であろうとかまわない。何かわかったらすぐに連絡してくれ」

スペンサー・ボストンがオフィスを出たところで、赤い魔法の電話が甲高い音を鳴らし、同じビルのずっと下の階で監視とデータマイニングを専門にしているチームからメールが届いたことを知らせた。

担当検事はナンス・ローレル。ニューヨーク市警の捜査担当者もまもなく判明する見込み。

この瞬間、スモークの勢力範囲は大幅に縮小した。ようやくだ。スタート地点が見つかった。

12

ジェイコブ・スワンはラガーディア国際空港のマリン・エア・ターミナルの駐車場に置いた自分の車に近づいた。

ニッサンのセダンのトランクを開け、スーツケースを慎重に入れた。料理用ナイフはこのスーツケースに入っている。機内持ち込み荷物に刃物を入れるわけにはいかないからだ。運転席にどさりと腰を下ろし、伸びと深呼吸をした。

疲れた。バハマに向け、ブルックリンの自宅を出発してからほぼ二十四時間が経つ。そのあいだに眠ったのはたった三時間ほど、しかもほとんどは移動中のことだった。

アネットとのセッションは予想外に短時間で終わった。しかし死体を処分したあと、ごみを燃やしたまま放置されていた焚き火を探し、先週の訪問の証拠を焼却するのに少々手間取った。ほかにもいくつか事後処理をこなさなくてはならなかった。アネットのアパートに行ったり、モレノの射殺現場――サウス・コーヴ・インをふたたび訪ねたり。危険ではあったが、結果は上々だった。

それから、先週と同じルートでバハマを脱出した――ミラーズ・サウンド近くの波止場から。そこに毎日通って来て、船で作業をしていることもあれば、煙草やマリファナを吸ったり、サンズやカリック、あるいはトリプルBといったビールを飲んだりしていることもある男たちのなかに知り合いがいる。頼めば本業以外の仕事も引き受けてくれる。手際よく、しかも目立たないように。彼らは小型ボートを走らせてフリーポート近くに無数に浮かぶ島の一つにスワンを送り届けた。スワンは待機していたヘリコプターでフロリダ州マイアミの南にある空港に飛んだ。

それがカリブ諸島の美点だ。税関《カスタム》がある一方で、慣習《カスタム》もある。後者のおかげで、ジェイコブ・スワンのような金に糸目をつけない人間——雇用主の資金は、言うまでもなく、潤沢だ——は、どこへでも人知れず行くことができる。

ナイフを使って肉に切れ目を入れたあと、そして血が流れ出したあと、アネットは彼のことを誰にも話していないとスワンは確信した。一週間前、サウス・コーヴ・インのスイート一二〇〇号室やモレノのボディガード、そしてモレノ本人について、彼から何気なく尋ねられたことは誰にも話していないようだ。それらの質問を結び合わせたら、はなはだしく不都合な結論が導き出されかねない。

〝旬〟ナイフはほんの二、三度使っただけだった。スライス……スライス……。女のあの怯えようを思えば、それさえ必要なかったかもしれない。しかしジェイコブ・スワンは何事にも几《き》帳面《ちょうめん》を心がけている。小麦粉とバターを炒めてルーを作ったところに熱い液体を加えるタイミングが少し早すぎただけで、繊細なソースが台なしになってしまうこともある。しかもいったんだめになったソースは、もはや挽回がきかない。たった数度の違い、たった数秒の差。それに、スキルに磨きをかける好機を逃してはならない。スキルと呼べるかどうかは別問題として。

駐車場の料金所で停まり、現金で支払いを済ませたあと、グランド・セントラル・パークウェイを一キロか二キロ走ったところで路肩に車を寄せ、ナンバープレートを別のものに交換した。それからブルックリンの自宅に向かった。

アネット……

サウス・コーヴ・インで計画を練っていた彼と偶然出合ったことは、彼女にとっては不運だった。スワンがホテルを偵察していると、モレノのボディガード、シモーン・フローレスが現れた。アネットといちゃついていた。どこかの部屋から連れ立って出てきたところなのは明らかだった。二人のボディランゲージと軽口から、何をしていたかも明らかだった。

売春婦か。ちょうどいい。

一、二時間待ってからホテル内を素知らぬ態度でぶらぶらした。彼女はバーにいた。水で薄めた酒を一人で飲みながら、釣り針につけた餌みたいな風情で新たな客から声がかかるのを待っていた。

古い紙幣ばかりで数千ドル分の現金を懐に持っていたスワンは、喜んでその餌に食いついた。すばらしいセックスのあと、なおもすばらしいシチューを味わいながら、彼は任務に役立つ確かな情報をふんだんに手に入れた。ただし、のちのち捜査が行なわれることになるとは予期していなかったため、後始末が不十分だった。というわけで、ふたたびバハマに飛ぶことになった。

始末は完了した。これでもう心配ない。

ブルックリンハイツの自宅に帰り着いた。彼のタウンハウスはヘンリー・ストリート近くにある。裏通りに面したガレージに車を入れた。玄関ホールに荷物を下ろし、服を脱いでシャワーを浴びた。

リビングルームと二つある寝室には質素な家具が並んでいる。ほとんどは安価なアンティークだが、イケアの家具もいくつか混じっていた。いかにもニューヨーク市で暮らす独身男性の住まいといった雰囲気のなかに、二つだけ異質なものがあった。クローゼットの中の巨大な緑色の銃保管庫と、キッチンだ。銃保管庫には愛用のライフルや拳銃を収めてある。キッチンは、プロの料理人がうらやみそうなものだった。

タオルで体を拭い、タオル地のローブを羽織り、スリッパを引っかけてキッチンに向かった。バイキング、ミーレ、キッチンエイド、サブゼロなどのモダンで機能的な設備、冷凍専用庫、ワインクーラー、遠赤外線オーブン――すべて自分で造ったものだ。素材はステンレスとオーク材で統一してある。壁一面に設《しつら》えたガラス扉のキャビネットの奥に鍋や調理器具が並んでいた（天井から吊るすラックに鍋を並べるほうが見栄えはするが、使う前にいちいち洗わなくてはならないのは非合理的だ）。

フレンチプレスでコーヒーを淹れた。濃いコーヒーをいつものようにブラックで飲みながら、朝食のメニューを考えた。

ハッシュにしよう。キッチンで新しいことに挑むのは好きだ。これまでにも、ヘストン・ブルメンタールやゴードン・ラムゼイといった世界的シェフが考案するようなレシピを数知れず編み出してきた。しかしその反面、料理はかならずしも手の込んだものである必要はないことも知っている。軍にいたころ、作戦任務を終えてバグダッド郊外の兵舎に戻ると、軍用食と近くの市場《スーク》で仕入れてきた食材を組み合わせた簡単な料理を作って同僚兵士にふるまった。料理に対する妥協を許さない潔癖じみた姿勢をからかう者はいなかった。一つには、スワンの作る食事は例外なくうまかったからだ。そしてもう一つ、もしかしたらその日の朝、スワンは、輸送途中で消えた武器の行方を吐かせようと、苦痛の叫びを上げる反乱軍兵士の指関節の皮を剝いでいたのかもしれないからだ。

　我が身がかわいいなら、そういう相手を嗤《わら》うのはやめておいたほうがいい。

冷蔵庫からリブアイ・ステーキ肉の一ポンド（およそ四五〇グラム）の塊を取り出し、白い厚手のパラフィン紙を剝がした。一ポンドきっかりの重さ、整った形。肉を切ったのはスワンだ。ほぼ一月《ひとつき》に一度、牛の半身を購入し、彼のような人々――アマチュアの解体職人――のための食肉加工施設の冷蔵庫に預けておく。そしてそのためだけに丸一日予定を空けて、骨から肉を切り分ける。サーロイン、ショートリブ、ランプ、肩ロース、バラ、肩バラ。

　肉を一括購入する人々のなかには、脳や腸、胃などの臓物を好む者もいる。しかしスワンは魅力を感じず、食べずに処分していた。倫理的、感情的な嫌悪があるからではない。スワンにとって、肉は等しく肉だ。彼が臓物を口にしないのは単に風味の問題だった。かりっとソテーした胸腺肉をいやがる人はいないだろう。だが、ほとんどの臓物は苦味が強く、しかも余計な手間ばかり食う。たとえば腎臓を調理すると、キッチンに染みついた臭いが何日も取れないし、脳は脂っぽいばかりで味がない（しかもコレステロールの塊だ）。エプロンを着け、鋸《のこぎり》とナイフを用意して重量九十キロの肉切り台に立つ時間のすべては、普遍的に食されている部位を切り出すことに費やされる。できるかぎり骨に肉を残さずに、完璧に形の整った手本のような肉塊を作っていく。それは一つの芸術だ。スポーツだ。

その作業は、彼の心を落ち着かせる。

ママのちっちゃなお肉屋さん……

ステーキ肉をまな板に置いた。刃当たりのよさを考えて、まな板は木製のものしか使わない。指先で肉をなぞり、弾力や繊維の方向、霜降り具合を確かめる。

しかし肉をすぐに切ることはせず、その前に〝旬〟ナイフを洗い、ダン社のブラックハードアルカンサス砥石《といし》を使って研ぎ直した。この砥石はナイフと同じくらい値が張るが、地球上でもっとも研ぎ味が優れている。アネットに馬乗りになっていたとき、舌をもてあそんでいたナイフを次に彼女の指に移動させた。そこで不運にも、刃が骨にぶつかった。完璧に研ぎ直さなくてはならない。

ナイフが元どおりの切れ味を取り戻すと、ようやく肉の前に戻り、時間をかけて二センチ角のサイコロに切り分けていった。

もっと大きく切れば、作業はあっという間に終わる。だが、楽しい時間をわざわざ短くすることはないだろう？

切り分けた肉にセージを混ぜ合わせた小麦粉を振り（伝統的なレシピのアレンジだ）、鋳鉄のフライパンで焼き目をつけ、内側がまだピンク色のうちにいったん取り出した。赤ポテトを二個とジョージア州産のビディリアオニオン半個を賽《さい》の目に切り、フライパンに残った脂で炒めたあと、肉を戻す。そこに子牛骨の出し汁を少々加え、みじん切りにしたイタリアンパセリを散らし、フライパンごとオーブンに入れて表面に軽く焦げ目をつける。

一、二分でハッシュができあがった。仕上げに塩コショウを振り、ローズマリーのスコーンを添えて、キッチンの出窓の前の高価なチーク材のテーブルに食卓を調《ととの》えた。スコーンは二、三日前に焼いたものだ。何日か寝かせると、手挽きの小麦粉とハーブがなじんでいっそう味がよくなる。

いつものようにたっぷり時間をかけて食べた。早食いの人々、食べ物をただ胃袋に詰めこむだけの人々には、嫌悪に似た哀れみしか感じない。

食事を終えたところでメールが届いた。国家を守るべく働くシュリーヴ・メッガーの有能な諜報機関は、例によって休みなく結果を出し続けているようだ。

メール拝読。今日は首尾よく運んだと聞いて安心している。

最小化／排除すべき脅威は以下のとおり。

1　STO運用を知っている証人および協力者
　――モレノのニューヨーク滞在（4月30日から5月2日）の詳細を調査？

2　担当検事はナンス・ローレルと判明。ニューヨーク市警の刑事に関する情報はあらためて。

３　ＳＴＯをリークした人物。何者かが身元を調査中。その手段についてはいくつか心当たりがあることと思う。進め方は一任する。

スワンは技術サービスに連絡し、データマイニングを依頼した。それから厚手の黄色いゴム手袋をはめた。鋳鉄のフライパンを塩で磨き、熱い油を薄く引く。言うまでもなく、鋳鉄の道具は決して洗剤で洗ってはいけない。次に皿や調理器具を熱湯で洗った。後片づけはまったく苦にならなかった。それどころか、頭が一番冴えるのは、こうしてシンクの前に立ち、タウンハウスのすぐ前の小さな庭にそびえるたくましいイチョウの木をながめているときだ。イチョウは珍しい実を落とす。アジア料理では銀杏《ぎんなん》をよく使う。たとえば日本の茶わん蒸しの主役は銀杏だ。ただし、一度に大量に摂取すると中毒を起こすことがある。食べることにはつねに危険がつきまとう。食事のテーブルにつくとき、こんな考えが頭をよぎることは誰にでもあるのではないだろうか――目の前の料理が、運悪くサルモネラ菌や大腸菌で汚染されていたら？　ジェイコブ・スワンは日本でフグを食べたことがある。好物にならなかったのは、フグには猛毒が潜んでいるからではなく（資格を持つ料理人が処理すれば、食中毒はほぼ完全に防ぐことができる）、彼の舌には味が淡泊すぎるように感じられたからだ。

ごしごし、ごしごし。金属やガラスや磁器から食品の残滓を完全にこすり落とす。

そして真剣に考える。

殺害命令の存在が外に漏れたいま、証人を抹殺すれば、ＮＩＯＳやその協力者に疑惑の目が向けられるだろう。あいにくだ。状況が違えば、事故を装うか、架空の人物や組織に罪を押しつける形で始末していたのに。たとえば、メッガーがモレノ殺しの首謀者として名指ししているカルテルや、警察と検事局が逮捕する犯人一味が報復のために証人を消したように見せかけていただろう。

今回はその手は使えない。ジェイコブ・スワンがもっとも得意とする手法でいくしかなさそうだ。シュリーヴ・メッガーは殺害命令の存在そのものを否定し、スワンは〝後始末作戦〟とＮＩＯＳやその関係者を結びつけかねない証拠や証人を一つとして残さないようにことを運ぶ。不可能ではない。ジェイコブ・スワンはとことん用意周到な男だ。

それに、脅威を排除する以外の選択肢はなかった。彼が所属する組織を脅かす人間を放ってはおけない。彼の組織は重大な使命を負っている。

厚手のリネンで皿とカトラリー、コーヒーカップを拭いた——手術を順調に終え、最後に傷口を縫い合わせる外科医のように、念入りに。

13

ロバート・モレノ射殺事件

犯行現場1

・バハマ、ニュープロビデンス島、サウス・コーヴ・イン、スイート1200号室（〝キル・ルーム〟）
・5月9日
・被害者1：ロバート・モレノ
・死因：銃創、詳細は現時点では不明
・補足情報：年齢38歳、アメリカ市民、国外居住者、ベネズエラ在住。徹底した反米主義者。ニックネーム〝真実のメッセンジャー〟
・4月30日から5月2日の3日間、ニューヨーク市に滞在。目的は？
・被害者2：エドゥアルド・ド・ラ・ルーア
・死因：銃創、詳細は現時点では不明
・補足情報：ジャーナリスト。モレノに取材中だった。プエルトリコ生まれ、アルゼンチン在住
・被害者3：シモーン・フローレス
・死因：銃創、詳細は現時点では不明
・補足情報：モレノのボディガード。ブラジル国籍、ベネズエラ在住

・容疑者1：シュリーヴ・メッガー
・国家諜報運用局長官
・精神的に不安定？　アンガーマネージメントに問題
・特殊任務命令書（ＳＴＯ）を違法に承認するために証拠を改竄？
・離婚歴あり。イェール大で法学修士号

・容疑者2：スナイパー
・コードネーム：ドン・ブランズ
・情報サービス課にデータマイニング依頼済み
・声紋入手済み
・現場鑑識報告書、検死報告書などは現時点では不明
・麻薬カルテルによる暗殺との噂。その可能性は低いと見られている

犯行現場2

・ドン・ブランズのスナイパー拠点。〝キル・ルーム〟との距離およそ2000メートル。
バハマ、ニュープロビデンス島
・5月9日
・鑑識報告書待ち

補足捜査
・内部告発者の身元追跡
・STOをリークした身元不詳の人物
・STOは匿名メールに添付して送信
・情報サービス課に発信元の追跡を依頼済み。返答待ち

アメリア・サックスは、腰に手を当ててホワイトボードの一覧表を読み返していた。ライムはサックスの流れるような文字で書かれた情報を一瞥したきりだった。彼が関心を持って文字を目で追い始めるのは、そこに厳然たる事実――ライムの場合は主に科学的証拠――が書きこまれるようになってからだ。

いまラボにいるのは三人だけだった。サックス、ローレル、そしてライム。ロン・セリットーはダウンタウンの市警本部に戻り、ビル・マイヤーズ警部の特捜部から特別に選りすぐった聞き込みおよび監視偵察チームと打ち合わせをしている。捜査を内密に進めることを最優先に考えているローレルが警邏《けいら》課の制服警官を動員するのに反対したからだ。

サックスは自分のデスクに戻った。静かに座っているのは苦手なのに、この二時間ほど、ほとんどずっとデスクの前にいた。せまい空間に閉じこめられていると、よくない習慣が再発する。頭皮に次々と爪を食いこませ、血が出るまで引っ掻いてしまう。じっとしていられない性分だから、歩きたい、外に出たい、車を走らせたいという抑えがたい衝動が爆発しそうになる。

昔、父が口にした言葉が座右の銘になっていた。

動いてさえいれば自由だ……

父ハーマン・サックスにとって何重もの意味を持つフレーズだった。父の――父と娘の――仕事に言及したものだったのかもしれない。父もやはり警察官だった。パトロール警官として、ニューヨーク市の殺人発生率が史上最悪を記録した時期に、四十二丁目やタイムズスクウェア界隈を巡回していた。生き延びるのに必要なのは、足の速さ、頭の回転の速さ、それに観察力の鋭さだ。

人生一般についても同じだ。動き続けること……危害を及ぼしかねないものが恋人であれ、上司であれ、ライバルであれ、危険なものごとからターゲットにされている時間が短ければ短いほど、被害は少なくてすむ。父は亡くなるまでそのフレーズを頻繁に口にしていた（どれほど速く動いても逃げきれない相手は存在する。たとえば衰えていく肉体がそうだ）。

しかし、捜査には背景調査や書類仕事がつきものだ。証拠が手に入りにくく、犯行現場にも簡単には行けない今回の事件ではなおさらだった。というわけでサックスはいま、事務仕事という牢獄にいて、文書を選り分け、電話を使った内密の〝戸別訪問〟を続けている。ホワイトボードの前から椅子に戻り、親指の爪をほかの指の爪の甘皮に食いこませた。たちまち痛みが広がった。それを無視する。文書を読んでいる視界にかすかな赤い渦が重なったが、それも無視した。

ストレスの原因の一つは〝監視役〟にある。サックスはひそかにナンス・ローレルにそんなあだ名をつけていた。たとえ上司であっても――三級刑事のアメリア・サックスに上司は数えきれないほどいる――他人に監視されることには慣れていない。ローレルは少し前に引越を完了していた。分厚いノートパソコンは二台も作動しているし、それよりさらに分厚いファイルも届いている。

次は何だ？　折り畳み式のベッドでも持ちこむつもりか？

一方、にこりともせず目の前の仕事に集中しているローレルは、苛立ちとは無縁のようだった。文書の上にかがみこみ、やかましい音を立ててキーボードを叩き、極端に小さくて几帳面な文字を連ねてメモを取っていた。一ページ。また一ページ……書類に丹念に目を通し、注釈をつけ、分類する。パソコンのモニターに表示した文書は隅々まで検討されたあと、却下されるか、レーザープリンター経由で新しい命を与えられて〈ニューヨーク州対メッガー他〉とラベルのついたファイルにはさまれた仲間たちに加わるかした。

サックスは立ち上がってふたたびホワイトボードの前に立った。すぐにまた忌むべき椅子に戻り、四月三十日から五月二日にかけてニューヨーク市に滞在していたモレノの行動を調べる作業を続けた。ホテルやカーサービスにはひととおり問い合わせの電話をかけた。三回に二回は人間と話ができたが、残りは留守電が応答した。

部屋の反対側にいるライムを見やる。電話中だった。バハマの警察当局の協力を取りつけようとしている。表情を見るかぎり、サックスと同じく、いまのところ幸運に恵まれていないらしい。

そのとき、サックスの電話に着信があった。市警サイバー犯罪対策課のロドニー・サーネックからだった。サイバー犯罪対策課は三十人ほどの刑事と補助スタッフからなるエリート部隊だ。リンカーン・ライムは昔ながらの科学捜査官ではあるが、近年、サイバー犯罪対策課と緊密に連携する機会が増えている。コンピューターや携帯電話、そこに保存された無限とも思えるありがたい証拠は、昨今の事件解決に欠かせないものになっていた。サーネックは、サックスの見るところ四十歳代だが、正確なところはよくわからない。ぼさぼさした髪、制服のようにいつも同じ皺だらけのジーンズとTシャツという服装、彼のコンピューターの呼び方を借りれば〝ハコ〟への情熱的な愛。そういったものがサーネックを若々しく見せていた。

それに、趣味を疑いたくなるようなやかましいロック音楽がなくては生きていけないらしいことも。

いまも電話の向こうでロック音楽が大音量で鳴っていた。

「もしもし、ロドニー?」サックスは言った。「音楽のボリュームをちょっと下げてもらえない?」

「おっと失礼」

サーネックは、STOをリークした内部告発者捜しの鍵となる人物だ。匿名メールの受信先であるニューヨーク州検事局マンハッタン支局から送信経路を逆にたどり、送信者がどこから送信したかを突き止めようとしている。

「ちょっと時間がかかりそうだ」サーネックが報告した。背景ではベースとドラムが刻む四分の四拍子のビートがかすかに聞こえていた。「例のメールだが、複数のプロキシを経由しながら地球を半周してる。いや、地球をぐるっと一周したのかな。検事局から台湾の転送メーラー、そこからルーマニアのサーバーまではたどった。だが、ルーマニア人はどうやら協力的な気分じゃないみたいでね。それでも、送信者が使ったハコに関する情報は手に入ったよ。抜け目なくやろうとして、かえって自分が足をすくわれたわけだ」

「パソコンのメーカーがわかったってこと？」

「たぶんね。ユーザーエージェントストリングを見ると……あっと、そう言ってもわからないか」

サックスは、わからないと正直に認めた。

「簡単に言えば、ネットで通信するとき自分のパソコンからルーターやサーバー、ほかのコンピューターに送られる情報のことだ。誰でも見られるし、それを見れば使ってるオペレーティングシステムやブラウザーの種類も判別できる。今回の内部告発者は、アップルのOS9・2・2とマック版のインターネット・エクスプローラー5を使ってた。ものすごく古いバージョンだよ。対象をかなり絞りこめる。おそらく、iBookを使ってるんじゃないかと思う。マッキントッシュのノートパソコンでは初めてアンテナを内蔵したモデルだ。外付けモデムやサーバーがなくてもWiFiネットワークにアクセスできる」

iBook？　初めて聞くモデル名だった。「いつごろの機種？」

「十年以上前だね。中古で買ったんだろう。おそらく現金で。自分と結びつかないように。抜け目なくやろうとしたらしいというのはそこなんだが、モデル名がわかるとは思わなかったんだろう」

「どんな見た目のパソコン？」

「運がよければ、クラムシェル形って呼ばれてるモデルだ。ツートンカラーになってる。白と、緑やオレンジといった派手な組み合わせだ。形は、その名のとおりだよ」

「貝殻《クラムシェル》みたいってことね」

「そう、貝殻みたいに丸みを帯びてる。ただ、ｉＢｏｏｋにはふつうの長方形のモデルもあった。グレー一色で角張っている。いずれせよ、でかい。いまのノートパソコンの二倍くらいの厚みがある。それで見分けられると思うよ」

「手がかりになりそうだわ、ロドニー。ありがとう」

「このあともメールをたどってみる。ルーマニア人だっていつかは降参するだろう。交渉あるのみだ」

音楽が大きくなり、電話は切れた。

振り返ると、ナンス・ローレルがサックスをじっと見つめていた。無表情なのに、興味津々といったふうにも見える。どうしてそんな芸当ができるのだろう？　サックスはたったいまサーネックから聞いた内容をローレルとライムに伝えた。ライムは冷めた顔で一つうなずいたあと、電話に戻った。が、黙っている。おそらく保留で待たされているのだろう。

ローレルは満足げに——と見えた——うなずいた。「文書にして送ってください」

「え？」

短い間。「送信元とパソコンの種類についていま話してくれた内容」

「一覧表に書いておくつもりだったけど」サックスはホワイトボードのほうに顎をしゃくった。

「どんな情報もできるかぎりリアルタイムに文書の形にしておきたいの」ローレルはそう言って、テーブルに積み上がったファイルに顎をしゃくる。「差し支えなければ」

〝差し支えなければ〟——言葉つきこそ丁寧だが、まるで棍棒《こんぼう》でも振り下ろすような口調だった。

サックスにしてみれば大いに差し支えるが、こんなことで争ってもしかたがない。猛然とキーを叩いて簡単な文書を書き起こした。

ローレルが付け加える。「ありがとう。メールで送っていただければ、印刷はこちらでしますから。いまさら言うまでもないでしょうけど、セキュアサーバー経由で送ってください」

「わかってます」サックスはメールの送信ボタンを押した。どうやらリンカーン・ライムはローレルのマイクロマネージメントの対象範囲に含まれていないらしい。

電話が鳴り、発信者を確かめたサックスは、意外な番号を見て眉を吊り上げた。

ふう、やっとか。有力な手がかりが見つかったらしい。連絡してきたのは、五月一日にロバート・モレノという人物が利用していないかと電話で問い合わせていた、ニューヨーク市内に数十もあるリムジン・サービス会社のなかの一つ〈エリート・リムジン〉の秘書だった。やはり利用していたようだ。秘書によると、モレノはその日、ドライバー付きのリムジンを時間制で借りている。行き先は当日、ドライバーに伝えるという契約だ。行き先は会社の記録にはないが、秘書はドライバーの名前と電話番号をサックスに伝えた。

サックスはドライバーに連絡して身分を告げ、ある事件の捜査に関連して事情聴取に応じてもらえないかと言った。

ドライバーの話す英語は訛りが強くて聞き取りにくかったが、了解の返事をもらい、自宅住所も聞いた。電話を切って立ち上がり、ジャケットを羽織った。

「五月一日にモレノが市内で雇ったドライバーが見つかった」サックスはライムに言った。「事情聴取に行ってくる」

ローレルが早口で割りこんだ。「出かける前に、さっきデルレイ捜査官から聞いた情報を文書にしていただけないかしら」

「戻ったら一番にやるわ」

ローレルが身構えたのがわかった。しかし、今度はローレルのほうが、この問題で言い争いはしたくないととっさに判断したらしい。

14

通常の捜査であれば、この時点でリンカーン・ライムは、おそらくニューヨーク市でもっとも優秀な鑑識技術者、ニューヨーク市警のメル・クーパー刑事を呼び寄せているところだ。

しかし物的証拠が一つもないいまの状況では、あの痩せてクールな鑑識技術者がいても無意味だ。そこでクーパーには待機を要請するだけにした。といっても、リンカーン・ライムにとっての〝待機〟は、心臓切開手術のさなかといった例外を除き、呼び出しがありしだい目の前のことをすべて放り出して彼のラボに駆けつけることを意味する。文字どおり、何もかもその場で放り出して。

だが、現状ではその可能性はさほど高くなさそうだった。ライムはいま、朝からずっとかかりきりの仕事を再開していた――モレノ射殺事件の物的証拠の一部でも取り寄せられないか、交渉を試みている。

ナッソーの王立バハマ警察に電話をかけたものの、保留で待たされていた。これで四度目だった。ようやく相手が出た。「もしもし。どのようなご用件でしょう？」柔らかなアルトの声をした女性だった。

やれやれ。またしても頭から説明を繰り返すはめにはなったが、ライムは苛立ちを押さえつけた。「ニューヨーク市警のライム警部です」〝民間の捜査顧問〟とか〝市警に協力している〟といった詳細を理解してもらうのはあきらめていた。込み入っているうえに、かえって不信を招くようだからだ。彼の身分を疑った誰かから万が一問い合わせがあったら表向きだけ仮の警部に任命してもらえるよう、あとでロン・セリットーに頼んでおこう（実際、問い合わせの電話がかかってくることを祈った。はったりを見抜くような人物は、ほかの事柄についても鋭敏なものだ）。

「ニューヨークですか。はい」

「そちらの科学捜査の担当者に電話をつないでいただきたい」

「鑑識課ですね。はい」

「そうです」ライムの頭にはこんな想像図が描かれていた。無気力で、頭脳明晰とは言いがたい公務員、エアコンのない簡素なオフィス。頭上でシーリングファンが気だるげに回っている。偏見だろうか。

「ごめんなさい、どこの課でしたっけ？」

おっと。偏見ともかぎらないようだ。

「科学捜査。責任者をお願いしたい。ロバート・モレノ殺害事件についてうかがいたいことがあります」

「お待ちください」

「おい、よせ……待て！」

かちり。

くそ。

五分後、ライムは最初に電話を取ったと思しき女性とふたたび話していた。ただし、女性のほうは彼を覚えていないらしい。または、忘れたふりをしていた。ライムは用件をまたしても頭から説明し、今回は――ふと閃いて――こう付け加えた。「申し訳ないが、急いでいる。マスコミからの取材の電話がうるさくてかなわない。私から答えられないとなると、直接そちらに問い合わせてもらうしかなさそうだ」

そんな脅しめいた言葉を吐いて何を期待しているのか、自分でもよくわからない。思いつきで言ってみただけのことだ。

「取材？」女性が半信半疑といった口調で訊き返す。

「そう、テレビ局から。ＣＮＮにＡＢＣ、ＣＢＳ。ＦＯＸ。全部の局から問い合わせが来ている」

「なるほど。少しお待ちください」

作戦は功を奏した。今度は三秒と待たずに次の相手に電話がつながった。

「はい、ポワティエです」低く豊かで歌うような声だった。イギリス風のアクセントと、西インド諸島独特のイントネーション。そのリズムのある話し方に馴染みがあるのは、ライム自身、バハマを訪れたことがあるからではなく、カリブ海諸国出身者を何人かニューヨークの刑務所に送りこんだ経験ゆえだ。ジャマイカ系ギャングのやり口の荒っぽさはマフィアをはるかに凌《りょう》駕《が》している。

「もしもし。ニューヨーク市警察本部のリンカーン・ライムです」こう付け加えたい衝動に駆られた――頼む、何があろうと保留にだけはしてくれるな。だが、自制心を働かせた。

バハマの刑事が言った。「ええ」用心深い声。

「失礼だが、名前をうかがいたい。ポワティエ刑事と言ったかね？」

「マイケル・ポワティエ巡査部長です」

「鑑識課の？」

「いいえ。モレノ射殺事件の捜査指揮を……え？　リンカーン・ライムとおっしゃいましたか。ライム警部？　驚いたな」

「私の名前に聞き覚えが？」

「ここの図書室に、あなたが書いた鑑識の手引書があります」

それなら、多少の協力は期待できるかもしれない。ただ、本を褒めたわけでも、参考になったと言ったわけでもない。最新版の著者紹介にライムは市警を退職済みと書いてある。幸い、ポワティエはそのことを知らずにいるようだ。

ライムは売り込みを開始した。メッガーやNIOSのことは伏せ、ニューヨーク市警はモレノ殺害事件にアメリカ人が関係している可能性を探っていると説明する。「事件についていくつか質問がある。物的証拠に関して。いま少し時間はあるかな。話を聞かせてもらえるだろうか」

ナンス・ローレルといい勝負になりそうな沈黙があった。「いいえ、申し訳ありませんが。モレノ事件の捜査は中断していますし、それに——」

「え、何だって？　中断している？」一週間前に起きた未解決の殺人事件なのに？　ふつうならいよいよ本格化してくるタイミングだろう。

「ええ、警部」

「なぜ？　容疑者を逮捕したということかね？」

「いいえ。まず、アメリカ人が関係している可能性があるというお話ですが、何のことをおっしゃっているのかわかりません。この事件は十中八九、ベネズエラの麻薬カルテルのメンバーが起こしたものです。ベネズエラ当局からの連絡があるまで、捜査は一時中断しています。それに、私は別のもっと急を要する捜査を進めていたものですから。短期留学中の学生が行方不明になっているんです。アメリカ人の若い女性です。この国ではたまにこういう事件が発生します」言い訳がましい口調で付け加える。「たまにです。ごくたまに。ご理解いただけるでしょう、警部。美人女学生が行方不明となればマスコミが群がってくる。まるでハゲタカです」

マスコミか。電話をすぐに回してもらえた理由はそれだったのかもしれない。ライムのはったりがたまたま泣き所に触れた。

ポワティエが続けた。「レイプ事件の発生件数はニュージャージー州のニューアークより少ない。ずっと少ないんですよ。ところがカリブ諸島で学生が行方不明になると、そこだけズームレンズで拡大されたような騒ぎになる。それに、失礼ながら、そちらの国のニュース番組はとても不公平だ。イギリスのマスコミもです。しかも、失踪したのはアメリカから来た学生で、イギリス人ではありませんから、ＣＮＮやほかのテレビ局が大々的に取り上げる。ハゲタカですよ。失礼ながら」

おしゃべりは脱線を始めていた――おそらく話をそらすためだろうとライムは察した。「巡査部長――」

「とても不公平です」ポワティエは繰り返した。「アメリカから学生が来る。観光に来る場合もあれば、今回の女子学生のように一学期だけこちらの学校に通う場合もある。なのに、何かあればこの国のせいにされる。ひどい悪口を言われるんです」

ライムの忍耐は底を突きかけていたが、どうにか平静を保った。「すまないが、巡査部長、モレノ殺害事件に話を戻そう。こちらでは、麻薬カルテルはモレノの死にまったく関係ないと確信している」

少し前までのとりとめのないおしゃべりとは一転して、完全な沈黙が流れた。やがて――

「私の目下の仕事は女子学生を捜すことですから」

「学生など、どうだっていい」ライムは衝動的に言った。思いやりに欠けた発言だろう。だが、いまは女子学生のことなど本当にどうでもよかった。「ロバート・モレノ。頼む。アメリカ人が関わっている可能性が確かにある。最優先事項はそれだ。時間がない」

対象：アルバラニ・ラシード（NIOS ID: abr942pd5t）

誕生年月：73／2（ミシガン州）

　STOの待機リストの次にあるこのラシードという人物がどこの誰なのか見当もつかないが、コネティカット州あたりの住宅街に家族と暮らしている、犯罪と無関係の市民ではないだろう。それでも、ナンス・ローレルの言うとおり、間違った、あるいは改竄された情報に基づいて殺されていいはずはない。

完了期日：5／19……

　ライムは続けた。「報告書のコピーを送ってもらいたい。現場鑑識報告書、現場写真、スナイパーが発砲した拠点の写真、検死報告書、科学捜査ラボの分析報告書。とにかく、あるだけ全部。それから、事件発生前後にバハマに滞在していたドン・ブランズという人物についてデータマイニングして、何か見つかれば、その情報も頼む。ドン・ブランズというのは偽名だ。スナイパーのコードネーム」

「申し訳ありませんが、正式な報告書はまだ出ていません。メモ程度のものはありますが、最終版はまだ」

「まだ？」ライムはぼそりと訊き返した。「事件が起きたのは五月九日だろう？」

「ええ、そうですね」

〝そうですね〟だと？

　ふいに恐怖を感じた。「現場検証はもちろん済んでいるんだろうね」

「ええ、ええ、もちろんです」

　ふむ。それなら安心だ。

　ポワティエが言った。「ミスター・モレノが殺された翌日、すぐに検証しました」

「翌日？」

「はい」失言だったと察したか、ポワティエは口ごもりながら続けた。「ほかにも事件が起きたので。同じ日にもう一つ事件が発生したんです。有力な弁護士が強盗に殺されました。ダウンタウンの自分の事務所で。その捜査が優先されたんです。ミスター・モレノはバハマ市民ではありませんが、弁護士は市民ですから」

　犯行現場の有用性を著しく低下させる要素は二つある。一つは、現場を踏み荒らす人々による汚染だ。不注意な捜査官もそこに含まれる。もう一つは、犯行から現場検証までの時間の経過だ。容疑者の身元を割り出し、有罪判決を勝ち取るために必要な物的証拠は、ほんの数時間で、文字どおり蒸発してしまう場合もある。

　翌日まで現場を放っておけば、主要な証拠は半分に減ってしまいかねない。

「現場はまだ立入禁止にしてあるだろうね？」

「はい」

　それはよかった。ライムは切迫した状況がうまく伝わることを祈って、重々しい声で続けた。「巡査部長、私たちが捜査に乗り出した理由は、モレノを殺害した人物は犯行を繰り返すだろうと考えているからでね」

「え、本当に？」本心から危惧を感じたような声だった。「バハマで？」

「それはわからない」

誰かがポワティエに話しかけた気配が伝わってきた。送話口が手で覆われたのがわかった。話し声はしているが、内容は聞き取れない。やがてポワティエが電話口に戻ってきた。「連絡先を教えていただけますか、警部。何か参考になりそうなことが出てきたら、こちらから連絡します」

ライムは唇を結んだ。それから電話番号を伝え、すばやく付け加えた。「もう一度、現場検証を行なってもらえないだろうか」

「失礼ながら、警部、こちらはニューヨークの警察ほど人員に恵まれていませんから。それに、正直なところ、私にはとても手に負えない状況で。殺人事件の捜査を担当するのは初めてです。なのに、外国人の社会活動家にスナイパー、贅沢なリゾート――」

「殺人事件は初めて?」

「ええ、そうです」

「巡査部長、失礼ながら――」ポワティエの口癖を真似て、ライムは言った。「きみの上司と話をさせてもらえないだろうか」

これを侮辱と受け止めた風もなく、ポワティエは答えた。「少々お待ちください」またしても送話口が手で覆われる。くぐもった声が断片的に伝わってきた。〝モレノ〟〝ニューヨーク〟という言葉はなんとなく聞き取れた。

まもなくポワティエが電話口に戻った。「申し訳ありません、警部。上司は席をはずしているようです。でも、先ほど電話番号をうかがいましたし、新しいことがわかったらかならず連絡します」

これが最後のチャンスかもしれない。ライムは大急ぎで考えをまとめた。「一つだけ——弾丸は形をとどめたまま回収できているか?」

「ええ、一発は。それと——」急ブレーキがかかったかのように、そこで言葉が途切れた。

「詳しくはわかりません。すみませんが、もう切らないと」

ライムは言った。「弾丸のことだが。捜査の鍵となる物証だ。一つ教えてくれ——」

「私の勘違いかもしれません。本当にもう行かないと」

「巡査部長、いまの部署に異動になる前の所属は?」

またしても短い間があった。「営業設備検査および営業許可課です。その前は交通課でした。では、すみませんが」

電話はぷつりと切れた。

15

ジェイコブ・スワンはグレーのニッサン・アルティマを走らせ、ロバート・モレノの運転手の自宅前を通り過ぎたところで路上駐車した。

技術チームの成果だった。調査の結果、五月一日にニューヨークを訪れていたとき、モレノが〈エリート・リムジン〉を利用していたことを突き止めた。いつも同じドライバーを使っていたこともわかった。ウラジーミル・ニコロフという名のドライバーだ。ふだんから車に乗せていたなら、捜査に必要な情報を持っているだろう。その情報が警察の手に渡らないよう手を打たなくてはならない。

少し前に、プリペイド式携帯電話を使って電話をかけ——「あっと、すみません。番号を間違えたようです」——在宅中であることを確認した。ドライバーのロシアかグルジアの訛りの強い声は眠たげだった。おそらく夜勤明けなのだろう。ちょうどいい。まだしばらくは家にいるはずだ。とはいえ、悠長に構えている時間はない。彼の技術チームとは違い、警察は正式な許可なくデータマイニングを行なうことはできないだろうが、伝統的な聞き込みを通じてドライバーの身元を突き止めることは可能だろう。

車を降り、伸びをしながらさりげなく周囲に目を走らせた。

リムジンのドライバーの多くはクイーンズ区に住んでいる。マンハッタンでは駐車場所などまず見つからないし、不動産の価格はすさまじく高いからだ。しかも職業柄、ラガーディア空港やJFK空港への行き来が多く、どちらの空港も同じ区内にある。

ウラジーミル・ニコロフの家は質素だが手入れが行き届いていた。ベージュ色の煉瓦造りの平屋の前でちょうど花をつけている生け垣は、暖かすぎも寒すぎもしない春の気温や何日か前に降った雨のおかげか、青々と茂って美しい。芝はきちんと刈られ、玄関に続くスレート敷きの小道には落ち葉一つなかった。もしかしたら昨日か一昨日くらいにブラシで洗浄したのかもしれない。庭の主役は装飾的に刈りこまれた二本のツゲの木だ。

技術チームが集めた、電力の使用料を時間単位で記録するスマートメーターのデータや食料品をはじめとする購買履歴などから推測するに、四十二歳のニコロフは独り暮らしのようだった。家族を重んじるロシアやグルジアの移民としては珍しいことだ。おそらく家族は母国に残してきたのだろう。

何にせよ、同居人がいないのは好都合だ。

そのまま家の前を通り過ぎながら窓の奥をうかがった。半透明のカーテンがかかっている。レースのものだ。ニコロフには恋人がいて、その女がときおり遊びに来ているとか？　ロシア系の男が自分でレースのカーテンを選ぶとは考えにくい。もう一人誰かいるとなると厄介だ。その女まで殺すのがいやだからではない。二人殺せば、被害者と連絡が取れなくなっていることに気づく関係者が倍に増え、警察が確認に訪れるタイミングがその分早まるからだ。報道番組の扱いも大きくなるだろう。ニコロフの死はできるかぎり先まで伏せておきたかった。

次の交差点まで来ると、向きを変え、無地の黒い野球帽をかぶり、ジャケットを脱ぎ、裏返しにしてまた着た。目撃者の記憶には上衣と帽子の印象が強く残るものだ。誰かに見られているとしても、一人の男が二度同じ家の前を通ったのではなく、二人の別の人間が通り過ぎたように思えるだろう。

怪しまれる要素は徹底して排除しなくてはならない。

二度目は通りの反対側に顔を向けていた。ニコロフの家のすぐ前や近くの路上に駐まっている車を残らず確かめる。ニューヨーク市警のパトロールカーはない。見るかぎり、覆面車両もなさそうだ。

玄関に近づく。バックパックから長さ十五センチのパイプを取り出した。なかに散弾を詰めてから両端に蓋をしてある。それを右手で握った。指を内側から補強するためだ。こぶしで殴りかかったとき、骨など被害者の体の硬い部位に当たって指が折れるのをこれで防ぐ。それは苦い経験から学んだことだった。相手の喉を狙ったつもりが頬を殴ってしまい、その衝撃で小指の骨が折れたことがある。すぐに状況を挽回したものの、右手の痛みはまるで拷問のようだった。それに利き手ではないほうでナイフを握って皮を剝ぐのは至難の業《わざ》だ。

バックパックから、何も書いていない、封をした封筒も取り出した。

辺りをそっと見回す。通りには誰もいない。こぶしでチャイムのボタンを押し、朗らかな笑みを顔に貼りつけた。

応答はない。眠っているのか？

ポケットから紙ナプキンを出し、ドアノブを回してみた。鍵がかかっている。ニューヨークの家はどこもそうだ。クリーヴランドや、先月、情報ブローカーを殺したデンヴァーの郊外とは違う。ハイランズランチのどのドアも無施錠だった。窓もだ。情報ブローカーはＢＭＷのドアさえロックしていなかった。

家の裏手に回って、侵入できそうな窓を探すか。

そう思ったとき、重たい音と、かちりという音が家の奥から聞こえた。

来客はまだ玄関前で待っていることをミスター・ニコロフに伝えるべく、もう一度チャイムを鳴らした。ふつうの客なら誰でもそうするだろう。

怪しまれる要素……

分厚いドアの奥からくぐもった声が聞こえた。苛立った声ではない。ただ疲れているだけだ。

　ドアが開くなり、スワンは驚いた。同時に喜んだ。ロバート・モレノのひいきのドライバーは身長百六十センチほど、体重はスワンより十キロほど軽い七十キロほどしかなさそうな小柄な男だった。

「はい？」ロシア風のアクセントの強い声で男が訊く。目はスワンの左手に——白い封筒に注がれていた。右手は隠してあった。

「ミスター・ニコロフ？」

「そうですが」男は茶色のパジャマを着てスリッパを履いていた。

「ＴＬＣの払い戻しです。サインをお願いします」

「ああ、ＴＬＣね。払い戻しって？」

「タクシー《T》・リムジン《L》組合《C》の払い戻しです」

「何だって？」

「過払い金があります」

「あんた、ＴＬＣの人？」

「いえ、私は嘱託で小切手を届けて回っているだけです」

「あくどい連中だよな。払い戻しがあるって話は初めて聞いたが、ほんとにがめつい連中だよ。ちょっと待て、だまされてないって保証はどこにある？　サインすると、いっさいの権利を放棄することになっちまったりしないか？　弁護士に相談したいな」

　スワンは封筒を持ち上げた。「読んでから決めてかまいません。みなさん受け取りますが、受け取る義務はないと書いてあります。事前に専門家に相談するのも自由だ。私はかまいませんよ。小切手を届けるのが仕事ですから。弁護士を呼ぶなら、私はいったん帰ります」

ニコロフは玄関の網戸の掛け金をはずした。「いや、いま片づけちまおう」

スワンにユーモアのセンスはまったくない。それでも、ニコロフのあまりにも幸先のよくない言葉の選択に心のうちでにやりとせずにはいられなかった。

網戸が開いた瞬間、すばやく足を踏み出し、パイプを握った右のこぶしを相手のみぞおちに叩きこんだ。狙いは冴えない茶のパジャマの生地ではなく、その五センチ奥――男の内臓だ。表面を叩いてもだめだ。内臓をじかに打つつもりで殴ると、パンチの威力はおのずと最大限になる。

ニコロフはあえぎ、嘔吐《えず》きながら、あっけなくその場にくずおれた。

スワンは一瞬のうちにその体をまたぎ越すと、襟首をつかみ、吐瀉《としゃ》物をまき散らす前にバスルームに引きずっていった。一度だけ思いきり蹴飛ばした。今度も腹を狙った。それからレースのカーテンのかかった窓越しに表の様子を確かめた。

閑静でこぎれいな住宅街。犬の散歩中の住人はいない。誰一人歩いていない。車も一台も通りかからなかった。

ラテックスゴムの手袋をはめ、玄関の鍵をかけ、散弾入りのパイプをしまった。

「こんにちは！　どなたかいらっしゃいますか？」大きな声で言った。

返事はない。ここには二人きりだ。

ふたたびニコロフの襟をつかみ、最近ワックスをかけたばかりの床の上を引きずっていった。

今度の行き先は奥まった小部屋だ。窓から中をのぞいても見えない場所にニコロフを転がす。

痛みに顔を歪め、苦しげにあえぐ男を見下ろした。

牛のテンダーロイン——ショートロインとサーロインの下に隠された大腰筋、すなわちフィレ肉——は、その名に負けない柔らか《テンダー》な部位だ。適切に調理すれば、フォークだけで切ることができる。パイ料理やフィレステーキによく使われる台形を引き伸ばした形状をしたこの肉は、塊の状態では扱いにくく、下処理にいくらか時間がかかる。そしてその大部分はナイフを使って行なう。周囲の固い筋肉を取り除くのは当然だが、最大の難関は、塊を覆っている薄膜——結合組織の薄い層を剝がすことだ。

この薄膜を完全に取り除き、しかも肉はできるかぎり無傷で残そうとすると、難しい。ナイフの刃を肉に対して適切な角度に保ったまま鋸のように動かす。コツをつかむまでに、相当な練習が必要だ。

ジェイコブ・スワンは、そのテクニックを頭に浮かべながら、蠟を引いた木製のケースから愛用の〝旬〟ナイフを取り出して、かがみこんだ。

16

ロバート・モレノのドライバー宅へと車を走らせながら、アメリア・サックスは〝監視役〟の抑圧からの解放感を味わっていた。

失礼。いくらなんでもひどい言い方かも――心のなかでそうつぶやく。ナンス・ローレルは優秀な検察官と見える。デルレイが話していたこと、ローレル本人の下準備の完璧さがそれを裏づけていた。

しかし、だからといって好感を抱く必要はない。

モレノが通っていた教会を調べてくださるかしら、アメリア？　慈善活動にいくら寄付していたか、何人のお年寄りの手を引いて一緒に通りを渡ったか、そういったことも。差し支えなければ。

差し支えなければ……

いやよ、ものすごく差し支えるもの。

それでも、いまは少なくとも動いている。それもかなりのスピードで。いま駆っているのはフォード・フェアレーンの後継車、栗色の一九七〇年型フォード・トリノ・コブラだ。馬力は四百五、トルクは六十二キロある。トランスミッションは、言うまでもなく、オプション設定の四速マニュアルだ。ハースト・シフターの動きは渋く、気分屋でひどく扱いにくいが、ほかのシフターを使う気にはなれない。サックスにとってシフターは、エンジン以上に五感を楽しませてくれるパーツだ。この車で唯一しっくりこない部分は――現代ニューヨークに似合わぬ時代錯誤な見た目はよしとすることにして――サックスが初めて所有し、もっとも愛したマッスルカー、シボレー・カマロＳＳの形見であるホーンボタンだ。カマロは数年前に起きたある事件の犠牲者となった。

コブラを飛ばし、五十九丁目橋――別名クイーンズボロ・ブリッジを渡る。この橋を歌った曲がポール・サイモンの作品にあると父が話していた。それを聞いて、そのうちiTunesで探してみようと思った。父が亡くなったあとそのことを思い出して、あらためて探して聴いてみようと思った。以来、年に一度くらい、探してみようと考える。

だが、実際に探したことはまだなかった。

橋を歌った曲。興味が湧く。今度こそ調べてみようと思った。

東行きの道路は空《す》いていた。さらに少しだけスピードが上がった。サックスはクラッチを踏みこみ、コブラのギアを三速に入れた。

痛い！　思わず顔をしかめていた。

またか。今日は膝だ。膝が無事なら、腰が痛む。

まったく、いやになる。

大人になってからずっと関節炎に悩まされてきた。すべての関節に悪さをする進行性の免疫系疾患リューマチではない。もっとずっとありふれた関節炎だ。原因は先天的な何かにあるのかもしれないし、二十二歳のときに出場したオートバイ・レースの後遺症なのかもしれない。あと数百メートルでチェッカーフラッグというところで、ベネッリのオートバイがいきなりダートコースから飛び出し、サックスもそれに続くように豪快に空を飛んで地面にしたたか叩きつけられたのだ。ともかく、原因が何であれ、長年苦しめられてきた。あれこれ試した結果、アスピリンやイブプロフェンの鎮痛剤はいくらか効いてくれることがわかっている。コンドロイチンやグルコサミンのサプリメントは効かない。世のサメ軟骨愛用者には申し訳ないが、少なくともサックスにはまるで効果がなかった。ヒアルロン酸の関節内注射も試したが、副作用の腫れと痛みに数日耐える羽目になった。もちろん、鶏のトサカから採ったヒアルロン酸を関節内に注入する治療法は一時しのぎにすぎない。いまでは鎮痛剤を水なしでのみ、しかも〈一日三回まで〉という注意書きのない薬剤を選ぶという自分なりの対症療法を確立していた。

だが、それよりもっと大事なのは、笑顔を作ること、痛みなど存在せず、自分の関節はどれも二十歳の若者のそれと変わらず快調だというふりをすることだと学んだ。

動いてさえいれば自由だ……

それでもこの痛みは――壊れかけた関節は、かつてのようには速く動けないということを意味している。サックスはいまの自分の状態をこんな風にたとえた。〝ブレーキケーブルが錆びついているせいでブレーキシューを完全に引っ張って離すことができず、ブレーキがいつもかかってしまっている状態〟。

いつでもブレーキを引きずっている。いつでも引きずって……

しかし何にも増していやなのは、関節炎が理由で現場から引っこめられるのではないかという心配だ。またしても考えた――今朝、ラボにビル・マイヤーズ警部が来ているあいだに、膝に鋭い痛みが走ってあやうくよろめきそうになったとき、警部の目はこちらを見ていただろうか。市警の上層部の前では関節炎を必死に隠している。今朝は隠しきれていただろうか。おそらく大丈夫だ。

橋を渡りきり、ギアを二速に叩きこんでアクセルを軽くあおり、騒々しいエンジンを守るために回転を合わせてクラッチをつなぐ。膝の痛みは大したことがないと自分に証明したかった。そうだ、ちょっと大げさに騒ぎすぎだ。ギアチェンジくらい、いつだって自在にできる。

クラッチを踏もうと左足を持ち上げた瞬間、膝から焼けつくような痛みが全身に広がった事実を無視するならば。

片方の目にじわりと涙がにじんだ。手の甲で乱暴に振り払った。

そこからは少しおとなしく走って目的地に向かった。

十分後、車はクイーンズのこぎれいな住宅街をゆっくり進んでいた。よく手入れされた猫の額ほどの芝生、整然と刈られた生け垣、正円を描くマルチ（木の根などを保護する覆い）の中心からまっすぐ伸びる木々。

番地を確かめていく。ロバート・モレノのドライバーの家は、ブロックのちょうど中ほどに位置していた。バンガロー風の平屋で、メンテナンスが行き届いている。ドライブウェイの奥のガレージから半分はみ出すようにして、リンカーン・タウンカーが駐めてあった。パレードに控えて磨かれた新兵の銃のように黒光りしていた。

家の前に縦列駐車し、ニューヨーク市警の駐車票をダッシュボードに置く。家のほうをうかがった。玄関横のリビングルームと思《おぼ》しき部屋の薄手のカーテンがわずかに開き、またすぐに閉ざされた。

ドライバーは在宅らしい。よかった。訪問者が警察だとわかったとたん、街の反対側に用事があったことを急に思い出す市民は少なくない。あるいは地下室に隠れたり、居留守を使ったりもする。

左脚をかばいながら車を降りた。

我慢できる範囲だが、痛みはまだあった。少し前に薬をのんだばかりだ。次の鎮痛剤をのみたい衝動を振り払った。あまり続けざまにのむと肝臓に負担がかかる。

不平不満ばかり言っている自分がふいにいやになった。ライムは身体能力の五パーセントしか使うことができない。それでも不満を口にすることは一度もなかった。さあさあ、ごちゃごちゃ言ってないで仕事をしなさいよ。ドライバーの家の玄関ポーチに立ち、インターホンのボタンを押した。屋内からウェストミンスター・チャイムが聞こえた。狭小住宅には不似合いな荘厳な響きだった。

ドライバーは何を知っているだろう？　モレノは車のなかで何か話しただろうか。尾行されているとか、脅迫状を受け取ったとか、ホテルの部屋に侵入者があったとか。何者かがモレノを監視していたとして、ドライバーはその人物の顔を見て覚えているだろうか。

足音が聞こえた。

玄関ドアの窓を覆う薄手のカーテンの奥から、誰かがじっとこちらをうかがっている。サックスは、その誰かの目を見たというより、感じた。

バッジと身分証をおざなりに掲げた。

錠が回る音。

ドアが大きく開く。

17

「どうも、おまわりさん。いや、刑事さんかな。刑事なんでしょ？　たしか電話で刑事だって言ってましたね」

「ええ、刑事です」

「私はタッシュです。タッシュと呼んでください」さっき電話で話したときと変わらず用心深い口調だった。しかしサックスが女性で、しかもかなり魅力的な外見をしているからだろう、いくらか警戒を解いたようだった。中東のアクセントはきついが、面と向かって話していると、電話のときよりは聞き取りやすかった。

笑みを浮かべたドライバーの案内で家に入る。装飾品の大部分はイスラム風だった。ドライバーは小柄で、肌の色は濃く、豊かな髪は黒い。いかにもアラビア人らしい顔立ちをしている。白いシャツにチノクロスのスラックスを穿《は》いていた。フルネームはアタッシュ・ファラダ、〈エリート・リムジン〉に勤めて十年になる――少し誇らしげにそう説明した。

同年代らしき女性――見たところ四十代なかばくらい――が愛想よく出迎え、お茶か何かいかがですかと訊いた。

「いいえ、けっこうです」

「妻のフェイです」

女性二人は握手を交わした。

サックスはファラダに向き直った。「あなたの会社――〈エリート〉によると、ロバート・モレノはふだん別のドライバーを使っていたそうですね」

「ええ。ウラジーミル・ニコロフって奴です」

サックスはスペルを尋ねてメモを取った。

「そいつが五月一日は病欠した。それで私に電話が来て、代わりに運転してくれと頼まれた。あの、すみませんが、これは何の件です?」

「ミスター・モレノが亡くなりました」

「え、亡くなった?」ファラダの表情が暗くなった。本心から驚いているらしい。「すみません、どうして死んだんですか」

「それを調べているところです」

「悲しいニュースだ。とても礼儀正しい人だったのに。まさか強盗とか?」

サックスはこの質問もはぐらかした。「ミスター・モレノをどこに送り届けたか、教えていただけますか」

「死んだ?」ファラダは妻のほうを振り返った。「聞いたか。死んだって。気の毒に」

「ミスター・ファラダ?」サックスは寛容に、しかし語気を強めて繰り返した。「その日どことどこに行ったか、話していただけますか」

「どこに行ったか……どことどこだっけ?」ファラダは困ったような顔をした。だが、困りすぎているように見える。わざとらしい。

案の定こう言った。「すみません。思い出せそうにない」

なるほど、その手で来たか。「そういうことなら、こうしませんか。私があなたを雇います から当日のルートを再現してください。ミスター・モレノを迎えに行った地点からスタートするの。それで記憶が蘇るかも」

ファラダの目が泳いだ。「ああ、そいつは名案だ。ただ、〈エリート〉からふだんどおりの仕事が入るかも――」

「倍の料金を支払います」殺人事件に関して何か目撃しているかもしれない人物と金銭をやりとりするのは、やはり倫理に反しているだろうか。だが、そもそもこの事件には道徳にかなっているると断言できる部分が一つもない。

ファラダがうなずく。「ああ、それはいいな。しかし、あの人が死んだなんて本当に残念だ。ちょっと待っててください、電話をかけてきます」

ホルダーから携帯電話を抜き取りながらそう言うと、書斎だかどこだかへ消えた。

妻のほうがまた尋ねた。「飲み物はいかがですか」

「けっこうです。本当に」

「あなた、とてもきれいだわ」感嘆と羨望《せんぼう》が入り交じった声だった。

背が低くてぽっちゃりしているが、フェイも魅力的な女性だ。人間はいつも、自分の持っていないものを持っている相手をうらやむ。たとえば、互いに紹介され、フェイが握手をしようと歩み寄ってきたとき、サックスが最初に目を留めたのは、フェイは足を引きずることなく歩いているという事実だった。

ファラダが戻ってきた。さっきと同じスラックスとシャツの上に黒いジャケットを羽織っていた。「このあとの時間を空けましたよ。行きましょう。あの日、立ち寄った場所をみんな思い出せるといいんですが」

サックスがじっと見つめると、ファラダは早口に付け加えた。「でもまあ、車で走りだしちまえば思い出すだろうな。人の記憶ってそんなものでしょ？　生き物みたいなものだ」

妻にキスをし、夕食までには帰ると告げたあと、〝帰れますよね？〟と確認するようにサックスに視線を向けた。

サックスは言った。「二時間くらいですむと思います」

二人は家を出て、黒光りするリンカーン・タウンカーに乗りこんだ。

「あれ、後ろじゃなくていいんですか」サックスが助手席に座ったのを見て、ファラダが尋ねた。

「ええ」

アメリア・サックスはリムジン・サービスに慣れていない。使ったのは一度だけ――父の葬儀のときだった。といっても黒く車体の長いセダンを見るとその悲しい記憶が蘇るというわけではない。単に他人が運転する車に乗るのに抵抗を感じるだけだ。リアシートに座ろうものなら、その抵抗感はいっそう大きくふくらむ。

車が走りだした。ファラダは巧みなハンドルさばきを見せた。簡単に道を譲ったりはしないものの、礼儀正しい運転だ。ひどく無礼な車に何度か遭遇したときも、サックスなら歩道の通行人までぎくりとするような大きな音でクラクションを轟かせただろうが、ファラダは一度も鳴らさなかった。車が最初に停まったのはセントラルパーク・サウスのヘルムズレイ・ホテルだった。

「朝の十時半ごろにここでミスター・モレノを拾いました」

サックスは車を降り、ホテルのフロントに向かった。しかしこのミッションは空振りに終わった。フロント係は協力的だった。しかし、捜査に有益な情報は持っていなかった。モレノはルームサービスを何度か頼んでいたが――うち一度は食事を注文した――外線電話は一度も使っていなかった。モレノを訪ねてきた客があったかどうかはフロントの誰も覚えていなかった。

リムジンに戻る。

「次は？」サックスは訊いた。

「銀行ですね。名前は覚えてませんが、場所は覚えてます」

「行きましょう」

次に車が停まったのは、五十五丁目のアメリカン・インディペンデント信託銀行の前だった。サックスは銀行に入った。閉店間近の時刻とあって、職員の一部はすでに帰宅していた。窓口係は支配人を呼んだ。令状なしでは情報はほとんど引き出せなかった。それでも、いかにも副社長といった風貌の女性は、ロバート・モレノが五月一日に銀行を訪れたのは口座を解約し、資産を西インド諸島の銀行に移すためだったということは教えてくれた。移した先の銀行名まては明かさなかった。

「いくら？　それは教えていただけますか」

返事は――「六桁の真ん中あたり」

麻薬カルテルのために巨額の資金をロンダリングしたというわけではなさそうだが、疑わしいことは確かだ。

「この銀行には資金を残しましたか」

「いいえ、まったく。ほかの銀行にある口座も全部解約するつもりだとおっしゃっていました」

リムジンに戻り、助手席に乗りこんだ。「次は？」

「美人さん」ファラダが答えた。

一瞬、自分のことを言われているのかと思った。だがファラダの説明を聞いて、心のなかで自分を笑った。モレノは次にイーストサイドに行って一人の女性と落ち合ったという。その女性はその日の終わりまでずっと一緒だった。モレノは住所を伝え――レキシントン・アヴェニュー五十二丁目の角――ビルの前で停めてくれと指示した。

車がそのビルの前に停まる。サックスはビルを見上げた。ガラスの箱のような高層オフィスビルだった。

「その女性というのは？」

ファラダが答えた。「髪は黒っぽい色だった。背は百七十センチくらい。三十代なかばだが、若く見える。さっき言ったとおり、美人だったよ。むしゃぶりつきたくなるような美人。スカートは短かった」

「訊きたいのは、名前や職業なんだけど」

「ファーストネームしかわからない。リディア。職業は……ねえ？」ファラダは意味ありげな笑みを作った。

「何？」

「こう言えばいいかな。ここで落ち合うまで、あの二人はお互いを知らなかった」

「全然わからない」サックスは言った。

「ねえ、刑事さん。この仕事をしてると、いろいろ見るんだよね。人間の本質みたいなもの。クライアントが私らに知られたくないことも起きるし、こっちが知りたくないことだって起きる。運転手は透明人間でいなくちゃならない。ただし、透明人間は注意深いんだ。車を運転するだけで、〝どちらへ行かれますか〟以外の質問はしない。それでも目はいろんなものを見る」

〝リムジン・ドライバー界の神秘の掟〟に長々とつきあっている暇はない。サックスはもどかしげに眉を吊り上げた。

するとファラダは、盗み聞きを心配しているかのように声をひそめた。「私の目には明らかだった。あの女性は……ね？」

「プロの女性？」

「色っぽい人だった」

「だからってプロだって決めつけることはできないわ」

「でも、金をやりとりしてた」

「お金？」

「この業界で一人前になるには、見て見ぬふりを学ばなくちゃならない」

ああ、もう、御託《ごたく》はいいから。サックスは溜め息をついた。「お金って?」はは あ、金だなとわかった。

「ミスター・モレノが封筒を渡すのを見た。渡し方、受け取り方を見て、ははあ、金だなとわかった。それにこう言ってた。〝約束のものだ〟」

「それに対して女性は?」

「〝ありがとう〟って」

聖人のごとき被害者が日の高いうちから売春婦を買っていたようだと聞いたら、堅物の検事補ナンス・ローレルはどう反応するだろう。「その女性はこのビルに何か関係があるようでしたか。たとえば、入居している会社に勤めているとか」

「私らが着いたときにはロビーで待ってたよ」

エスコートサービスがこのビルにダミー会社を置いているとは思えない。そのリディアという女性は、派遣社員として働いているか、もう一つ別にパートタイムの仕事を持っているのだろうか。ロン・セリットーに電話をかけて女性の存在を説明し、特徴を挙げていった。

「むしゃぶりつきたくなるような美人だ」タッシュ・ファラダが横から口をはさむ。

サックスはファラダを無視してセリットーに番地を伝えた。

セリットーが言った。「聞き込みチームの準備ができた――マイヤーズの部のチームだ。まずはそのビルから当たらせる。リディアという女性を知らないか、端から聞き込みをしてもらうよ」

電話を切ったあと、サックスはファラダに訊いた。「ここで落ち合って、次はどこへ?」

「ダウンタウン。ウォール街だ」

「行きましょう」

ファラダが車を出した。ふわふわした乗り心地の大型のリンカーンは、激しく渋滞した通りを悠々と走っていく。どうせ助手席でおとなしくしていなくてはならないのなら、運転している人物が慎重すぎるタイプではないことを幸いと思うしかない。サックスとしては、おそるおそる走られるより、前の車を煽《あお》ってくれたほうがまだましだ。それにサックスの基準ではスピードが上がるほど安全だった。

動いてさえいれば……

ダウンタウンを目指して運ばれながら、サックスは尋ねた。「ミスター・モレノとリディアの話の内容は聞こえましたか」

「もちろん聞こえたよ。ただ、予想してた内容とは違ったね。彼女の仕事の話でもするかと思ったが違った」

むしゃぶりつきたくなるような……

「ミスター・モレノは政治の話ばかりしてた。講義でもしてるみたいだったよ。リディアのほうは、礼儀正しくあれこれ質問してたが、結婚式や葬式でたまたま隣に座った誰かと話してるみたいだった。最初から答えを期待してないみたいな種類の質問ばかりだった。まあ、世間話だね」

サックスは食い下がった。「どんな話でしたか」

「そうだね、アメリカの悪口を言ってたのは覚えてる。いただけない話だったな。不愉快だったよ。私の前なら何を言ってもかまわないだろうって油断したのかもしれない。ほら、私の発音の癖もあるし、アラブ系だってことは見ればわかっただろうから。同じ側の人間だと思ったとか、そういうことだ。言っておくが、世界貿易センターが崩壊するのを見て、私は泣いたよ。馴染みのお客さんが何人も死んだんだ。友人だったお客さんがね。私はこの国を兄や弟みたいに愛してる。兄弟に腹が立つことだって、ときにはあるさ。あんた、きょうだいは?」

車は速度を上げてバスとタクシー二台を追い越した。

「一人っ子です」ちっとも先へ進まない話に苛立ちを感じながら答えた。

「兄弟に向かっ腹が立つことがあっても、そのうち仲直りして、元どおりだ。そうして愛情ってのは本物になっていくもんだ。血のつながりは死ぬまで断てないんだからね。しかしミスター・モレノは、アメリカにされたことをまだ恨みに思ってた」

「されたこと?」

「そう。その話は知らないのかな」

「知らないわ」サックスは言い、シートの上で向きを変えてファラダを見つめた。「教えてください」

18

どのようなことであれ、間違いは起きうる。

そのとき、動揺してはいけない。

ボウルや泡立て器をきちんと冷やさずに生クリームを泡立てると、できあがるのはホイップクリームではなくバターだ。

データマイニングの結果、リムジン会社の顧客が贔屓《ひいき》にしていたドライバーの名前を入手したものの、いざ訪ねてみると、そのドライバーは、こちらが話を聞きたかった当日にかぎって病欠していたと判明することもあれば、慎重に肉を剝がす手順を何度か繰り返してみても、目の前に横たわった男は、その日、代理でドライバーを務めた人物の名前を明かそうとしないことだってある。それはすなわち、知らないということだ。

薄膜を剝がす……

ジェイコブ・スワンはいまさらながら考えた。この事態は予測できたはずだ。善後策を用意しておくべきだった。自分が恥ずかしくなる。思いこみはいけない。美味い料理を作る最大のコツは、下ごしらえだ。すべての手順を先に済ませておく。刻むものは刻み、計るものは計る。スープ類は煮詰めて濃度を調整する。

すべての下ごしらえを万全にしておくこと。

材料を合わせ、調理し、味を整えるのは、それからだ。

ウラジーミル・ニコロフの家を手早く片づけながら、この一時間は完全な無駄だったわけではないと思うことにした。スキルを磨く時間は決して無駄ではない。それに、ニコロフが捜査に有益な情報を警察に提供した可能性もあった（どうやらそれはなかったようだが）。このあと地方検事補ナンス・ローレルと内部告発者を始末しなくてはならないことを考えると、ニコロフの死体の発見をできるだけ先に伸ばしたかった。じくじくと血を流している死体を十枚ほどのタオルでくるんでからごみ袋に入れ、口をテープで厳重に閉じた。地下室に引きずって下り——どすん、どすん、どすん——物置に押しこんだ。これで一週間くらいは死臭を封じこめておけるだろう。

ニコロフの携帯電話から〈エリート・リムジン〉に連絡し、ロシア風のアクセントつきのつたない英語を装ってウラジーミルのいとこだと名乗った。ついさっきウラジーミルに宛て、母国に残した家族に不幸があったという連絡が入った（モスクワとかキエフ、トビリシといった具体的な地名は出さなかった。どこの出身かわからない）、ついては二週間ほど休ませてほしいと伝えた。電話に出た受付係は抗議しかけたが——スケジュールの件で文句を言っただけで、彼の話を疑っているわけではなさそうだ——スワンは一方的に電話を切った。

次に尋問の現場を点検した。証拠らしい証拠は残っていない。血が垂れそうな場所にはあらかじめごみ袋やタオルを敷いておいた。漂白剤を使って周囲を洗浄し、タオルと携帯電話をごみ袋に詰めた。帰宅途中にどこかのごみ集積所に捨てればいい。

家を出ようとしたとき、暗号化されたメールが届いた。ふむ。NIOSはひじょうに興味深い情報をいくつか手に入れていた。メッガーの部下が追跡を始めているが、密告者の正体はまだ判明していない。しかし技術チームは、地方検事補のミズ・ナンス・ローレル以外に捜査に加わっている人物の名前を突き止めていた。指揮を執っているのは二人。アメリア・サックスというニューヨーク市警の刑事と、リンカーン・ライムという一風変わった名前の捜査コンサルタントだ。

今度もまた調査とデータマイニングを依頼しよう。スワンは自分の携帯電話を取り出した。料理のバイブルと称される『ジョイ・オブ・クッキング』の強みは、事実の地道な蓄積とその体系化にある。言い換えるなら〝知識〟だ。見た目ばかり華やかなレシピが売り物ではない。

19

「パナマのことは何かご存じですか」タッシュ・ファラダはタウンカーの助手席に収まったサックスに尋ねた。表情は生き生きとしている。渋滞した車のあいだをすり抜けるようにしてウォール街に向かう旅を楽しんでいるらしい。

サックスは答えた。「パナマ運河。侵略だったか何だかがあった。何十年か前」

ファラダは笑い、アクセルペダルをぐいと踏みこんだ。フランクリン・D・ルーズベルト・ドライブの動きの鈍い車線を避けて別の車線を走りだす。「〝侵略だったか何だか〟。まあ、間違ってはいません。私は歴史の本をよく読むんです。好きでね。パナマでは一九八〇年代に政権交代があった。革命ですよ。私たちの国と同じだ」

「イランのことね。一九七九年？」

ファラダがサックスを一瞥する。眉をひそめていた。

「あっと、そうだった。イランじゃなくてペルシャね」

「違います。一七七六年の革命——独立戦争のことですよ。私はアメリカ人ですから」

そうか。〝私たちの国〟。

「ごめんなさい」

ファラダの額に皺が刻まれたものの、表情は〝まあ、大目に見ましょう〟と言っていた。

「パナマに話を戻すと——ノリエガ将軍は、もともとは親米派でした。共産主義の悪と戦っていたんです。麻薬の蔓延を食い止める戦いに挑んでいたCIAや麻薬取締局に協力していた……しかし言うまでもなく、CIAや麻薬取締局から麻薬の蔓延を食い止める戦いを挑まれた麻薬カルテル側にも協力してました。そんなゲームをいつまでも続けられるものじゃない。一九八九年、アメリカはもうたくさんだと考え、パナマに侵攻した。問題は、パナマ侵攻は悪い戦争だったということだ。ジョージ・オーウェルの小説を読んだことは？」

「ないわ」遠い昔に読んだことがあったかもしれない。しかしサックスは、自分をよく見せるためにあやふやな知識をひけらかすことはしない主義だった。

「『動物農場』に有名な一節があります。〝すべての動物は平等である。しかし一部の動物はほかよりさらに平等である〟。どんな戦争だって悪だ。しかし、一部の戦争はほかよりさらに悪です。パナマの指導者は腐敗していた。その下の者たちも腐っていた。危険な連中で、国民を虐げていた。だが、侵攻も熾烈だった。とても乱暴だった。ロベルト・モレノは当時、パナマの首都に住んでいたそうです。母親や父親と一緒に」

フレッド・デルレイから聞いたことを思い出す。ロバート・モレノは〝ロベルト〟とも呼ばれていた。正式に変更したのだろうか。それとも単に通称としてスペイン語風のファーストネームを使っていただけだろうか。

「ミスター・モレノは十代のなかばだった。あの日、車のなかで、セクシーな友人のリディアにこう話していた。幸せな家庭の記憶はない、父親は出張で不在にしていることが多く、母親は孤独に苦しんでいた。息子はほったらかしにされていることが多かった」

そうだった。石油会社に勤めていた父親は仕事で忙しく、母親は苦しんだのちに自殺した。

「話を聞くかぎり、モレノはパナマ市に住む家族と親しくなったらしい。その家の兄弟とは親友だった。兄弟の名前は、たしかエンリコとホセ。話しぶりからすると、同年代だったようだね」

タッシュ・ファラダの声がそこで途切れた。

話の行方が見えたような気がした。「パナマ侵攻で、その兄弟が死んだ――？」

「そう、片方がね。ロベルトととくに仲のよかったほうの一人が死んだ。どっち側の弾に当たったかはっきりしているわけじゃないが、モレノは、いずれにせよ悪いのはアメリカだと言っていました。政府がルールを変えたからだとね。アメリカは人々や自由を重んじると言っていたのに、それは建前にすぎなかった。ノリエガを喜んで支援し、麻薬の蔓延にだって目をつぶり続けていたくせに、ノリエガ政権が不安定になり、パナマ運河が閉鎖されて石油タンカーが通過できなくなるんじゃないかと心配になったとたん、態度をがらりと変えた。そしてパナマに侵攻した」ささやくような声になっていた。「遺体の発見者はミスター・モレノだった。いまもまだ夢に出てきてうなされることがあるとリディアに話していたよ」

ナンス・ローレルの思惑と裏腹に、ファラダの証言は、モレノが決して聖人などではなかったことを暗示しているが、その悲しい物語には同情を禁じえなかった。ローレルも心を動かされるだろうか。いや、それはなさそうな気がする。

　ファラダが付け加えた。「この話をしているとき――リディアに話して聞かせたとき、ミスター・モレノの声はかすれていた。ところが急に笑いだすと、周囲を身ぶりで示して言った。この国とついにさよならだ、せいせいするよとね。アメリカに来るのはこれが最後だとも言っていた。二度と来られないと覚悟してると」

「来られない？」

「そう。来られない。〝いい厄介払いだ〟と言っていた」ファラダは重々しい声で続けた。「こっちこそいい厄介払いだと私は思ったよ。この国を愛しているからね」少しためらったあと、さらに続けた。「べつに、あの人が死んだことを喜んでいるわけじゃない。そこは誤解しないでくれ。だが、自分の国の悪口をあれだけ言われるとね。私はこの国を地球上で一番いい国だと思ってるんだ。昔もいまも変わらず最高の国だよ」

ウォール街が近づき、サックスは9・11のテロ現場のほうに視線をやった。「グラウンド・ゼロに寄ったりはしましたか」

「しなかったね」ファラダが答える。「見たいって言うかと思った。あれだけ悪口を並べたんだから、見て、ほくそ笑みたいんじゃないかと思ったよ。本当にそんなことをしたら、その時点で車から放り出してやる気でいた。ところが意外にも、あの人は急に黙りこんだ」

「ウォール街での目的地はどこでしたか」

「ここで降ろした」ファラダはフルトン・ストリートのブロードウェイ寄りで車を停めた。

「奇妙だと思ったよ。ここでいいと言われてね。そろって車を降りて、二時間くらいかかるから待っていてくれって話だった。路上に停めているのが無理だったら、電話するから迎えに来てくれと言われた。それで私は名刺を渡した」

「奇妙に思ったというのは？」

「この界隈なら、工事でもないかぎり、目的地の目の前に車をつけられる。なのに、行き先を私には知られたくないみたいな行動だろう？　きっとホテルに行くんだろうと思ったよ。そこのミレニアムとか、近所のホテルのどれかに。ともかく、そっちの方角に歩いていった」

むしゃぶりつきたくなるような友人との逢引《あいびき》のためにホテルに行った？　それならば、わざわざウォール街まで来なくても、アップタウンのホテルでもよかったのでは？

「電話はかかってきましたか」モレノの携帯電話の番号がファラダの着信履歴に残っているのではと期待して、サックスは尋ねた。

しかし期待は裏切られた。「いや。ずっとここで待ってたから。しばらくして、二人とも戻ってきた」

サックスは車を降り、ファラダが指し示した方角に歩きだした。徒歩圏にあるホテルを三軒回ったが、五月一日にモレノの名で利用した客の記録は残っていなかった。チェックインしたのだとしても、リディアの名前を使ったという可能性もあり、彼女についてもっと情報が集まるまでその手がかりは役に立ちそうにない。サックスはホテルの従業員にモレノの写真も見せたが、誰も覚えていなかった。

モレノは、自分以外の人物と性行為をさせるためにリディアに金を払ったのか。この近くのホテルやオフィスのいずれかで誰かと会ったのだろうか。賄賂《わいろ》を渡すため？　それとも恐喝するためか。サックスは最後のホテルを出て混雑した通りを歩きながら、何百棟と並ぶビルを見上げた。オフィスビル。商業ビル。アパート。ニューヨーク市警のチームがロバート・モレノと連れの女性について何ケ月もかけて聞き込みをして回ったとしても、この何十分の一も片づかないだろう。

それに、リディアが現金を受け取ったことには何かほかの理由があるのかもしれない。モレノが支援していたテロ組織や細胞のメンバーだという可能性は？　この金融の中心地に新たな暴力のメッセージを送ろうと目論んでいるグループと会合を持ったとか？

これもまた、サックスには理にかなっていると思えても、ナンス・ローレルは聞きたくもないであろう憶測だ。

偏見を持たずにいるのは難しいから……

サックスは向きを変えてリムジンに戻った。このときもまた助手席に座ると、伸びをした。関節炎の痛みが炸裂して顔をしかめ、爪の甘皮を別の指の爪の先でいじった。やめなさいってば——自分を叱りつける一方で、さらに強く爪を食いこませた。にじんだ血を黒いジーンズで拭う。

「次は？」

ファラダが答える。「ここからホテルに戻った。リディアも一緒に降りたが、ミスター・モレノとはそこで別れた。ミスター・モレノはホテルに入って、リディアは東の方角に歩いていった」

「ハグはした？」

「あれはハグとは言えないな。ほっぺた同士を軽く触れただけ。それだけだ。ミスター・モレノはチップをくれた。料金に含まれてるのに、はずんでくれたね」

「わかりました。クイーンズに戻ってください」

ファラダはギアを入れ、ラッシュアワーのひどい渋滞の街を東に向けて走った。そろそろ午後七時になろうとしている。車がのろのろと進むあいだに、サックスは尋ねた。「モレノが尾行されているとか、監視されていると感じたようなことは？　不安そうにしていませんでしたか。不審な行動を取ったり、びくびくしたそぶりを見せたりは？」

「ふむ。どうだろう。用心深い印象だったかな。しじゅうきょろきょろしてた。ただ、具体的に何か言ったりはしなかったよ。たとえば〝あの赤い車に尾行されてる〟みたいなことは言わなかった。身辺にいつも油断なく目を配っているといった感じかな。それはわかった。実業家はだいたいそんなものだよ。近ごろは物騒だから、それでだろう」

もどかしい。モレノのニューヨーク滞在に関して、確実な情報はまだ何一つ手に入らない。答えがわかるどころか、かえって疑問が増えたくらいだ。しかも、STOが脳裏にこびりついて、切迫感を振り払えずにいる。次のターゲットとしてラシードなる人物の名を挙げたSTO。


NIOSが今度の金曜日までにこの人物を殺害しようとしていることは確かです。その場合の〝付随的損害〟は誰になるでしょう？　ラシードの妻や子供？　偶然通りかかった市民？

……

ウィリアムズバーグ・ブリッジにさしかかったところで、サックスの電話が鳴った。

「もしもし、フレッド？」

「よう、アメリア。あれから二つ三つ、新しいことがわかったぞ。うちの連中にベネズエラのSIGINTを当たらせたんだがね。モレノの声を拾えた。一月くらい前のだ。関係があるかもしれない。内容はこうだ。〝そうだ、五月二十四日。そう……空高く消える。行き先は楽園だ〟」

二十四日まで二週間を切っている。何らかの攻撃を実行したあと、ビン・ラーディンのように消えるつもりだと言っているのだろうか。

「何の話をしてるか、見当はつく？」サックスは訊いた。

「いや、さっぱりだ。詳しく調べてもらってるところだよ」

サックスはファラダから聞いた話をデルレイに伝えた。ニューヨークに来るのは最後だと言っていたこと、グラウンド・ゼロ近くで何者かと会っていたらしいこと。

「符合するな」デルレイが言った。「なるほど、なるほど。よからぬことを企んでて、実行後は姿をくらます気でいたわけだ。筋は通ってる。もう一つ拾った音声を聞いたら、おまえさんもきっと納得するぜ」

「何て言ってるの？」サックスは膝にメモ帳を置き、ペンを構えた。

デルレイが言った。「別の電話のやりとりの断片だ。死ぬ十日前のだな。モレノはこう言ってる。〝爆破できそうな人材に心当たりはないか〟」

胃袋をぐっと握り締められたかのような感覚があった。

デルレイが先を続ける。「うちのオタク連中によれば、五月十三日って日付と〝メキシコ〟

らしき地名も聞こえるとさ」

十三日なら二日前に過ぎた。大きな事件は記憶にない。といっても、メキシコ全体が戦闘地域のようなものだ。麻薬関連の襲撃事件や殺人事件が多発していて、少々のことではアメリカにまでニュースは伝わってこない。

「十三日に何か起きてないか、調べてるところだ。あともう一つ——な、二つ三つわかったことがあるって言ったろ。正確には〝三つ〟のほうだ。モレノの旅程を入手した。メモの用意はいいか？」

「どうぞ」

「モレノは五月二日に飛行機でニューヨークからメキシコシティに移動した。目的は爆破計画の下見かもしれないな。その翌日にニカラグア、さらにその次の日にはコスタリカのサンホセに行ってる。そこで何泊かしたあと、七日に飛行機でバハマに向かって、そこで——二日後に——射撃の名手ミスター・ドン・ブランズの凶弾に倒れた」

デルレイは続けた。「メキシコシティとコスタリカじゃ、うちの連中が控えめに監視してた。両方のアメリカ大使館前で目撃されてる。しかし、危険な兆候は示さなかったから、モレノの坊やはそこでは拘束されてない」

「ありがとう、フレッド。助かったわ」

「もう少し調べてみるよ、アメリア。ただな、俺もあまり時間がなくてな」

「そうなの？　何か大事件でも起きそうなの？」

「まあな。俺は名前を変えてカナダに移住する。向こうで騎馬警察に志願するんだ」

かちり。

サックスは冗談を聞いても笑わなかった。デルレイのコメントが耳にこびりついて離れない。この捜査はまるで不安定な爆薬のようだった。

三十分後、タッシュ・ファラダは自宅のドライブウェイにリンカーン・タウンカーを駐め、二人はそろって車を降りた。ファラダが誤解しようのない身ぶりをした。

「おいくら？」サックスは訊いた。

「ふつうなら、私がガレージから車を出して、帰ってきて車をしまうところまでの料金を請求する。しかし、今回にそれは当てはまらない。車はあんたを乗せた場所に最初からあったわけだからね。だから、出発の時刻から、いま戻ってきた時刻までの分で計算しよう」腕時計を確かめた。「出発したのが四時十二分、帰ったのが七時三十八分」

分単位か。ずいぶんと細かい。

「特別に切り捨てで計算しよう。四時十五分から七時三十分。三時間と十五分だ」

やけに暗算が速い。

「一時間いくら？」

「九十ドル」

「一時間で？」自分が〝一時間いくらか〟と質問したくせに、思わずそう訊き返していた。

笑み。「三時間と十五分だから、三百八十二ドル五十セント」

ちょっと待ってよ、それ本気？——サックスは心のなかでつぶやいた。その四分の一くらいですむだろうと思っていた。リムジン・サービスに慣れたくない理由がこれでまた一つ増えた。

ファラダが言う。「それに……」

「わかってる。倍の料金を支払うって約束した」

「というわけで、しめて七百六十五ドル」

溜め息が出た。「もう一度、車に乗せてもらえる?」サックスは訊いた。

「短時間で帰ってこられる距離ならね」ファラダは家のほうに顎をしゃくった。「もう晩飯の時間だ」

「近くのATMまで行きたいだけ」

「ああ、そうか、そうか……よし、大負けに負けて、その分はサービスだ!」

20

気のせいだろうか。それとも……?

錯覚ではない。

どうやら尾行がついているようだ。サックスはトリノ・コブラを走らせてマンハッタンへの帰路についていた。

ミッドタウン・トンネルを出る間際にバックミラーに何度か目をやると、メーカーや車種はわからないが、明るい色をした車がずっとついてきていた。これといって特徴のない車だ。色はグレーか白かシルバー。いまも後ろに見えているし、ファラダの家を出た直後にも見かけた。

しかし、そんなことがありえるだろうか。〝監視役〟は、NIOS、メッガー、実行犯はいずれも捜査のことをまだ知らないと断言していた。

それに、たとえ知られたとしても、サックスの個人所有の車を突き止め、現在地まで特定することができるとは思えない。

だが、数年前にライムとともに取り組んだある事件の経験から、初歩的なデータマイニングシステムがあれば他人の所在を調べるくらいは簡単にできると知っている。自動車ナンバー自動読み取り装置、顔認識システム。通話記録、クレジットカードの使用履歴。GPS。ハイウェイの電子料金収受システム〝EZパス〟、さまざまな無線ICタグ。NIOSは〝初歩的〟よりはるかに進んだシステムを持っているに決まっている。サックスも用心はしていたつもりだが、それでも足りなかったようだ。

しかし、足りない分は手っ取り早く補える。

サックスは口もとを緩めると、複雑ですばやく、しかもすこぶる楽しい方向転換をいくつか繰り返した。ほぼ毎回、タイヤからもうもうと白煙が上がり、二速ギアで時速九十キロを叩き出すことになった。

最後の角を曲がり、最高に優秀なコブラの姿勢を立て直しながら、たったいま強引に追い越した車のシーク教徒のドライバーに謝罪の意を込めた甘い笑みを向けたときには、尾行は完全に振り切ったと確信していた。

少なくとも、データマイニングシステムがふたたび追いついてくるまでは安全だ。

しかし、確かに監視されているのだとしても、それは本当に脅威と言えるだろうか。NIOSは、サックスの情報を集めはするだろう。捜査を頓挫させたり、足を引っ張ったりといったことも試みるかもしれない。しかし、政府機関がニューヨーク市警の刑事に身体的危害を加えるとは考えにくかった。

ただし、相手が政府機関そのものではなく、たまたま政府機関に勤務しているだけの、怒りに駆られて心を病んだ個人なのだとしたら――政府機関職員という立場を利用し、愛国心が足りないと独断で人物を端から排除していこうという妄想じみた夢を現実にしようとしている人物なのだとしたら、話はまったく違ってくる。

一方で、これはモレノ事件とはいっさい関係ないことだという可能性もある。アメリア・サックスは過去に大勢の犯罪者を刑務所に送りこんできた。彼らがサックスに感謝しているとは思えない。

背筋がぞくりとした。

セントラルパーク・ウェストと交差する通りに曲がってすぐのところに車を停め、ニューヨーク市警の駐車票をダッシュボードに置いた。車を降り、グロックの握りをそっと叩いて拳銃の位置を再確認する。近くに駐まった車がどれも明るい色で、これといった特徴がなく、ドライバーが乗ったままで、影の奥からこちらをじっと観察しているように思えた。アッパー・ウェストサイドのこの一角に建つすべてのビルの屋上から伸びるアンテナ、給水塔、パイプはスナイパーに見え、スコープの照準をサックスの背中に合わせているような気がした。

急ぎ足でタウンハウスに入った。旧客間はのぞいただけで入らず――ナンス・ローレルは、何時間も前にサックスが出かけたときとまったく同じ姿勢でキーボードを叩いていた——一階の寝室の一つを転用したライムのリハビリルームに向かった。ライムはそこでエクササイズに励んでいた。

自転車型トレーニングマシンにストラップで固定されたライムはせっせとペダルを踏み、トムはその傍らにまるで狙撃手をサポートする観測手《スポッター》のようにしゃがんでいる。機能的電気刺激《FES》機能を搭載したマシンは、脳から送られる電気信号の代わりに電気インパルスをワイヤ経由でライムの筋肉に伝えて彼の脚を動かす。目下ライムはツール・ド・フランスの選手のように猛然とペダルを漕いでいた。

サックスは微笑み、キスをした。

「私は汗だくだぞ」ライムが警告するように言った。

確かに。

サックスはもう一度キスをした。さっきより長いキスだった。

FESで四肢の機能が戻ることはない。それでもトレーニングは彼の筋肉や循環器系を鍛え、皮膚の状態を良好に保つ。重い障害を持つ人々は床《とこ》ずれを起こしやすく、それを避けるために肌の調子を整えておくことは重要だった。相手の狼狽した顔を見るためだけにライムがわざと差別語を使って言うように、〝かたわは座ってばかりいる〟からだ。

エクササイズは神経機能も改善する。

日々の有酸素運動として自転車を漕ぐ。ほかに首から肩の筋肉を鍛えるトレーニングも日課にしていた。右の手や腕の動きをコントロールしているのは、主にこれらの筋肉だ。数週間後に控えている手術以降は、同じ筋肉が左の手や腕も動かすことになる——もし成功すればの話だが。

サックスは、最後の〝もし〟の部分は考えなければよかったと後悔した。

「何かわかったか」ライムが重苦しい息の合間に訊いた。

運転手付きのニューヨーク・ツアーの概要を報告した。モレノの子供時代の親友は、アメリカのパナマ侵攻のせいで死んだということも。

「恨みは根深く残ることもあるだろうな」ライムはそう言った。だが、関心があるわけではないだろう。モレノの内面をめぐる戯言と端《はな》から切り捨てている。ライムはいつもそうだった。それよりもリディアという女性や、銀行口座をすべて解約しようとしていたこと、未知の人物との会合、モレノが自分をアメリカから追放しようとしていたこと——〝跡形もなく消える〟——メキシコシティで五月十三日に起きたと推測される爆弾事件に関与した疑いなどに関心を示した。

「ＦＢＩがこのあとも調べてくれる。バハマ警察はどう？」

「まるでだめだ」ライムは息を切らしながら吐き捨てるように言った。「無能なのか、政治的駆け引きなのか知らないが——おそらく両方だろうな——三度かけ直したのに、そのたびに保留のまま放っておかれた。あきらめてこちらから切ったよ。今日は七回も保留にされた計算になる。電話口で待たされるというのは本当に腹立たしいな。在バハマのアメリカ大使館だか領事館だか何だかに連絡してひとこと言ってもらおうかと思ったが、ナンスに渋い顔をされてね」

「どうして？　巡り巡ってＮＩＯＳに伝わるかもしれないから？」

「そうだ。まあ、一理あるな。ＮＩＯＳに知れた瞬間、物的証拠は姿を消すだろう。ナンスはそれを恐れている。問題は……」一つ大きく息を吸い、動かせる右手を使ってマシンの速度を少しだけ上げた。「……そもそも証拠などクソのかけら一つないことだよ」

　トムが口をはさむ。「飛ばしすぎです」

「何が？　汚い言葉？　それともエクササイズ？　ふむ、我ながらなかなか詩的じゃないか」

「リンカーン」

　ライムは反抗するかのように三十秒ほどペダルを踏み続けてからスピードを落とした。

「四・五キロ」そう宣言する。「軽い上り坂を四・五キロだ」

　サックスはタオルを取り、ライムのこめかみを転がった汗の粒を拭った。「捜査のこと、もう誰かに知られちゃったみたいよ」

　ライムの黒い瞳がレーダーのように動いてサックスを見た。

　車で尾行されたらしいことを説明した。

「我らがスナイパーに私たちの存在を早くも知られたということか。正体を知るヒントは？」

「一つもなし。向こうがよほど優秀か、私が考えすぎてるかのどちらか」

「この事件に関しては考えすぎということはないと思うよ、サックス。客間にいる新しい友人にもいまの話を伝えてくれ。聖モレノは実は聖人にふさわしい人物ではなかったようだという話はもう伝えたか？」

「まだ」

ライムは奇妙な表情を浮かべてサックスを見つめていた。

「その顔は何？」サックスは訊いた。

「彼女のどこが気に入らない？」

「彼女とは水と油だから」

ライムは声を立てずに笑った。「それは誤った通説だよ！　いいか、サックス、水と油を混ぜるのは不可能ではない。水に含まれる気体を除去するだけで、難なく油と交じり合う」

「科学者の前で慣用句なんか使うものじゃないわね」

「その慣用句が科学者のした質問にきちんと答えていない場合はとくにな」

重たい沈黙が五秒ほど続いたあと、サックスはようやく答えた。「どうして好きになれないのかわからない。マイクロマネージメントの対象にされるのは苦手というのは理由の一つかしら。あの人、あなたには何も言わないわよね。女同士というのが問題なのかもしれない」

「それに関して私から言うことは何もない」

サックスは頭皮に爪を立てて溜め息をついた。「報告してくる」

部屋を出て行きかけて立ち止まり、振り返ると、猛烈な勢いでペダルを漕ぐライムをしばし見つめた。

ライムの今度の手術について、サックスは複雑な思いを抱いている。手術には危険が伴う。四肢麻痺患者の生理機能はもとより万全ではない。いわゆる健常者には何でもない手術が重篤な合併症の原因となることもある。

言うまでもなく、パートナーには自らに対して肯定的な気持ちを持っていてほしいと願っている。だが、ライムは真実を理解しているだろうか。ほかの誰とも同じように、ライムの価値は肉体ではなく精神にあること、誰の肉体であれ百点満点は決して取れないものだということを理解しているのだろうか。街に出れば好奇の目を向けられるのは事実だ。しかしそれはサックスだって同じだった。しかもサックスに視線を向ける人物は、ライムをじろじろ見る人々よりはるかに気色が悪い。

ファッションモデルをしていたころのことを思い出す。美貌と高身長、それに豊かに流れ落ちる赤毛のために、どこへ行っても過小評価された。値の張るコレクターズアイテムと似たような扱いしかされないことに次第に腹が立った。傷つきもした。そして母の怒りを覚悟のうえでモデルを辞め、父と同じ道を歩んでニューヨーク市警に入った。

何を信じ、何を知り、どのような選択をし、どんな場面で自分を貫き通すか……警察官としての力量はそういった要素で決まる。外見がその人物を定義するのではない。

リンカーン・ライムは重い身体障害を抱えている。彼と同じ状況なら、誰でも改善を望むだろう。両手でものを持ってみたい、歩いてみたいと望むだろう。ただ、サックスはときおりこんなことを考える。ライムが危険な手術を受けるのは、ライム自身のためでなく、彼女のためなのではないか。その話はほとんどしたことがなかった。たまに話題がそこに及びかけると、どちらの言葉も平らな岩に衝突した銃弾のように進路を変える。それでも暗黙のメッセージは明らかだった――〝何を好き好んで障害者になどこだわるんだ、サックス？　きみならもっと条件のいい男を探せるだろうに〟。

〝もっと条件のいい男〟という表現は、サックスが理想の結婚相手を探していることを前提にしている。しかし現状、探してはいないし、過去に探したこともない。異性と真剣に交際したのは一度だけだ。相手はやはり警察官だったが、その関係は悲惨な終わりを迎えた（ニックはようやく出所したところだ）。もちろん、その後もデートくらいはしたことがある。たいがいは持て余した時間をつぶすためだった。しかし、一人きりの退屈より、誰かといて感じる退屈のほうがよほど始末に悪いと、あるとき気づいた。

サックスはいまの自立した状態に満足している。もしライムという存在がなければ、それはそれで一人きりの人生を楽しんでいただろう。ほかに誰とも出会うことがなければ、死ぬまでその状態だっただろう。

好きなようにしてかまわないのよ――サックスは心のなかでつぶやいた。手術を受けたいなら受ければいい。ただし、自分のために受けてほしいの。あなたがどんな選択をしようと、私はそばで支えるから。

かすかな笑みを浮かべながら、しばらくライムを見守った。やがてその笑みは力を失い、サックスは最新のニュースを届けるために独裁者のいる居間に向かった。

聖モレノは実は聖人にふさわしい人物ではなかった……

21

サックスがタッシュ・ファラダとのドライブで得た情報をホワイトボードに書いていると、ナンス・ローレルが椅子を回してサックスのほうを向いた。

サックスから報告を受けて以来ずっと、頭のなかを整理しようとしていたらしい。「エスコートサービスの女性？　確かですか」

「確定ではないわ。でも、可能性の一つよ。ロンには連絡しておいた。マイヤーズの偵察チームを派遣して、その女性を探してもらってる」

「コールガール」ローレルは困惑したようにつぶやいた。

もっとうろたえるかと思っていた。既婚の被害者が娼婦を連れてニューヨーク市内をうろうろしていたとなれば、陪審の共感を呼ぶのはおそろしく困難だ。

ローレルが無造作な調子でこう続けるのを聞いて、サックスはなおも意外に思った。「まあ、男の人ですから。浮気の一つくらいあるでしょう。この問題は解決できます」

陪審の大半を男性でそろえれば〝解決できる〟と考えているのだろう。男同士なら、おそらく、モレノの浮気にも比較的寛容だ。

勝てそうな案件を選んで担当しているのかと訊いていらっしゃるなら、サックス刑事、そのとおりですとお答えします……

サックスは続けた。「いずれにせよ、私たちにとっては朗報ですね。モレノとリディアは、一緒にいたあいだずっとベッドにいたとはかぎらないでしょうから。友人と会うのに彼女を連れていったかもしれないし、NIOSがモレノを監視していたなら、尾行していた人物を彼女が目撃したかもしれない。それに、リディアがプロの女性だとすれば、証言を引き出すのも簡単でしょう。生活ぶりをあまり詮索されたくないでしょうから」さらに付け加えた。「もしかしたら、エスコート嬢ではなくて、まったく別のことに関わってるのかも。違法な何かに」

「お金のやりとりがあったからですね？」ローレルはホワイトボードのほうにうなずいた。

「そう。テロ組織とつながっているのかもしれないと考えてた」

「モレノはテロリストではありませんでした。それはもう私たち、証明しましたよね」

〝あなたが〟証明したのよ――サックスは心のなかでつぶやいた。それを証明する事実はまだそろっていない。「それでも……」サックスもホワイトボードにうなずいた。「二度とアメリカには戻らないと話してるし、銀行口座を解約して資金を移動し、〝跡形もなく消える〟とも言ってる……それにメキシコシティで何かを爆破しようとしてた」

「テロ行為だとはかぎりません。たとえば、ローカル・エンパワーメント運動関連会社が建設現場や解体現場で使う爆薬の相談をしていたのかもしれない」ローレルはそう言ったものの、新情報から読み取れる可能性に戸惑っていないわけではないようだ。「ドライバーは尾行に気づいたりはしていませんでしたか」

サックスはファラダから聞いたことを伝えた――モレノは落ち着かない様子で周囲を見回し

ていた。

ローレルが尋ねる。「具体的に何かに気づいたといった話は？」

「なかった」

ナンス・ローレルはホワイトボードの近くに椅子を引き寄せ、証拠物件一覧表をじっと見つめた。そのポーズは、愛用のストームアローを停めて一覧表に見入るライムの姿と奇妙によく似ていた。

「モレノの慈善活動については何も？　モレノを好ましく見せるようなものは何かありませんでしたか」

「ドライバーによれば紳士的な人物だったそうです。チップをはずんだとか」

これはローレルが求めている情報ではなかったらしい。「なるほど」そう言って腕時計を確かめた。時刻はそろそろ午後十一時だ。ローレルは、まだ七時か八時くらいだろうと思っていたかのように眉をひそめている。その様子を見てサックスは一瞬、考えた。この人は本当に今夜はここに泊まると言い出すのではないだろうか。しかしローレルはテーブルの上の書類の山をきちんと整えると言った。「今日はこれで帰ります」サックスをちらりと見やる。「もう遅いのはわかっています。でも、ドライバーから聞いた話やデルレイ捜査官からの情報を文書にまとめて――」

「セキュアサーバー経由であなたにメールする」

「ええ。差し支えなければ」

リンカーン・ライムは、まだ空白の部分のほうが多いホワイトボードの前を車椅子で行ったり来たりしていた。サックスがキーボードを機関銃のリズムで叩く音が聞こえていた。

機嫌が悪そうだ。

ライムの機嫌も決して麗しくはない。もう一度、一覧表全体に目を走らせた。ほとんど何も書いていないホワイトボード……

伝聞、幾とおりもの解釈が可能な情報、憶測。この事件にあるのはそれだけだ。

事実に基づいていない。

収集された物的証拠は一かけらもない。分析され、推論を与えられた証拠はまったくないのだ。ライムは不満の溜め息をついた。

いまから百年前、フランスの犯罪学者エドモン・ロカールは次のような法則を唱えた。すべての犯行現場において、犯人と現場、あるいは犯人と被害者とのあいだで例外なく何らかの物体が移動する。それは文字どおり目に見えない小さなものかもしれないが、どこを探せばよいか知っていれば、また根気と勤勉さを備えていれば、かならず発見できる。

ロバート・モレノ殺害事件ほど、このロカールの交換原理がぴたりと当てはまる犯罪はなかった。射殺事件の現場には手がかりが宝の山のように残される——弾、空薬莢《やっきょう》、指紋、射撃残渣《ざんさ》、足跡、スナイパー拠点の微細証拠……

手がかりが存在していることはわかっているのに、手が届かない。腹が立った。しかも、一日経過するごとに、いや、一時間経過するごとに証拠は劣化し、汚染され、無関係の第三者に持ち去られる。

ライムは自分の手で証拠を分析できる日を待ち望んできた。証拠を探針でつつき、観察し……手で感触を確かめる。それは長く辛い歳月のあいだずっとライムには許されなかった喜びだ。

しかし、バハマからの連絡がないまま時間だけが過ぎていき、その楽しみもじりじりと遠ざかり続けている。

ニューヨーク市警の情報サービス課から電話がかかってきた。〝ドン・ブランズ〟または〝ドナルド・ブランズ〟でデータベースを検索すると、多数の記録がヒットするが、情報サービス課のあいまい関連づけ《オブスキュア・リレーションシップ》アルゴリズム（ＯＲＡ）が有意な関連と判断したデータは一つもなかったという。ＯＲＡはスーパーコンピューターを用いて、氏名や住所、団体や活動といった異種の情報同士を結びつける。つまり、旧来の捜査手法では発見できなかったであろう関連を見つけ出すということだ。芳しくない結果ではあったが、ライムはさほど落胆しなかった。もともとあまり期待していない。ＮＩＯＳのような政府機関のエージェントは、偽の身分を新しく作ってはまたすぐに捨てているだろうし、支払いには現金を使い、サイバースペースとはできるだけ関わりを持たないようにしているだろう。スナイパーとなればなおさらだ。

サックスの様子をうかがった。手帳に目を落としたまま、ローレルに頼まれた書類をタイプしている。サックスのタイピングは速くて正確だ。腰や膝を苦しめているものが何であれ、指はその影響を免れている。バックスペースを押して打ち間違いを直しているところは一度も見たことがなかった。何年も前、ライムが警察に入ったばかりのころ、女性の警察官はタイプができても表向きそれを認めようとしなかった。現場からはずされ、秘書のように扱われることを恐れたからだ。だが、時代は変わった。いまやキーボードを速く叩き、情報を速く手に入れられる者こそ優れた捜査官だ。

だが、サックスの表情は、扱いに不満を抱く秘書のそれだった。

トムの声が聞こえた。「何かお持ちします――？」

「いらない」ライムはぴしゃりと言った。

「僕はアメリアにお尋ねしているわけですから」トムが反撃する。「アメリアのお返事が聞きたいですね。何かお持ちしましょうか。食事や飲み物は？」

「けっこうよ、トム。ありがとう」

サックスの答えを聞いて、ライムは意地の悪い満足感を覚えた――サックスもトムの申し出を断った。それから黙考に戻った。

サックスの電話が鳴った。電話機から音楽が小さく漏れ聞こえ、相手が誰なのかを明かしていた。サックスがスピーカーモードに切り替える。

「何かわかったか、ロドニー？」ライムは大きな声で訊いた。

「リンカーン。どうも。ちょっと時間はかかってますが、密告メールを追跡して、ルーマニアからスウェーデンまで行き着きましたよ」

ライムは時計を確かめた。ストックホルムは早朝のはずだ。コンピューターおたくの体内時計は外界とは無関係に動いているのだろう。

ロドニー・サーネックが続ける。「プロキシサーバーを運営してる人物とたまたま知り合いでしてね。一年くらい前かな、『ドラゴン・タトゥーの女』を巡って何度も激論を戦わせた間柄です。しばらくお互いのシステムにハッキング合戦もしました。なかなか優秀な男です。僕ほどじゃありませんがね。ともかく、そいつを口説き落として協力を取りつけました。法廷で証言せずにすむならという条件付きで」

目下、不機嫌なはずだったが、ライムは思わず笑っていた。「古きよき人間のネットワークはいまもまだ生きているというわけだな——文字どおりネットワークが」

サーネックも笑ったのかもしれないが、話していないあいだも音楽がやかましく鳴り続けていて、判別がつかない。

「そいつによれば、問題のメールがニューヨーク周辺から発信されたことは間違いないそうです。しかも経路に政府のサーバーは一つも含まれていない。民間のＷｉＦｉから発信されてます。別人のアカウントに侵入したか、コーヒーショップやホテルなんかの無料アクセスポイントを利用したか」

「何ケ所くらいありそう？」サックスが尋ねた。

「パスワード保護されていないアクセスポイントは、ニューヨーク周辺だけで七百万ケ所。ざっくりした数字ですけどね」

「そんなに」

「ただし、確実に排除できるアクセスポイントは一つあります」

「一つだけ？　どれ？」

「僕のですよ」サーネックは自分の冗談に笑った。「まあ、そう心配しないで。あっという間に絞りこめますから。解読しなくちゃならない暗号がいくつかありますが、コロンビア大学のスーパーコンピューター・タイムを借りてます。何かわかったらすぐにまた連絡しますよ」

ライムとサックスは礼を言った。サーネックはやかましい音楽と愛おしい〝ハコ〟のもとに戻っていき、サックスは八つ当たりじみた入力作業に、ライムは真っ白なホワイトボードの前にそれぞれ戻った。

まもなく、今度はライムの携帯電話が鳴った。電話機を拾い上げてディスプレイを確かめると、発信者の国番号は〈242〉と表示されていた。

ほほう、これは興味深いではないか——そう思いながら、ライムは応答ボタンを押した。

22

「もしもし、きみかね、巡査部長？」

「そうです、警部。私です」王立バハマ警察のマイケル・ポワティィエ巡査部長の声だった。小さな笑い声がそれに続く。「驚いているようですね。私から連絡があるとは思っていなかったんでしょう」

「ああ、予期していなかった」

「こんな遅くにすみません。ご迷惑でしたか」

「迷惑どころかありがたいよ」

どこか遠くでベルの音が聞こえている。ポワティエはいったいどこから電話をかけているのだろう。夜遅いのは事実だ。しかし背景で人の話し声がしているような気がする。それも大勢の話し声だ。

「さっきは近くに人がいたもので。いくつか不自然な返事をしてしまったかもしれません」

「たしかに、嚙み合わないなと思っていた」

「協力を敬遠している印象を与えたかもしれません」ポワティエは、〝敬遠〟という語を正しく発音したか急に心配になったかのようにそこで間を置いた。

「ああ、それは察したよ」

カリオペを使った音楽がふいに大きく聞こえてきた。古典的なサーカスのテーマ曲だ。

ポワティエが続ける。「もしかしたら、私のように、殺人事件の捜査をまだ担当したことのない若い巡査部長が大事件の捜査を任されたのはなぜかと不思議に思ったでしょう」

「若いと言ったね、何歳だ？」ライムは訊いた。

「二十六歳です」

若いとも言えるし、状況によってはそうでもないだろう。しかし殺人事件の捜査にかぎって言えば、二十六歳はまだまだ新人《ルーキー》だ。

電話の向こうから、また大きな音が聞こえた。金物同士がぶつかるようなやかましい音だ。

ポワティエが続ける。「いま、オフィスではないんです」

「それも察していたよ」ライムは笑った。「そこは外の通りか？」

「いえいえ。夜はもう一つ別の仕事をしているんです。パラダイス島のリゾートにあるカジノの警備員。すぐそこに有名なアトランティス・ホテルがあります。ご存じですか」

知らない。ビーチリゾートには生まれてこのかた一度も行ったことがなかった。

ポワティエが訊いた。「そちらの警察官もやはり、もう一つ仕事を持っていますか」

「そうだな、副業を持っている者もいる。警察の給料だけで食べていくのは難しいからね」

「それは言えてます。ただ、今夜は警備の仕事は休みたかったな。捜査本部に残って行方不明の女子学生の捜査を続けるほうがよかった。しかし、金は必要ですから……ところで、あまり時間がありません。この電話はプリペイド式のテレホンカードを使ってかけているので。十分のカードです。まず、モレノ事件と私の関わりを説明させてください。実を言うと、だいぶ前から中央刑事部への異動願いを出していました。刑事になるのが以前からの目標だったんです。先週になって上司から、見習い刑事に選ばれたと言われました。しかも私に捜査を一つ任せたいと。それがモレノ殺害事件でした。異動候補に挙げてもらえるまでに最低でも一年はかかるだろうと思っていましたから、驚きました。それに、いきなり捜査を一つ任されたわけですからね。思いがけない話でした。しかしもちろん、喜んでその話を受けました。

異動したあと、モレノ事件を任されたのは事後手続きを残すだけになっていたからだとわかりました。さっきも話したように、麻薬カルテルの犯行とされています。セニョール・モレノが住んでいたベネズエラの組織に暗殺されたんだろうとね。スナイパーはとっくにバハマを出国してカラカスに戻っているに決まっています。ですから私の仕事は、証拠を集めて整理し、セニョール・モレノが殺害されたホテルで証言を集めて、報告書をベネズエラ警察に送ることくらいしか残っていなかった。ほかに、詳しい捜査をするためにベネズエラ警察がナッソーに来るようなら、連絡係を務めることになるでしょう。モレノ事件が片づいたら、さっき電話でお話ししたもう一つの捜査チームに加わって、先輩刑事を補佐します」

有力な弁護士が殺されたという事件か。

やかましい音や怒鳴り声がまたしても聞こえてきた。何の音だ？　スロットマシンのコインが吐き出される音か？

一瞬、無音の状態があったあと、ポワティエが近くにいる誰かに言った。「おい、放っておけよ。酔ってるんだ。見てるだけでいい。いま手が離せない。とても大事な電話なんだ。好戦的になるようなら、外に連れ出してくれ。ビッグ・サミュエルを呼ぶといい」

ふたたび電話口に戻る。「上のほうで何か陰謀があるのではないかと疑っていらっしゃるんでしょう。モレノ事件の捜査を握りつぶそうという隠密工作があると思っていらっしゃる。見方によってはそのとおりです。まず頭に浮かぶ疑問は、麻薬カルテルがモレノを殺す理由は何か、です。セニョール・モレノはラテンアメリカで人気のある人物でした。麻薬カルテルは犯罪組織である前にビジネスマンの集団です。人望の篤い社会活動家を殺したとなれば、本来なら労働者や運び屋として協力してもらいたい人々の反感を買ってしまうことくらいちゃんとわかっているでしょう。私が思うに——私なりに少し調べてみた印象では、麻薬カルテルとモレノは互いの存在を許容していました」

ライムは言った。「前の電話で話したとおり、私たちも同じように考えている」

考えをまとめているような間があった。「セニョール・モレノは声高にアメリカを批判していました。反米を掲げたローカル・エンパワーメント運動も少しずつ人気を集めていました。

ご存じでしたか」

「ああ、知っている」

「テロ集団じみた組織ともつながりを持っていた。これもご存じですね、きっと」

「こちらでもすでに把握しているよ」

「それでふと思ったんです。もしかしたら――」ポワティエは声をひそめた。「――そちらの政府がモレノの死を望んだのではないかと」

　この巡査部長は、ライムが勝手に想定していた以上に明敏な人物らしい。

「そう考えると、こちらの警察の上層部が――警察だけではなく、国家安全保障庁や議会も――この事件をどのように解釈しているか見えてきます」ポワティエはささやくような声でそう続けた。「捜査が進んで、そのとおりだったと証明されたら？　CIAや国防総省《ペンタゴン》が狙撃手をバハマに派遣してセニョール・モレノを殺させたのだとしたら？　警察の捜査によって、狙撃手の身元と、その人物を雇った組織が判明したら？　とてつもない事態が引き起こされかねない。都合の悪い真実を暴露された報復としてアメリカ政府は、バハマへの渡航を制限するかもしれません。関税率も変更するかもしれない。バハマにとっては大きな痛手です。バハマは不景気です。アメリカ人が必要なんですよ。家族そろって旅行に来てくれなくては困る。子供はイルカと遊び、おばあちゃんはプールでエアロビクスをして、お父さんとお母さんはホテルの部屋で何ケ月ぶりかのロマンスを楽しんでくれなくては困るんです。観光客を失うことはできない。絶対にできません。だから、アメリカ政府の機嫌を損ねるわけにはいかないんです」

「いま以上に厳格な捜査を続ければ、そういった面での報復があると考えているのかね」

「ええ、そう考えるしか説明がつきませんから。たった二週間前まで、新築ビルに法で定められているとおりの非常口が備わっているか確かめたり、ジェットスキーのレンタル会社が期日までに免許料を納めているか目を光らせたりしていた警察官、つまり私が、モレノ事件の捜査主任に抜擢《ばってき》される理由はほかに思いつきません」

　ポワティエの声は先ほどまでより大きくなり、そこに鋼のような冷たさが忍びこんでいた。

「でも、誤解しないでください、警部。営業設備検査および営業許可課に配属されていたあいだに扱った検査や許可申請はどれも迅速に、完璧に、そして誠実にこなしていました」

「それは疑っていないよ、巡査部長」

「ですから、いまの状況が腹立たしいんです。この事件を任されたのに、任されていないとでも言えばおわかりいただけますか」

　しばしの沈黙があった。やがてスロットマシンの騒々しい音がライムの耳に押し入ってきた。その音がやむと、マイケル・ポワティエは小さな声で言った。「モレノ事件は、こちらではドックに入っています。でも、そちらでは全速前進中なんでしょう」

「そのとおり」

「容疑は共謀罪」

　ああ、やはりこの男を過小評価していたようだ。「そのとおりだよ」

「さっき聞いた名前を調べてみました。ドン・ブランズ。偽名だとおっしゃっていた」

「ああ」

「記録にはいっさい残っていません。税関、入国審査、ホテルの予約。誰にも知られずに入国しようとしてできないことはありません。難しいことではない。ただ、二つだけお役に立てそうな情報があります。捜査を完全に放棄したわけではありません。前に話したとおり、目撃者の話はひととおり聞いています。サウス・コーヴ・インのフロント係によると、ロバート・モレノが到着する二日前に、予約を確認する電話がかかっています。かけてきたのは男性で、アメリカのアクセントで話したそうです。フロント係は奇妙だと思って覚えていた。というのも、そのつい一時間くらい前にモレノのボディガードから、やはり予約を確認する電話があったばかりだったからです。アメリカから電話をかけたか、アメリカ出身というだけなのかわかりませんが、その二人目はいったい誰だったのか。なぜモレノの到着にそこまで関心を持っていたのか」

「発信者の番号は残っていたかね」

「アメリカの局番だったと聞いています。番号そのものはわかりません。と言いますか、それ以上は調べるなと言われました。もう一つは、事件の前日、サウス・コーヴ・インに何者かが現れてあれこれ嗅ぎ回っていたという情報です。その男は、セニョール・モレノが宿泊していたスイートルーム担当のメイドに話しかけ、庭師はいつも庭にいるのかとか、スイートの窓にはカーテンがあるのか、ボディガードはどの部屋に泊まっているのか、二人がどのくらいの頻度で部屋を出入りしているのかといったことを尋ねています。電話の男と同じ人物ではないかと思いますが、もちろん断定はできません」

「人相特徴は？」

「男性、白人、年齢は三十代なかばくらい。明るい茶色の髪を短く刈っている。やはりアメリカのアクセントで話していたそうです。痩せているが筋肉質だったとメイドは言っていました。軍人風だったとも」

「間違いないな。まず、モレノが予定どおり来るかどうか、電話で確かめた。次に事件前日に現場に現れ、ターゲットゾーンを確認して回った。車の目撃情報は？　車の特徴は？」

「残念ながらありません」

ピー。

電話越しにその音が聞こえた瞬間、ライムはとっさにこう考えた――しまった、ＮＩＯＳが盗聴しているぞ！

しかしポワティエは言った。「あと一、二分しかありません。いまの音はカードの残り分数がわずかになったという警告です」

「こちらからかけ直そうか――」

「どのみち、そろそろ仕事に戻らなくてはなりませんから。少しはお役に立てたなら――」

ライムは早口でさえぎった。「頼む、待ってくれ。犯行現場について教えてもらえないか。弾丸についてはさっきも尋ねたね」

捜査の鍵となる物証だ……

沈黙。「スナイパーは遠く離れた場所から三発撃っています。距離にして一・五キロ以上あります。二発は大きくそれて、部屋の外のコンクリート壁にぶつかって砕けました。モレノに命中した一発はほぼ無傷で見つかっています」

「一発だけか？」ライムは当惑した。「しかし、被害者はほかにもいただろう？」

「ああ、ほかの二人は撃たれたわけではありません。銃弾はきわめて強力なものでした。窓が吹き飛んで、室内にいた全員がガラス片を浴びたんです。ボディガードと、モレノにインタビューしていた記者は全身に切り傷を負って、病院に到着する前に出血多量で死亡しました」

百万ドルの一弾ね……

「殻は？――薬莢は？」

「スナイパーが発砲した場所の検証を鑑識チームに依頼しましたが……」言葉を濁す。「私は下っ端ですから、そんな面倒なことはやりたくないと断られました」

「面倒？」

「起伏が激しい場所だそうです。岩だらけの海岸で、捜索が困難だと。抗議はしましたが、そのときには捜査そのものを深追いしないという判断が下されていたので」

「きみが自分で捜索してくれないか、巡査部長。スナイパーが発砲した拠点の探し方は教える」ライムは言った。

「でも、捜査は保留になっていますから」

ピー。

「簡単に見つかる証拠があるはずだ。どれほど用心していても、スナイパーは大量の微細証拠を残す。さほど時間はかからない」

ピー、ピー……

「できません、警部。行方不明の学生の捜索が続いていますし――」

ライムは怒鳴るように言った。「それはわかっている、巡査部長。だが頼む――せめて報告書や写真、検死の結果だけでも送ってもらえないか。被害者の衣服もあるとありがたい。とくに靴だ。それから……弾丸。弾丸はぜひほしい。受け渡しの記録はきちんとするよ」

短い間。「いいえ、警部、すみませんが。もう仕事に戻ります」

ピー、ピー、ピー……

電話が切れる直前、最後にライムの耳にすべりこんできたのは、スロットマシンのやかましい効果音と、泥酔した観光客の声だった。「おお、すっげえ。しかし、大枚二百ドル突っこんで、たった三十九ドルぽっちの儲けかよ」

23

その夜、ライムとサックスは、サンテックの医療用ベッドに横たわっていた。マットレスは水平までリクライニングしてある。

サックスによれば、このベッドの寝心地は言葉にできないくらい快適だ。ライムとしてはその言葉を信じるしかなかった。自分で確かめられるのは滑らかな枕カバーの感触だけだからだ。

「見て」サックスがささやいた。

二階にある寝室の窓のすぐ外で何かがせわしなく動いた。だが、暗くてよく見えない。

次の瞬間、羽毛が一枚ふわりと舞い上がり、風にさらわれて消えた。続いてまた一枚。

ああ、ディナータイムか。

ライムがここに越してきた当初から、寝室の窓台──またはこのタウンハウスの窓のいずれか──でハヤブサの一家が暮らしている。巣作りに自分の家が選ばれたことを、ライムはとりわけうれしく思っていた。科学者である彼は、予兆や前触れ、超常現象といったものをまったく信じていない。しかし象徴と考えるなら抵抗はなかった。ハヤブサを一種のメタファーとしてとらえている。世の中にあまり知られていない事実があるからだ。攻撃中のハヤブサは本質的に不動だ。翼をたたみ、脚を体にぴたりと添わせ、流線形の筋肉の塊となって上空から急降下する。速度は時速三百キロにも達し、その衝撃で獲物を殺す。鉤爪で引き裂いたり、くちばしでつついたりして殺すのではない。

動けない。それでも、狙った獲物は仕留める。

ハヤブサのカップルがメイン料理をついばみ、また一枚、羽毛がふわふわと漂った。主菜は、ついさっきまででっぷり太った不注意なハトだったものだ。ハヤブサは一般的には昼行性で、狩りは日没までに済ませる。しかし都会では多くが習慣を変えて夜行性になる。

「おいしそうよ」サックスが言った。

ライムは笑った。

サックスがそっと体をすり寄せ、髪から甘い香りがした。フローラル系のシャンプーのかすかな香り。アメリア・サックスは香水を使わない。ライムは右腕を持ち上げ、彼女の頭を引き寄せた。

「説得を続けるつもり？」サックスが訊いた。「ポワティエのことだけど」

「やってみるつもりだ。これ以上の協力はしないと頑固に言い張っているが、捜査にブレーキをかけられたことを不満に思っているのがわかる」

「とんだ事件ね」

ライムは低い声で言った。「マイナーレベルの人員として再利用される気分はどうだ、サックス？　いまの立場について三百六十度の検討は済ませたか？」

サックスは肩を揺らして笑った。「マイヤーズ警部の所属部署って、いったい何？　特捜部って？」

「警察の人間はきみだろう。私よりきみのほうが詳しいはずだ」

「そんな部署、名前も聞いたことがない」

それきり二人とも黙って考えていた。やがてサックスの体が強ばるのを肩で感じた。ライムの肩の動作や感覚は健常だ。

「どうした？」ライムは尋ねた。

「ねえ、ライム。この事件にはやっぱり違和感があるわ」

「昼間、ナンスに言っていたことか？　メッガーやスナイパーは、私たちが捜査の対象とすべき犯罪者ではないのではと話していた件だね？」

「そう」

ライムはうなずいた。「反論はできないよ、サックス。長年、犯罪捜査に携わっているが、捜査に疑問を感じたことは一度もない。灰色の捜査というのは一つもなかったからね。しかし今回の事件は完全な灰色だ。

だが、一つ忘れてはいけないことがあるよ、サックス。私たちについて」

「任意で捜査に参加しているということ」

「そうだ。いつでも手を引くことができる。マイヤーズとローレルに、代わりを探してくれと言えばいいだけのことだ」

サックスは黙りこみ、じっと動きを止めていた。少なくとも、ライムの体のうち、触覚が残っている部分は何の動きも感じなかった。

ライムは続けた。「きみは初めからこの捜査に乗り気でなかったね」

「そう、気が乗らなかった。いまも放り出したい気持ちは残ってる。登場人物についてわからない部分が多すぎるでしょう？　何を考えているのか、何が動機なのか」

「さすが、我らが動機の女王だ」

「私が言う登場人物には、ナンス・ローレルやビル・マイヤーズも含まれる。メッガーや、ブランズって呼ばれてるスナイパーだけじゃない」少しためらったあと、サックスは続けた。「いやな予感がするのよ、ライム。わかってる。予感とかそういったものは信じないのよね。あなたはキャリアのほとんどを科学捜査官として過ごしてきた。でも、私はストリートで過ごしてきたわ。街では勘も必要なの」

二人ともそれきり押し黙った。ハヤブサの雄が頭を持ち上げ、さりげなく見せびらかすように翼を大きく広げた。大型の鳥ではないが、こうしてすぐ近くで見ると、羽づくろいをしている姿は堂々として美しい。一瞬だけ室内をのぞきこんだ鋭い目も美しかった。ハヤブサは驚くべき視力を持っており、一キロ以上先の獲物を見つけることができるという。

象徴……

「この捜査を続けたいんでしょう？」サックスが訊いた。

「きみの気持ちは理解できるよ、サックス。だが私にとって事件は、ほどかれるのを待っている結び目のようなものだ。ほどくまでやめられない。しかし、きみまでそれにつきあうことはない」

サックスは即座に言った。「いいえ、あなたが何をするにしても私はいつも一緒よ、ライム。あなたと私。どこまでもついていく」

「わかった。ところで――」

ライムの言葉はそこで唐突に途切れた。サックスの唇に封じられたからだ。むさぼるようなキスだった。それにこの世のすべてが懸かっているかのような。サックスは毛布を剝ぎ、彼の上に覆いかぶさるようにした。彼女の指が彼のうなじから耳へ、頰へと這う。ある瞬間は力強かったかと思うと、次の瞬間には優しくなる。ふたたび力がこもった。彼の首筋を、こめかみを愛撫している。ライムは唇を放し、彼女の髪にくちづけをした。耳の後ろにも。それから顎へと伝い、ふたたび唇に戻り、そこにとどまった。

自由を取り戻したばかりの右手を、ボシュロムの比較顕微鏡のつまみを操作するのに使ったことはある。電話も、パソコンも、密度勾配装置も操作した。だが、この用途に使うのは初めてだ――サックスを近くへ、もっと近くへ抱き寄せ、シルクのパジャマの襟をつかんで脱がせる用途には。

やろうと思えば、おそらく、この手でボタンをはずすこともできただろう。しかし急いでいるいま、試しているゆとりはなかった。

第三部　カメレオンたち

五月十六日　火曜日

24

　ライムは車椅子を操り、表通りに面した客間から大理石敷きの玄関ホールに出た。脊髄損傷を専門とする主治医ドクター・ヴィク・バーリントンもライムに続き、最後にトムが出て客間のドアを閉めた。医師の往診は、異次元の世界とまでは言わずとも、はるか遠い時代の慣習ではあるが、病状によっては、患者が病院へ行くより病院が患者を訪れるほうが簡単であり、優れた医者の多くはいまでも往診を行なっている。

　ただ、ドクター・バーリントンはさまざまな意味において型破りな人物だった。往診鞄の代わりにナイキのバックパックを背負い、病院から来る足は自転車だ。

「朝早くからありがとう」ライムはドクターに言った。

　時刻は朝の六時三十分だった。

　ライムはこの医師を好もしく思っており、昨日の往診が延期される原因となった〝緊急事態〟――あるいは〝何か〟――とはいったい何だったのかと問い詰めたい衝動は腹の底にしまっておくことにした。これがほかの医師だったら、いまごろ厳しい尋問に遭っていたことだろう。

今朝の往診の目的は、五月二十六日に予定されている手術に備えた検査だった。

「いま採取した血液を検査に出しておきます。結果はもちろんこちらできちんと確認しますが、この一週間で何か変化があったと考えるべき理由は見当たりません。血圧も良好です」

重度の脊髄損傷患者にとって高血圧は天敵だ。自律神経過反射の発作を起こすと、ほんの数分で血圧が急上昇する。医師や介護士が即座に対処しなければ、脳卒中と死という最悪の結果を招きかねない。

「肺活量については、診察するたびに向上していますね。私などよりよほど心肺機能が高そうだ」

ドクター・バーリントンは決して持って回った言い方をしない。きっと率直な答えが返ってくるだろうと期待して、ライムは次の質問をした。「確率はどのくらいかな」

「左の腕と手が動かせるようになる可能性ですか？　ほぼ百パーセントです。腱移植も電極の埋めこみも手術としては簡単な――」

「いや、その可能性ではない。手術から無傷で生還できる確率、障害がかえって重くならずにすむ確率だ」

「それだと確率は少々変わります。そうですね、九十パーセントと申し上げましょうか」

九十パーセントか。手術では脚の麻痺の改善は望めない。歩けなかった患者が歩けるようになった例は過去に一例もないし、少なくともこのあと五年や十年で事情が変わることもないだろう。ただ、経験から気づいたことが一つある。〝ふつう〟に分類されるかどうかの鍵は、手や腕だ。車椅子に乗っていても、ナイフやフォークを使って食事をしたり、握手をしたりといったことができれば、さほど注目を集めずにすむ。しかし、他人に食べ物を口まで運んでもらったり、顎を拭ってもらったりしなくてはならないとなると、そういう人物がそこにいるというだけで、まるで泥水を跳ねたかのように居心地の悪さが周囲に広がっていく。

そして、見ないふりをするということのできない一部の人々が、あの要らぬ同情を浮かべた目でこちらを盗み見る。気の毒に。かわいそうに。

九十パーセント……尊厳の大部分を取り返すための賭けとして、悪くはない。

「やってみよう」ライムは言った。

「血液検査の結果に気になる点があればお知らせします。ないとは思いますがね。では、予定どおり五月二十六日に。リハビリは一週間後から始められます」

握手を交わしたあと、医師が玄関に向き直ったところで、ライムは言った。「そうだ、もう一つ。前日の夜、軽く飲んでも大丈夫かな」

「リンカーン」トムがたしなめる。「手術には万全の体調で臨まないと」

「できれば気分もよく臨みたいだろう」ライムはぼそりと言った。

ドクター・バーリントンは迷っているようだった。「今回のような手術の場合、四十八時間前からアルコールの摂取は控えてくださいとお願いしたいところですが……厳格なルールは、手術当日の午前零時を過ぎたら胃袋は空っぽにしておきましょうということです。それより前なら、あまり心配しなくていいでしょう」

「ありがとう、ドクター」

医師が帰っていくと、ライムは車椅子の向きを変えてラボに戻り、ホワイトボードをじっと見つめた。ライムが前の晩にマイケル・ポワティエから得た情報をサックスがボードに書いているところだった。内容を整理して、最新情報は太字のマーカーで追加されている。

ライムはしばらくホワイトボードをながめていたが、やがて唐突に声を張り上げた。「トム！」

「大声を出さなくても聞こえます」

「おっと、キッチンにいるものと思っていた」

「あいにく、すぐ隣にいますよ。用事は何です？」

「電話をかけてもらいたい」

「ええ、喜んで」介護士は答えた。「だけど、最近は自分でかけるのがうれしくてしかたがないのかと思ってました」そう言ってライムの動くようになったほうの手をちらりと見る。

「電話は嫌いではないよ。だが、保留にされるのは大嫌いだ。しかも、かならず保留にされるだろうという予感がある」

「つまり、僕に〝代理被保留者〟になれということですか」

ライムはしばし検討してから答えた。「的確な表現ではあるが、その新語は耳で聞いて理解しにくい欠点がありそうだな」

ロバート・モレノ射殺事件
※**太字**は追加・更新された情報

犯行現場1

・バハマ、ニュープロビデンス島、サウス・コーヴ・イン、スイート1200号室（〝キル・ルーム〟）

・5月9日

・被害者1：ロバート・モレノ

・死因：**胸部の銃創。一発のみ**

・補足情報：年齢38歳、アメリカ市民、国外居住者、ベネズエラ在住。徹底した反米主義者。ニックネーム〝真実のメッセンジャー〟。**5月24日以降、〝跡形もなく消える〟心づもりでいた。5月13日にメキシコで発生したテロ事件に関与している可能性。〝爆薬を扱える〟人物を探していたと思われる**

・4月30日から5月2日の3日間、ニューヨーク市に滞在。目的は？

・**5月1日にエリート・リムジンを利用**

・**ドライバーはタッシュ・ファラダ（いつものウラジーミル・ニコロフは病欠。現在、ニコロフの所在を確認中）**

・**アメリカン・インディペンデント信託銀行の口座を解約。おそらくほかの銀行のものも**

・**レキシントン・アヴェニューと52丁目の交差点でリディアという女性と合流、その日の終わりまで同伴。売春婦？　金銭を渡す？　女性の身元を調査中**

・反米感情の理由：1989年のパナマ侵攻で親友をアメリカ兵に殺された
・最後のアメリカ訪問
・ウォール街で会合。目的？　場所？

・被害者2：エドゥアルド・ド・ラ・ルーア
・死因：**出血多量。銃撃で砕けたガラス片による切創**
・補足情報：ジャーナリスト。モレノに取材中だった。プエルトリコ生まれ、アルゼンチン在住

・被害者3：シモーン・フローレス
・死因：**出血多量。銃撃で砕けたガラス片による切創**
・補足情報：モレノのボディガード。ブラジル国籍、ベネズエラ在住

・容疑者1：シュリーヴ・メッガー
・国家諜報運用局長官
・精神的に不安定？　アンガーマネージメントに問題
・特殊任務命令書（STO）を違法に承認するために証拠を改竄？
・離婚歴あり。イェール大で法学修士号

・容疑者2：スナイパー
・コードネーム：ドン・ブランズ
・情報サービス課にデータマイニング依頼済み
・情報なし
・5月8日にサウス・コーヴ・インにいたのと同一人物の可能性。白人、男性、三十代なかば、明るい茶の短髪、アメリカのアクセント、細身で筋肉質。〝軍人風〟。モレノの予定を調べていた
・5月7日にサウス・コーヴ・インにモレノの到着予定について電話で問い合わせたのと同一人物の可能性。アメリカのアクセント。アメリカ国内の市外局番から発信
・声紋入手済み
・現場鑑識報告書、検死報告書などは現時点では不明
・麻薬カルテルによる暗殺との噂。その可能性は低いと見られている

犯行現場2

・ドン・ブランズのスナイパー拠点。〝キル・ルーム〟との距離およそ2000メートル。バハマ、ニュープロビデンス島
・5月9日
・鑑識報告書待ち

補足捜査

・内部告発者の身元追跡
・ＳＴＯをリークした身元不詳の人物
・ＳＴＯは匿名メールに添付して送信
・台湾、ルーマニア、スウェーデンのプロキシサーバーまで追跡。発信元はニューヨーク周辺、公共ＷｉＦｉネットワーク利用、政府サーバーは経由せず
・古い型のパソコン。おそらく10年前のｉＢｏｏｋ。クラムシェル型、グリーンやタンジェリンなど鮮やかな色と白のツートン。またはふつうの形をしたグラファイト・カラーのモデル。現在のノートパソコンよりはるかに分厚い
・Ａ・サックス刑事を尾行した明るい色のセダン車
・メーカー、車種は不明

25

シュリーヴ・メッガーは地下階にある技術部門を後にして、ＮＩＯＳ本部ビル最上階に戻った。

急ぎ足で廊下を歩く。すれ違う職員には、彼と視線を合わせないようにする者、必要があるわけではないだろうに、急に方向転換して職員用トイレに飛びこむ者もいた。メッガーは彼らを無視し、捜査に関してたったいま入手した情報を反芻《はんすう》した。技術部の情報収集のテクニックはこの上なく高度だった。表向き存在しないということを思えば、技術部の働きぶりは称賛に値する（ＮＩＯＳはアメリカ国内に管轄を持たない。したがって電話を盗聴したり、メールを傍受したり、コンピューターに侵入したりといった手法は使えない。しかしメッガーには魔法の呪文がある――〝バックドア〟）。

危険の通り道から避難する職員を見るともなく観察しているうち、メッガーの思考は過去の記憶へと漂い始めた。頭のなかで声が聞こえる。といっても、幻聴の類ではない。記憶にある声、会話の断片だ。

怒りにイメージを与えましょう。シンボルやメタファーのようなものを考えてください。

わかりました、やってみましょう、ドクター。たとえばどんなものがいいと思いますか。

私が決めるのでは意味がありませんよ、シュリーヴ。ご自分で選んでください。動物を選ぶ人もいるし、テレビドラマの悪役の人にする人もいる。燃える石炭と言う人もいます。

石炭か――そこから連想が働いた。自分の内側でうごめく怒りの獣のイメージが姿を現した。ニューヨーク州北部で過ごした思春期の出来事が蘇る。まだ太っていたころのこと、通っていた中学校で秋に行なわれたキャンプファイアでの出来事だ。隣に立った女子を意識しながらも話しかける勇気を持てずにいた。煙《スモーク》が渦を巻いて流れていた。美しい夜だった。目を痛めつける煙から逃れようとしているふりをして、女子に近づいた。微笑みかけ、やあと言った。すると彼女は、火に近づきすぎないように気をつけたほうがいいと言った。あんたは脂肪がたっぷりついていて燃えやすそうだからと。そして即座に離れていった。

いかにも精神科医が喜びそうなエピソードだ。思ったとおり、ドクター・フィッシャーは小躍りした。誰かを殺害する命令を発すると、怒りは消えるのだという話よりも気に入ったらしい。

だから〝スモーク〟か。大文字のSから始まるスモーク……なかなかいいですね、シュリーヴ。

自分のオフィスが見えてきた。なかにルースがいるようだ。彼のデスクのすぐそばに立っている。いつもなら、他人が許可なく彼のプライベートな空間に立ち入っているのを見ると、たちまち怒りが沸き上がる。しかしルースは別だった。まれな例外を除いて、彼女が勝手にオフィスに入っていても腹は立たない。ルースに癇癪を起こしたことはこれまで一度もなかった。NIOSの職員の大部分に対しては、怒りの対象にじかにものをぶつけることはほとんどないとはいえ、怒鳴り散らしながら報告書やアドレス帳を投げつけたりしたことがある。しかし、ルースを相手に怒りを爆発させることはなかった。緊密に仕事をしているからかもしれない。そこまで考えたところで、その理屈は成り立たないことに思い当たった。ルシンダやケイティ、セスはいつもそばにいたが、妻や子供たちにかっとなった回数は数知れない。離婚判決と、怯えた目や涙の記憶がそれを裏づけている。

ルースが怒りの爆発に巻きこまれずにいるのは単に、彼の気に入らないことを何一つしたことがないからだろう。

ああ、そうか、この理屈もだめだ。メッガーの場合、相手が気分を害するようなことをしたと想像しただけで、あるいはそういったことをするかもしれないと考えただけで、怒りを抑えきれなくなる。頭のなかを言葉がぐるぐる回っていた――土曜の夜、ケイティのサッカーの試合が終わったあと、オフィスに戻る途中で警察に停止を命じられることがあったら、こう弁解しようと用意していたスピーチ。

たかがブルーカラーの公務員の分際で何だ……これを見ろよ、連邦政府機関の身分証だぞ。おまえのせいで遅れるようなことがあれば、国家の安全が脅かされるかもしれない。おまえをクビにしてやる……

ルースがたったいまデスクに置いたばかりらしい封筒に目をやった。「ワシントンから届いた文書――機密です」

モレノに関する照会に決まっている。しくじった原因を説明しろというのだろう。まったく、お役所のくせに、こういうときだけはやけに仕事が速い。ワシントンDCに集まっているのは、穴ぐらみたいにひんやりしたオフィスから動かず、何だって頭のなかだけで完結させて偉そうにしている輩《やから》ばかりだ。

魔法使いとその取り巻き連中は、前線で戦う者の日常など何一つ知らない。

一つ呼吸をする。

怒りは、ゆっくりと、焦れったくなるほどゆっくりと遠ざかっていった。

「ありがとう」くっきりと目立つ真っ赤なテープを貼ったファイルをデスクから拾い上げた。息子のセスを一人で飛行機に乗せ、マサチューセッツ州で開催されるサマーキャンプに送り出したとき、大量に書かされた〈お子様一人旅〉申込書類の封筒を思い出した。「楽しくて、ホームシックになっている暇などないさ」メッガーは、十歳の息子が落ち着きなくきょろきょろしているのを見て、そう励ました。しかしまもなく気づいた。セスが暗い顔をしているのは、家を離れるのが心細いからではなく、父親がまだそばにいるからだ。その証拠に、フライトアテンダントに引き渡されたとたん、表情はぱっと明るくなり、はしゃいだ様子になった。

時限爆弾のような親から離れられれば、理由は何でもいいということだろう。

メッガーは封筒の封を切り、胸ポケットから眼鏡を取り出した。

そして笑った。予想ははずれた。封筒に入っていたのは、今後の予定に入っているSTOのタスクに関する情報分析報告書だった。スモークの有害な作用の一つがこれだ。思いこみが強くなる。

報告書をざっと確かめた。いいぞ、待機リストのモレノの次に控えているアルバラニ・ラシードについての情報だった。

ラシードは始末したい。何としても消しておきたかった。

報告書をデスクに置いて、ルースを見た。「今日は午後から予約があるんだったね？」

「はい」

「きっとうまくいくさ」

「ええ、私もそう思います」

ルースは家族の写真をずらりと飾った自分のデスクに戻っていった。十代の娘二人、二番目の夫。最初の夫は一九九〇年に始まった湾岸戦争で戦死した。現在の夫も軍人で、戦地で負傷し、お世辞にも居心地がよいとは言えない退役軍人病院にもう何ケ月も閉じこめられている。国のために大きな犠牲を払った人々。だが、感謝されることはない……魔法使いは一度でいいからルースの話を聞くべきだ。彼女が母国のために何を差し出してきたか——一人の夫の命、もう一人の夫の健康——きちんと知るべきだ。

メッツガーは椅子に座り、報告書を読み始めた。しかしどうにも集中できない。モレノ問題がどこからともなく割りこんできては思考をかき乱す。

必要な連絡はひととおりした。当然ながら、ドン・ブランズにも捜査の件は伝えてある。ほかに知っているのはほんの数人だ。あれこれ……やってはいる……

彼らの活動が完全に違法であることは言うまでもない。それでも、完遂目指して順調に前進を続けている。スモークはまた少し薄らいだ。スペンサー・ボストンを呼んでくれとルースに頼んだ。ボストンを待つあいだ、捜査を頓挫させる計画に関して届いた暗号化メールに目を通した。

数分後、ボストンが現れた。いつもどおりきちんとスーツを着こみ、ネクタイを締めている。昔かたぎの諜報コミュニティには動かしがたい服装規定が存在するとでもいうかのようだった。威厳のある風貌のボストンは、習慣からか、即座にドアを閉じた。分厚いオーク材のドアがかちゃりと音を立てて閉まる寸前に、ルースが一瞬、オフィスのなかに目を凝らしたのが見えた。

「あれから何か？」メッツガーは訊いた。

スペンサー・ボストンは腰を下ろし、スラックスについた糸くずをつまもうとしたが、それは糸くずではなくて生地から出た毛玉だったらしく、布がほつれる前に引っ張るのをやめた。

昨夜はほとんど眠っていないように見える。六十代ともなるとさすがにきついのだろう、げっそりとした顔つきをしていた。おいおい、そう言う自分はどうなんだ？――メッガーは顎をなで、今朝、きちんと髭を剃ったかどうか確かめた。大丈夫、忘れずに剃ったようだ。

メッガーの癇癪は有名なのに、ボストンは悪いニュースであろうといつも遠慮なく伝えた。中米で情報屋を管理していれば、度胸がつく。どれほど短気であろうと、年下の官僚と衝突したくらいではびくともしない。「まだ何もわからないよ、シュリーヴ。何一つだ。殺害命令のファイルを閲覧したユーザーをすべてチェックした。メールサーバー、ＦＴＰサーバー、アップロードサーバーも残らず点検した。ＩＴセキュリティ部門にも調べさせた。ホームステッドのセキュリティにも。しかし、アクセス権のない人物がＳＴＯをダウンロードした形跡はない。となると、何者かがこの本部内のどこかのデスクに置いてあった書類をくすねたということになる。あるいはワシントンか、フロリダかもしれない。書類を持ち出してコピーしたか、自宅でスキャンしたか。キンコーズに持ちこんだか」

ＮＩＯＳや関連機関では、コピー機を使えば自動的に記録が残るようになっている。

「キンコーズに？　やれやれ」

ボストンが続けた。「職員の採用前の身元調査も念のため確認した。ＳＴＯに否定的な職員はいないと考えていいだろう。職員の大部分は、何をしている組織か承知したうえで採用されている」

ＮＩＯＳは、９・11同時多発テロのあと、主に標的殺害を目的として設立された。ほかにも誘拐や贈賄といった不正工作を含む過激な作戦活動を行なっている。スペシャリストのほとんどは軍歴を持ち、ＮＩＯＳ入局以前のキャリアのどこかで人を射殺した経験がある。入局したあと考えが変わり、自分が携わる作戦をつぶそうとするような人物がスペシャリストのなかにいるとは思えない。ほかの職員についても、ボストンの言うとおり、ほとんどがＮＩＯＳの性質を理解して応募し、採用されている。

もちろん、最初からＮＩＯＳ転覆が目的で入局したのなら話は変わってくる。裏切り者。恥知らず。

メッガーは言った。「徹底調査を続けるべきだ。これ以上のリークがあっては困るからね。そいつはすでに知りすぎている」

まるで魔法使いのように。

ボストンが白い眉を寄せ、ささやくような声で言った。「連中は……その、うちが解体されるようなことはないだろうね？」

ワシントンＤＣがいま何を考えているか、こちらからは知りようがない。メッガーはそのことをあらためて痛感した。一度だけ電話で話して以来、魔法使いからはいっさい連絡がなかった。

課報特別委員会のほうで予算に関する議論が始まっているそうでね。急に。わけもなく……

「まさか、シュリーヴ。それは無理だろう。この手の仕事をここまでうまくこなせるのはうちだけだ」

たしかに。ただし、この手の仕事を秘密にするのは得意ではないようだが。

しかしそれは口に出さずにおいた。

ボストンが尋ねる。「警察の捜査についてはあれから何かわかったか？」

メッツガーは用心深く答えた。「ほとんど何も。防戦態勢を固めるのに忙しくてね。念のために」〝魔法の電話〟にちらりと目をやった。赤い電話。酸のカプセルが入っていて、それが壊れればものの数分でメモリーは溶け落ちる。ディスプレイに新着メールのアイコンは表示されていない。

ふっと息を吐く。「どうも捜査はあまり進展していないようだ。捜査員の氏名はわかっている。周辺の調査もした。警察は、目立たないよう、最小限の人数で捜査班を組んでいる。ニューヨーク市警のふだんのやり方とは違う。内密にすることを優先している。検事補のナンス・ローレルと捜査官二名、若干名のサポート要員だけだ。中心となる捜査官はアメリア・サックスという刑事で、もう一人は民間コンサルタントのリンカーン・ライム。もう何年も前に市警を退職した男だよ。アッパー・ウェストサイドにあるライムのタウンハウスに捜査本部を置いている。個人の住宅だ。市警の本部ではなく」

「ライム？　待てよ。聞いたことのある名前だ」ボストンが額に皺を寄せた。「有名人だろう。テレビで特集番組をやっていたのを見た。アメリカでもっとも優秀な科学捜査官だ」

それくらいはもちろんメッツガーも知っている。リンカーン・ライムは、昨日の情報メモで名前の挙がっていた、彼を追っている〝もう一人〟の捜査官だ。「知っている。だが、四肢麻痺だ」

「だから？」

「スペンサー。犯行現場はどこだ？」

「ああ、そうか。バハマだ」

「四肢麻痺の男に何ができる？　砂浜を這い回って空薬莢やタイヤ痕を捜すか？」

26

「ふむ、これがカリブ海か」

リンカーン・ライムは真っ赤な電動車椅子のジョイスティックを操り、ナッソーのリンデン・ピンドリング国際空港から外へ出た。何年も肌に感じたことのない熱く湿った空気の壁がライムを出迎えた。

「おっと、がつんと来たな」ライムはつぶやいた。「だが気に入ったよ」

「スピードを落としてください、リンカーン」トムが言った。

しかしライムは聞く耳を持たなかった。まるでクリスマスの朝を迎えた子供だった。外国に来るのは何年ぶりだろう。久しぶりの旅行に胸が高鳴った。この旅がもたらすであろう成果を考えるとなおさらだ。モレノ殺害事件の物的証拠。だが、バハマに行こうと決意したきっかけについては、できれば他人には知られたくない。よりによって直感などというものだからだ。アメリア・サックスが何かと言うと持ち出すオカルトじみたもの。百万ドルの弾丸を始めとする物証を手に入れるには、マイケル・ポワティエ巡査部長の目の前に車椅子をつけ、証拠を預からせてくれとじかに頼むしかないという気がしたのだ。

ポワティエはロバート・モレノの死に疑問を抱いている。加えて、事件をもみ消すための道具に使われたことに反発を感じている。

検査や許可申請はどれも迅速に、完璧に、そして誠実にこなしていました……

あともう一押し。それで協力を取り付けられるだろう。

というわけで、トムが航空会社とホテルの予約係の繰り出す保留待ちの責め苦に身命を投げ出し、センスのない音楽を聞き続ける責め苦に耐え抜いて、飛行機と部屋を予約した。ライムの事情を考えると、それはなかなか難しい任務だ。

しかし、恐れていたほどではなかった。

もちろん、四肢麻痺患者が旅行に出ようとすると、解決しなくてはならない問題が山積みになる。たとえば飛行機に乗る際には、シートに設置する特殊な車椅子、特殊な枕、愛用のストームアローの車椅子の積載スペースなどを考えなければならないし、大小の排泄という実務的な問題もある。

だが、いざ乗ってみれば、飛行機の旅はなかなか悪くなかった。運輸保安局の見地からは、乗客はみな等しく障害者だ。全員が動けず、全員が物体であり、気まぐれと思いつきであちこちに動かされる荷物にすぎない。自分の意思で好きに動けることに慣れきったほかの乗客より、かえって自分のほうが快適に過ごせたのではないかというのがライムの感想だった。

空港の一階にある手荷物受取所から外に出ると、ライムは車椅子を走らせ、自家用車やタクシーやミニバンを待つ観光客や地元の人々でごった返した歩道の手前まで行ってみた。見たことのない種類の植物が並んだ小さな庭を眺める。美を愛でるための園芸に興味はないが、地域ごとの植物相の知識は科学捜査に大いに役に立つ。

それに、バハマ産のラムは抜群に美味いと聞いたことがある。

電話中のトムのところに戻り、ライムはサックスに電話をかけて留守番サービスに伝言を残した。「無事に着いた。いま……」そのときすぐ後ろから金切り声が聞こえて、ライムは振り返った。「おっと、驚いたな、心臓が止まりかけたよ。オウムだ。言葉を話しているぞ!」

地元の観光局が設置した鳥かごだ。下がっている札によれば、なかにいるのはアバコ・バハミアンという種類のオウムらしい。尾だけ華やかな緑色をした灰色の鳥が耳障りな声でわめく。「ハロー！　ハイ！　オラ！」サックスに聞かせてやろうと、ライムはその各国語の挨拶の声を録音した。

潮気を含んだ湿った風がふたたび吹きつけてきた。どことなく苦い匂いがする。一瞬考えて、煙だと思い当たった。何が燃えているのだろう。周囲の人々が警戒する様子はない。

「荷物を引き取ってきました」背後で声がした。

ニューヨーク市警のパトロール警官、若くて背が高い金髪のロナルド・プラスキーがスーツケースを載せたカートを押してやってきた。長期滞在の予定はないが、ライムの障害の性質上、どうしても荷物が多くなる。それも山ほど。医薬品、カテーテル、各種の管、消毒剤、感染症につながりかねない床ずれを防ぐためのエアピロー。

「それは何だ？」トムが荷物の一つから小さなバックパックを取り出して車椅子の後ろにかけるのを見て、ライムは訊いた。

「携帯型の人工呼吸器《レスピレーター》です」プラスキーが答えた。

トムが付け加える。「バッテリー駆動式。ダブル酸素タンク仕様。ざっと二時間使えます」

「そんなもの、どうして持ってきた？」

「与圧された飛行機。高度七千フィート」トムは、わかりきったことを訊くなとでも言いたげに答えた。「ストレス。万が一に備えて悪いことはありません」

「おい、私がストレスで参っているように見えるか？」ライムはむっつりと言った。当初は人工呼吸器を使っていたが、何年も前に自力で呼吸できるまで回復していた。四肢麻痺患者にとって何より誇らしい成功の一つだ。しかしトムはその偉業を忘れているらしい。あるいは軽視しているか。「そんなものは必要ない」

「必要にならないことを祈りましょう。だいたい、用意してあると何か害があるんですか」

これには答えられなかった。そこでプラスキーに矛先を変更した。「言っておくが、人工呼吸器《レスピレーター》ではないぞ。〝呼吸《レスピレーション》〟は酸素と二酸化炭素を交換することを指す。肺に気体を送りこむのは通気《ベンチレーション》だ。したがって、その装置は人工呼吸器《ベンチレーター》ということになる」

プラスキーが溜め息をつく。「わかりました、リンカーン」

ライムを〝サー〟、〝警部〟と呼ぶ腹立たしい習慣をようやくあきらめてくれただけ、ありがたいとしよう。

そう考えたところで、プラスキーが訊いた。「そんなに重大なことなんですか」

「当然だろう」ライムは嚙みつくように答えた。「正確さは、万事において重要だ。バンはどこだ？」

トムに与えられていた任務の一つは、車椅子仕様のレンタカーを確保しておくことだった。電話を耳に当てたまま、トムは顔をしかめてライムを見た。「また保留にされてます」

ようやく誰かと言葉を交わした。数分後、リゾート行きミニバスの停留所前にバンがすべりこんできて停まった。フォードの白いバンは傷やへこみだらけで、煙草の煙のすえた臭いが染みついていた。ウィンドウは脂じみている。プラスキーがスーツケースを荷台に積みこみ、トムは書類にサインして、バンを届けに来た褐色の肌の痩せたドライバーに返した。クレジットカードと現金のやりとりがあって、ドライバーは徒歩で帰っていった。ライムは、このバンは盗難車だろうかと考えた。だがすぐに、それは偏見だと思い直した。

ここは別世界なのだ。マンハッタンの常識は通用しない。先入観は捨てよう。

トムの運転で、バンはナッソーに向けて大きなハイウェイを走りだした。きっちり管理された二車線の道路だ。空港から市街地に向かう車線は渋滞が激しかった。走っているのは主に、アメリカのメーカーの中古車や日本からの輸入車、おんぼろのトラック、ミニバンだ。SUVはほとんどない。ガソリンが高く、氷や雪や山のない土地柄を思えば当然だろう。おもしろいのは、かつてイギリスの植民地だった名残で左側通行の国だというのに、走っているのはアメリカ式の左ハンドルの車ばかりということだ。

のろのろと東に向かうバンのウィンドウから景色を眺めた。取り扱っている商品やサービスを書いた看板さえ掲げていない小さな商店。荒れ放題の空き地。車の荷台に並べた果物や野菜を売っている業者。儲けてやろうという意気込みは感じられない。ゲートに守られたむやみに大きな住宅も建ち並んでいた。ほとんどはかなり古びている。小さな民家やぼろ家も見えたが、人は住んでいないらしい。ハリケーンの被害に遭ったのだろう。地元の住人のほとんどは肌の色が濃かった。男性はジーンズやスラックス、あるいはショートパンツの上に、Tシャツや半袖シャツの裾を出して着ていた。女性も似たような服装だが、花柄や鮮やかな色の無地のシンプルなワンピースを着ている人も多かった。

「うわ」トムが息をのむ気配がした。急ブレーキを踏んで、道路に現れたヤギを衝突寸前で回避する。荷台の荷物は奇跡的にひっくり返らずにすんだ。

「珍しいな」プラスキーはそう言うと、携帯電話のカメラでヤギの写真を撮った。

トムはGPSの神の仰せに従い、ナッソー市街に入る前に込み合った幹線道路からそれた。バンは旧要塞の石灰岩の壁に沿って五分ほど走った。やがて、貧弱なサスペンションのせいで大揺れに揺れながら、決して豪華ではないがメンテナンスの行き届いた小さなホテルの駐車場に乗り入れた。プラスキーと協力してベルボーイに荷物を預けたあと、トムはチェックインの手続きとバリアフリー設備の確認のためになかに入った。まもなく戻ってくると、満足できるレベルですと報告した。

「旧シャーロット要塞」プラスキーがホテルから要塞へ続く小道の入口に掲げられた看板を読み上げた。

「何だって？」ライムは訊いた。

「シャーロット要塞。この要塞が建設されて以来、バハマは一度も外敵の攻撃を受けていないそうです。少なくとも、ニュープロビデンス島は。ちなみに、僕らがいまいる島のことです」

「そうか」ライムは気のない答えを返した。

「あ、ほら見て」プラスキーが指さした先、ホテルの正面玄関の隣の塀に、トカゲがじっと立っていた。

ライムは言った。「グリーンアノール。別名アメリカカメレオン。はらんでいる」

「え？」

「妊娠している。見ればわかるだろう」

「はらんでいる《gravid》って、そういう意味なんですか」

「語義を解釈すれば〝卵でいっぱいになった〟だ。したがって、妊娠している」

プラスキーは笑った。「冗談ですよね」

ライムはうなるように答えた。「冗談だと？　妊娠しているトカゲのどこが笑えるというんだ？」

「違いますよ、妊娠してるってどうしてわかるんですかって意味です」

「それはだな、ルーキー、これまで馴染みのなかった土地を訪れることになったからだ。私の科学捜査の本の第一章には何が書いてあった？」

「〝現場検証の前に地理を把握すること〟というルールです」

「ここでの捜査に役立ちそうな地質学や動植物相の知識は仕入れておく必要があるわけだな。しかし、シャーロット要塞が外敵の侵入を防いだという事実は私にとって無意味だから、覚えておこうとは考えなかった。対照的にトカゲやオウム、カリック・ビール、マングローブは、のちのち重要な意味を持つかもしれない。したがって、ここへ来る飛行機のなかで予習をした。きみは何をしていた？」

「ええと、週刊誌を読んでました。『ピープル』」

ライムは鼻を鳴らした。

トカゲはまばたきをして首をめぐらせたが、そこでまたぴたりと動きを止めた。

ライムはシャツのポケットから携帯電話を取り出した。前回の手術の成功により、右の腕と手は動かせるようになった。障害を持たない人々に比べればぎこちないとはいえ、通りすがりに見た程度では不自然だとは思われないくらい動作は滑らかだ。ライムの携帯電話はiPhoneだった。画面をスワイプしたりアプリケーションを起動したりといった、少々慣れの必要な操作は何時間もかけて練習済みだ。障害の性質上、音声認識プログラムはもう、ふつうの人の一生分以上使ってきたから、iPhoneに標準搭載されている音声認識機能のSiriは眠らせたきりだった。最近かけた番号のリストから一つを選び、ワンタッチでダイヤルした。

強い訛りのある女性の声が応じた。「はい、警察です。緊急通報でしょうか」

「いや、緊急ではありません。ポワティエ巡査部長をお願いしたい」

「少々お待ちください」

ありがたいことに、保留の時間は短かった。「ポワティエです」

「巡査部長？」

「そうです。どちらさまですか」

「リンカーン・ライムだ」

長い沈黙が流れた。「はい」その一言に、危惧や居心地の悪さが凝縮されていた。自分のオフィスにいるよりカジノのほうがのびのび話ができるのだろう。

ライムは続けた。「私のクレジットカード番号で電話をかけてもらってもよかったんだ。こちらからかけ直すのでもよかった」

「これ以上はお話できません。とても忙しいので」

「失踪した女子学生の捜査かね？」

「そのとおりです」歌うような豊かなバリトンが答える。

「手がかりはあるのか」

　短い間があった。「いいえ、いまのところまだ。失踪から二十四時間以上が経過しました。学校にもアルバイト先にも、本人から連絡はありません。最近はベルギー人の男と交際していたようです。その男はひどく取り乱していて……」その先の言葉は、煙のようにたなびいて消えた。それから後言い直した。「あいにく、あなたの事件についてお役に立つことはできません」

「巡査部長、ぜひ会って話したいと思っている」

　これまでにもっとも戸惑いに満ちた沈黙。「会って話す？」

「そうだ」

「それは無理でしょう」

「実はいまナッソーに来ているんだよ。警察本部ではない場所で会えないだろうか。場所を指定してくれれば、そこに出向く」

「いや、だから……え？……バハマに来てるんですか」

「警察本部ではない場所がいいだろうな」ライムはそう繰り返した。

「無理です。お会いできません」

「無理だろうが何だろうが、ぜひとも話したい」ライムは言った。

「できません。もう切らせてもらいますから、警部」ポワティエの声は懇願するようだった。

ライムは早口で言った。「では、これからきみのオフィスに行こう」

ポワティエはまた同じことを尋ねた。「バハマに来てるんですか」

「そうだ。これは重要な事件なのでね。こちらは真剣に捜査を進めている」

その発言は——王立バハマ警察は真剣に捜査していないと遠回しに指摘するのは——無遠慮だとわかってはいる。しかし、こうやって押し続けていればいつかポワティエは折れて協力するだろうという確信があった。

「いまとても忙しいので、これで」

「会ってもらえるね？」

「いいえ、お断りします」

かちりと音がして、電話は切れた。

ライムはトカゲを一瞥したあとトムのほうを向いて笑った。「せっかくバハマに来たんだ。青く美しい海に囲まれたバハマに。ここは一つ、波風を立てに行くとしようじゃないか」

27

落ち着かない。とにかく落ち着かない。

黒いジーンズと紺色のシルクのタンクトップ、足もとはブーツという出で立ちでライムのラボに入ったアメリア・サックスは、この事件の特殊性をあらためて突きつけられたような感覚に迎えられた。

殺人事件の発生から一週間、ふつうならこのラボはカオスのただなかにあるはずだ。メル・クーパー、プラスキー、ライム、サックスの四人がそれぞれ証拠を徹底分析し、事実や結論や推測をホワイトボードに書いては消し、新たな発見をまた書き加える。

ところが今日は、ふだんどおりの緊迫感が漂っているとはいえ──テープで貼った殺害命令書が目の前にあって、ミスター・ラシードを始め多くの人命がまもなく奪われようとしていることを思い出さずにはいられない──ラボはまるで墓所のように静まり返っていた。

おっと、あまりいい比喩ではなかったか。

ともかく、静かなのは確かだ。ナンス・ローレルはまだ来ておらず、ライムは事故以来初めて国外に出かけている。サックスの口もとに笑みが浮かんだ。そこまでして現場を検証する犯罪学者はそういないだろう。さまざまな理由から、サックスはライムの決断を歓迎した。

それでもライムがいないのは心細かった。

落ち着かない……

冷え冷えとした空白感。この感覚にどうにも馴染めない。

いやな予感がするのよ、ライム……

縦に長い証拠分析用のテーブルのそばを通り過ぎた。物証があるならいまごろさかんに使われていたであろう、滅菌パッケージに入った手術器具のラックが並んでいる。

仮の作業場を作り、椅子に腰を下ろして仕事にかかった。まずはロバート・モレノがいつも使っていた〈エリート・リムジン〉のドライバー、ウラジーミル・ニコロフに連絡を試みた。謎の女性――エスコート嬢か、あるいはテロリストかもしれない女性、リディアのことをニコロフなら知っているのではと期待した。しかしリムジン会社によれば、ニコロフは家族に病人が出たとかでニューヨークを離れていた。ニコロフ宛の伝言を会社に預け、私用電話の留守番サービスにもメッセージを残した。

返事がなければ、またあとで連絡してみよう。

次に、タッシュ・ファラダが五月一日にモレノとリディアを降ろした界隈でテロや犯罪が疑われている事件がないか、警察とＦＢＩの統合データベースを検索した。近隣の銀行や証券会社の家宅捜索や偵察の令状はいくつか見つかったものの、容疑はいずれもインサイダー取引や投資詐欺だった。場所柄を思えば意外ではない。またどれも古い事件で、ロバート・Ａ・モレノとの関連はなさそうだった。

そこでようやく糸口が見つかった。

携帯電話の着信音が鳴り、ディスプレイを確かめたサックスは即座に応答ボタンを押した。

「ロドニー？」密告者のメールを追跡していたサイバー犯罪対策課のロドニー・サーネックからだった。

ずん、ずん、ずん、ずん……

背景でロック音楽が聞こえている。朝から晩まで、音楽がかかっていない瞬間というものはないのか？　だいたい、たまにはジャズや映画のサントラでもいいだろうに。

音楽のボリュームが下がった。ほんの少しだけ。

そしてサーネックの声が聞こえた。「アメリア。念を押しておくよ。スーパーコンピューターは僕らの味方だ」

「覚えておく。で、何かわかった？」サックスの目は空っぽの室内を見つめていた。窓から朝の光が射しこんでいる。その光のなかを埃が漂っていた。遠くから見た熱気球のようだ。またしてもライムの不在を痛いほど意識させられた。

「メールの送信元を突き止めた。ノードやネットワークの話は退屈だろうから、結論だけ言うよ。メールと添付のSTOは、モット・ストリートとヘスター・ストリートの交差点近くのジャヴァ・ハット・カフェから送信されている。それにしても、オレゴン州ポートランドのコーヒーチェーンがよりによってリトルイタリーのど真ん中に店を出すなんて。ゴッドファーザーが何て言うだろう？」

サックスはホワイトボードのほうを振り返り、テープで留めてある密告者のメールのヘッダーを確かめた。「メールのヘッダーの日付は合ってる？　故意に書き換えたりできるもの？」

「できない。本当にその日に送っている。本文にはどんな日付でも好きに書けるが、ルーターは嘘をつかない」

とすると、密告者は五月十一日の午後一時二分にそのカフェにいたことになる。

サーネックが続ける。「調べておいた。ジャヴァ・ハットのＷｉＦｉネットワークには自由にログインできる。ＩＤ登録は必要ない。長さ三ページのサービス利用規約に同意するだけで使える。みんなろくに読んだことのない規約、歴史始まって以来、誰一人としてちゃんと読んだことのない規約に」

サックスは礼を言って電話を切ると、すぐにカフェにかけて店長と話をした。五月十一日に店内のＷｉＦｉネットワーク経由で重要書類を送信した人物を捜していると説明し、これから行って少し話を聞きたいと伝えた。「防犯カメラはありますか」

「ええ、ありますよ。うちのチェーン店ならどこでもあります。強盗に入られたりしたときのために」

サックスはあまり期待せずに尋ねた。「いつも何時間分くらいの録画が保存されていますか」

映像は、おそらく数時間ごとに新しい映像で上書きされているだろう。

「容量五テラバイトのハードディスクですから、三週間分くらい保存されてますよ。画質は荒いし、モノクロですけどね。でも、その気になれば人の顔くらいは見分けられます」

思わず歓声をあげたくなった。「三十分でうかがいます」

黒い麻のジャケットを羽織り、髪を一つにまとめてヘアゴムで結った。棚からホルスターに入ったグロックを下ろし、いつもどおりざっと点検したあと、ジーンズのベルトに下げた。マガジン二本入りのホルスターは左の腰に下げる。大ぶりのバッグを肩にかけたところで携帯電話が鳴った。ライムからだろうか。バハマに無事に到着したことは知っているが、旅行は体に負担なのではないかと心配だった。

しかし、違った。かけてきたのはロン・セリットーだった。

「もしもし」

「アメリアか。特捜部の聞き込み班が例のビルを半分片づけた。モレノの車がリディアという女性を拾ったビルだよ。まだ何も出てきていない。世の中、予想以上にリディアだらけだったらしいぞ。だが、これまで話を聞いたなかに問題のリディアはいない。ティアラとかエスタンジアとか、個性的な名前をつけるのにそこまで抵抗があるものかな。それなら一発で見つかっただろうに」

サックスは、カフェの手がかりを伝え、これからその店に行くと話した。

「いいね。防犯カメラか。すばらしい店だ。ところで、リンカーンがカリブ海に行ってるって話は本当か」

「ええ、無事に着いたみたいよ。向こうの警察に歓迎されるかどうかはわからないけど。強引に押しかけていってるわけだから」

「まあ、あいつならどうにかするさ」

そこで沈黙が流れた。

何かあったらしい。ロン・セリットーがじっと考えこむことはないわけではないが、いつもなら、考えているあいだも口は休まない。

「どうしたの？」サックスは促した。

「俺から聞いたとは言うなよ」

「わかった」

「ビルが俺のオフィスに来た」

「ビル・マイヤーズ警部のこと？」

マイナーレベルの人員として再利用される気分はどうだ？……

まずい。

「そうだ」

「で？」

「おまえさんのことを訊かれた。悪いところはないかってな。健康上の話だ」

「足を引きずってたから？」

「かもしれん。はっきりとはわからない。ともかく、そう訊かれた。いいか、たとえ足を引きずっていようと、俺みたいな太った中年なら、〝まあ、調子のよくない日もあるだろうよ〟くらいに思われてすむ。しかしな、おまえさんはまだ若い。それに太っていない。ビルはおまえさんの履歴や何かをチェックしたようだな。逮捕作戦にしじゅう志願して、しかも突入班の先頭に立って最初に飛びこんだりしてるってことを知ったわけだ。それで訊かれた。現場で問題が起きたことはないか、逮捕や救出作戦でおまえさんを信頼できないという声があがったことはないか。まったくないと答えておいたよ。百パーセント信頼できる同僚だとな」

「ありがとう、ロン」サックスはかすれた声で言った。「健康診断を受けろって言い出しそうだった？」

「いや、そういう話は出なかった。しかし、だからといって、考えていないとは言いきれんぞ」

ニューヨーク市警では、採用時にかならず健康診断を受けなくてはならない。しかしいったん採用されたあとは、消防士や救急隊員と違い、二度と健康診断を受ける必要はなかった。ただし特定の事件に関して上司から指示されたり、昇進に有利なように自ら受けたりする例はある。サックスの場合、何年も前、採用時以来、市警の健康診断は一度も受けていなかった。関節炎に関する記述は、いつもかかっている整形外科の開業医のカルテにしかない。それをマイヤーズが見ることはできないはずだが、万が一、健康診断を受けるよう言われれば問題を知られることになる。

そしてそれは最悪の事態につながりかねない。

「ありがとう、ロン」

電話を切ったあと、しばらく立ち尽くしたまま考えた。この捜査のうち、犯人のことを心配すべき部分はほんの少ししかないように思えるのはなぜだろう？　犯人から身を守る以前に、まず身内から身を守らなくてはならないように思える。

サックスはもう一度銃を点検してから玄関に向かった。足をかばいたい衝動は抗しがたいほど大きかったが、降参などしてなるものかと意地を張り通した。

28

アメリア・サックスは3Gの携帯電話を使っている——ジェイコブ・スワンはその事実をつかんでいた。

ありがたいニュースだ。汎用パケット無線システムを使う2G携帯電話に比べて盗聴は困難であるとはいえ、3Gは旧式のA5／1ストリーム暗号を採用しているから、決して不可能というわけではない。

もちろん、彼の技術チームがそのような行為を許されているわけではないが。

しかし、どこかで混線したらしい。技術サービス&サポートの部長とのやりとりのなかでその件がさりげなく話題に上《のぼ》ってから——むろん、あくまでも理屈を確認し合ったにすぎない——十分後、スワンは、電波に乗って届いた、サックスの低めでなかなかセクシーな声にうっとりと聴き入っていた。

おかげで興味深い情報が手に入った。モレノ殺害事件の捜査に関する具体的な情報もある。もっと一般的な、しかし同じくらい有益な情報もいくつか。たとえば、このアメリア・サックスという刑事は何か健康上の問題を抱えているようだ。スワンはその事実を頭の片隅にしまいこんだ。あとで役に立つかもしれない。

厄介な情報もあった。もう一人の捜査官、リンカーン・ライムはバハマにいるらしい。これは不測の事態だった。そのことを知るやいなや、スワンはバハマの知人――波止場でサンズやカリックをがぶ飲みしている連中――に連絡して対策を指示した。

だが、いまは盗聴にだけ集中するわけにはいかない。目の前のことで忙しかった。不愉快きわまりない芳香があふれる裏通りにしゃがみ、第二のスターバックスを夢見るコーヒーチェーン、ジャヴァ・ハットの従業員専用出入口をピッキング中だ。薄いラテックスゴムの手袋は肌と同じ色だから、通りすがりに見ただけでは素手と変わらない。

今日は朝からぐんぐん気温が上がっていた。手袋や丈の長いウィンドブレーカーのせいでますます暑く感じた。汗が噴き出す。バハマのアネットのときほどではない。それでもこの暑さは……

しかもこの臭い。鼻が曲がりそうとはこのことだ。ニューヨークの裏通りはたいがいこうだった。たまには漂白剤でもまいて消臭してみたらどうなんだと言いたくなる。

ようやくかちりと音がして錠が回った。ドアを少しだけ開け、できた隙間からなかをのぞいた。事務室が見える。そこは無人だった。厨房にはラテン系の痩せた男がいて皿洗いに精を出していた。その奥に客席の一部分が見えている。込んではいなかった。この界隈――縮小し続けているリトルイタリーの生き残り地区――は観光エリアだ。店がにぎわうのは主に週末なのだろう。

音を立てないように気をつけてなかに入り、ドアを閉まる寸前の状態にしておいてから、事務室に忍びこんだ。いつでもすぐにナイフの柄を握れるよう、ジャケットの前を開いておく。

おっと。パソコンのモニターがある。防犯カメラが設置されているのだろう、客席の様子がリアルタイムに表示されていた。カメラはゆっくりと左右に動いている。モノクロの映像を見ていると眠くなりそうだ。殺害命令書が地方検事局に送信された日、五月十一日の録画を探せば、リークした人間、裏切り者の顔も確認できるに違いない。

このときになって初めて、モニターの横にスイッチがあることに気づいた——〈1 2 3 4〉。

〈4〉に合わせた。画面が四分割された。

しまった……

この店には防犯カメラが四台あるようだ。そのうちの一台がいま、パソコンの前で腰をかがめているスワンの姿をとらえていた。映っているのは背中だけとは言っても、録画されること自体が深刻な問題だ。

パソコンにすばやく目を走らせた。思っていた以上の大問題だとわかった。ハードディスクを取り出して持ち帰るつもりでいたが、パソコンを分解するのは不可能だ。大型の筐体は金属の帯と太いボルトで床に固定されている。

まったく。五年落ちのポンコツを盗もうとする奴がいるとでも？　ＯＳはいまどきウィンドウズＸＰだぞ？　例えるなら、シアーズの通販で売っている安っぽいプラスチックの電動ハンドミキサーみたいなものだ。スワンが愛用しているのは、パン生地をこねるドウフックや生パスタメーカーが付属した価格六百ドルのキッチンエイドの据置型ミキサーだった。

次の瞬間、スワンは凍りついた。話し声が聞こえる。軽薄な若い女の声。続いてラテン系の男の声。スワンは〝旬〟ナイフを取り出そうと内ポケットに手を入れた。

しかし話し声はすぐに遠ざかり、廊下はそれきり静かになった。スワンはパソコンに向き直った。ボルトや金属の帯の強度を試してみた。びくともしない。取り外そうにも、適切な工具がなかった。自分が悪いわけではない。基本的な工具はちゃんと持ってきている。だが、こいつは電動の弓のこぎりでもなければ太刀打ちできない。

溜め息が出た。

壊すのが無理なら、このハードディスクが警察の手に渡ることがないようにするしかない。気が進まない。できれば採用したくない選択肢ではあるが、ほかに手がなかった。

客席のほうからまた話し声が聞こえてきた。女の声でこう言っているようだ。「ジェリーはいらっしゃいますか」

あれはもしかして——？　そうだ。あの声には聞き覚えがある。

旧式のA5／1ストリーム暗号……

「私がそうです。さっき電話をくれた刑事さん？」

「そうです。アメリア・サックスと言います」

来るのにもっと時間がかかると思っていた。

腰を深くかがめ、手もとがカメラに映らないようにしておいて、バックパックから簡易爆弾を取り出した。対人型の爆弾だ。パソコンを破壊するだけでなく、無数の金属片をこのカフェの奥の半分に高速でまき散らす。一瞬、手を止めて考えた。タイマーを一分にセットしてもいいが、もう少し長くしておけば一石二鳥だ。この事務室まで来て録画の確認を始める時間をミズ・サックスに与えてやろう。

まず安全装置解除ボタン、続いてセットボタンを押して、爆弾をパソコンのすぐ後ろに置いた。

それからゆっくりと立ち上がると、カメラに正面からとらえられることのないよう、後ろ向きに歩いて事務室を出た。

29

ジャヴァ・ハットに入ると、十種類くらいの香りが一度に嗅覚に押し寄せた。バニラ、チョコレート、シナモン、ベリー、カモミール、ナツメグ……それに、忘れてはいけない、コーヒーの香りも。

店長のジェリーはひょろりと背の高い青年で、いくら若者文化の街オレゴン州ポートランドに本部を置く会社の社員であるとはいえ、全国チェーンのカフェの店長にはふさわしくない数のタトゥを両腕に入れていた。力強い握手を交わしたあと、サックスの腰のあたりをちらりと盗み見る。男性にありがちなこと——体形をチェックしているのではない。銃が見たいのだ。

十数人いる客はみな忙しそうだった。パソコンのキーを打ったり、思い思いの電子デバイスの画面に見入ったりしている。紙ベースのものを読んでいる人も何人かいた。静かに座っているのは年配の女性客一人だけだった。その人は窓の外をぼんやりと眺めながら、純粋にコーヒーを楽しんでいる。

ジェリーが訊いた。「何か召し上がります？　店でおごりますよ」

サックスは遠慮した。突破口が開けるかもしれない唯一の手がかりを早く確かめたかった。

「さっそくですが、防犯カメラの録画を見せていただけますか」

「わかりました」また銃のあるあたりに視線をやった。ジャケットのボタンを留めておいてよかったとサックスは思った。一番最近に使ったのはいつかと訊いてくるに決まっている。それをきっかけに、口径の話を始めるだろう。

男はみんなそうだ。セックスか銃の話しかしない。

「カメラですが、一つはここに」ジェリーはレジの上を指さした。「この店に入ると、かならず一度は撮影されることになります。それもかなりの至近距離で。捜してる人は何をメールしたんですか。インサイダー情報とか？」

「ええ、そういう類のものです」

「銀行員なんてほんと信用できませんよね。それから、そことここに二台」またカメラを指さす。

一台は横の壁に設置されていた。芝生のスプリンクラーのように、ゆっくりと左右に首を振っている。テーブルはそのカメラに対して直角に配置してあった。座っている客の顔は真正面からは見えないかもしれないが、密告者の横顔の鮮明な画像は入手できるだろう。

よし。

最後の一台は、表通りに面した入口の左手にある小さな半個室に向いていた。そこに並んだテーブルは四つだけだ。やはり客の横顔は明瞭にとらえられているだろう。しかも、メインの客席のカメラよりテーブルとの距離が近い。

「録画を見せてください」サックスは言った。

「パソコンは事務室です。どうぞ」ジェリーは、中国語らしき文字を百ほど並べたカラフルなタトゥの入った腕を店の奥に向けて伸ばした。

こう考えずにはいられなかった――タトゥを彫るのは痛いだろうに、それを我慢して入れるほどの意義深い文章なのだろうか、そうだとしたら何と書いてあるのだろう。

それに、孫ができたとき、いったいどう説明するのだろう。

30

ふう、暑い日の午後の裏通りときたら。

反吐《へど》が出そうだ。

ニューヨークの裏通りは、見方によってはある種の魅力を備えている。歴史をそのまま現代に再現したようなもの、博物館のようなものだからだ。アパートや――少なくともここリトルイタリーでは――商店の外観は、持ち主の世代が交代するたびにがらりと変わるが、裏通りは一世紀前とほとんど何も変わっていない。文字の消えかかった金属や木の看板が装飾品のように立っている。そこに書いてあるのは配達員向けの指示や注意だ——〈トラックには輪留めを使うこと！〉。煉瓦や石の壁はペンキも塗られておらず、薄汚れて、ぼろぼろだ。間に合わせで入れた不ぞろいのドア、荷物の積み下ろし場、先がどこにもつながっていない配管、手を触れたら感電しそうな配線。

それに悪臭。

今日のように暑い日のごみ出しは最悪だ。数軒のレストランで一つのごみ集積器を共用している。隣のスシ店は昨夜、生ゴミを出していた。この暑いなか、どんな臭いになっているかは考えるまでもない。

腐った魚の臭いだ。

だが、この裏通りにもよいところはある。ジャヴァ・ハットが入っている建物だ。昔、誰か有名人が住んでいたところらしい。レストランで下働きをしている彼がウェイターのサンチェスから聞いた話によれば、アメリカの作家だ。たしか、マーク・トウィン。彼は英語を読むのは得意だ。そこでサンチェスにそのトウィンという作家の本を探して読んでみると宣言はしたはいいが、何かと忙しくてまだ読めていない。

ごみを集積器に投げこむ。言うまでもなく、息を止めて。そのあと勤め先のデリの方角に向き直ったところで、すぐ先、ジャヴァ・ハットのそばに駐めてある車に気づいた。赤いボディのフォード・トリノ・コブラ。

ひゅう、かっこいい。

じきにレッカーされる運命ではあるだろうが。

気づくと、まだ息を止めたままだった。大きく吐き出し、次に吸いこんで、鼻の付け根に皺を寄せた。臭いが文字どおり鼻を突いたからだ。

古い魚。温められた魚。

吐いてしまうだろうか。そんな恐怖を感じながらも、もっとよく見ようと赤い車に近づいた。車は好きだ。義理の兄は高価なBMWの新型M3を盗んで逮捕されたことがある。簡単に盗める代物ではない。ホンダ・アコードくらいなら誰だってやれるだろう。しかしM3には、よほど肝っ玉が据わっていなければ手が出せない。ただ、その肝っ玉に知性が伴うとはかぎらない。義兄のラモーンは、きっかり二時間二十分後に逮捕された。それでもまあ、大した奴だと思う。

おっと、見ろよ！　ダッシュボードにニューヨーク市警の駐車票がある。刑事はふつう、こんな車には乗らないよな。もしかしたら――

そのときだった。ジャヴァ・ハットの裏口から炎の玉と煙が噴き出した。彼は後ろざまに飛ばされ、美容室の裏に積んであった段ボールの山に着地した。濡れて油の浮いた歩道に転がり落ち、衝撃で身動きもできないままそこに横たわっていた。

いったい何だ……？

カフェから煙と炎が水のようにあふれ出している。

携帯電話を取り出す。まぶたをきつく閉じて涙を追い出した。

目を細めてキーパッドを確かめる。そのとき、電話をかけたらどうなるか思い当たって手を止めた。名乗らずに通報したとしても同じことだろう。

あなたの名前と住所、電話番号を教えてください。ところで、運転免許証またはパスポートはお持ちですか。

出生証明書はお持ちではありませんか。グリーンカードは？

携帯電話番号はこちらにも通知されていますよ……

電話機をホルダーに戻す。

心配することはないさ。そう自分に言い聞かせた。いまごろもう誰かから通報が行っているはずだ。それに、ものすごい爆発だった。カフェのなかにいたらとても助からないだろうし、ミスター・マーク・トウィンのタウンハウスも数分後には焼け焦げた瓦礫《がれき》の山になっているだろう。

31

バンはベイ・ストリートを進み、次にナッソーのダウンタウンに入った。建ち並ぶ商店や民家の板張りの壁は、淡いピンクや黄、緑と色とりどりだ。ライムの子供時代の記憶にあるクリスマスのミントキャンディを連想させる色だった。

起伏はほとんどない。スカイラインを主に形成しているのは、マリーナに停泊していたり、左手に広がる海の上をゆっくりと行き来していたりする大型客船だ。こんなに間近に見たのは初めてだった。空に向かって高さ何十メートルにもそびえる巨大な船。ナッソー中心街は、空港の周辺よりもいっそう清潔で整然としていた。ニューヨークとは違って緑が多く、枝はたくさんの花をつけ、根は歩道や車道に凹凸を作っている。この界隈には、堅い商売――弁護士事務所や会計事務所、保険代理店――と、客船の観光客が財布の紐を緩めそうな品物を思いつくかぎり並べている土産物店が入り乱れて並んでいた。

そういった品物として、海賊グッズが人気らしい。歩道を歩いている子供の二人に一人はプラスチックの剣を持ち、髑髏印のついた黒い帽子をかぶっている。

役所が集まる一角があった。パーラメントスクウェアだ。錫《しゃく》を持って椅子に座ったヴィクトリア女王の像が立っている。女王の目は遠くを見つめていた。ここよりもっと重要な、あるいはもっと手のかかる植民地に思いを馳せているとでもいうようだった。

車椅子対応のバンは周囲に溶けこんでいた。走っている車は、自動昇降式のスロープの有無という違いはあっても、似たようなバンやミニバスがほとんどだ。ホテルまでの道のりと同じように、街の中心部の交通も、苛立たしいほど遅い。ライムの見たところ、ここの人々の運転が下手なせいではなさそうだ。単純に車が多すぎ、道は少なすぎるのだ。

スクーターも。道の隙間という隙間をスクーターが埋め尽くしていた。

「このルートが本当に一番の近道なんだろうな」ライムはぼそりと言った。

「そうですよ」トムはそう応じると、イースト・ストリートに曲がった。

「予想より時間がかかっていないか」

これにはトムの返事はなかった。南に下るにつれ、街並みはみすぼらしくなっていった。八リケーンの爪痕は深くなり、掘立小屋とヤギとニワトリの数が増えた。

看板の一枚にはこうあった。


〈健康は自分で守ろう！ コンドームを欠かさずに！〉


あちこちに電話をかけて――当然のことながら、本人には訊けない――ようやくマイケル・ポワティエの勤務先を正確に突き止めることができた。ナッソーには、王立バハマ警察とは別組織になった中央刑事部がある。ポワティエはその中央刑事部に所属しているようなことをちらりと言っていたが、電話に出た女性によれば、ポワティエがそこに所属しているのは確かだが、ふだんの出勤先はまた別だという。どこにいるのかは把握していない。

そこで警察の代表番号にかけたところ、ポワティエはイースト・ストリートの王立バハマ警察本部にいるとわかった。

本部に着くと、ライムは泥の跳ねたバンのウィンドウ越しに周囲に目を凝らした。不調和な建物がいくつも集まって本部を成している。メインの建物は明るい色のモダンな建物で、十字架を水平に置いたような形をしていた。付属する建物は敷地内にランダムに配置されている。そのうちの一棟は留置場のようだ（そのすぐ近くをプリズン・レーンという通りが走っている）。建物と建物のあいだには芝生（きれいに刈られているところもあれば、伸び放題のところも）や砂利と砂の駐車場がある。

実用一本槍の警察施設。

バンを降りた。ここでもやはり、刺激のある煙の臭いがした。ああ、あれか。近隣の民家に何気なく目を向けた瞬間、煙の源がわかった。裏庭でごみを燃やしている。そこらじゅうで焚き火をしているのだろう。

「リンカーン、あれを見てください。僕らもあんなのがほしいな」プラスキーが言った。メインの建物の玄関を指さしている。

「何の話だ?」ライムは冷ややかに訊いた。「建物か。ラジオのアンテナ、ドアノブ、それとも留置場か」

「紋章です」

王立バハマ警察のロゴは、たしかに、なかなか立派だった。市民に向けて勇気と誠意と献身を宣言している。たった一つの小さな図柄にその三つすべてを詰めこんだロゴにはそうそうお目にかかれない。

「旅の記念にTシャツを買ってやるぞ、ルーキー」ライムは車椅子を駆って歩道を進み、そのままの勢いでロビーに入った。古ぼけたみすぼらしい空間だった。アリが這い、ハエが飛んでいる。私服刑事はいないらしく、全員、制服を着ていた。一番多いのは、白いジャケットと、脇に赤いストライプの入った黒いスラックスの組み合わせだ。数少ない女性は、白いジャケットにストライプのスカートという服装だった。職員はみな黒人で、警察の伝統的な帽子か、ヘルメットのような昔風の白い日よけ帽をかぶっていた。

植民地時代の名残……

地元の住人や観光客が十数人、犯罪の被害を届け出るためだろう、ベンチに座って、あるいは列に並んで順番を待っている。ほとんどは怪我をしておらず、ただ腹を立てているように見えた。この島で起きる事件の大半はきっと、スリやパスポートの紛失、痴漢行為、カメラや自動車の盗難といったところだろう。

ライムは自分と連れの二人に注目が集まっていることを意識していた。列のすぐ前にアメリカ人かカナダ人らしき中年夫婦が並んでいた。「あら。お先にどうぞ」妻のほうが、まるで五歳の子供に話しかけるような調子で言った。「いいのよ、遠慮しないでちょうだい」

その見下したような態度に腹が立った。ライムの怒りを察し、いつもの説教めいた演説が始まると予期したのだろう、トムが身構えた。しかしライムは微笑み、夫婦に礼を言った。せっかく波風を立てるなら、本丸である王立バハマ警察に的を絞ったほうがいい。

ライムが並んでいる列の先頭にいる男性は、黒檀のように艶やかな肌をして、ジーンズを穿き、シャツの裾を出して着ていた。魅力的で親切な女性の受付係に、ヤギを盗まれたと訴えている。

「逃げただけかもしれませんね」受付係が言った。

「いや、違う。ロープが切られてた。写真も撮ったよ。見るかい？　ナイフで切ったんだ。証拠の写真がある！　隣のしわざだ。隣のやつが盗んだんだよ」

工具痕を調べれば、ロープの切り口と隣人が所有する刃物が結びつくかもしれない。麻の繊維はとくに付着力が強いから、それが移動していれば証拠になる。それに雨が降ったばかりだ。足跡もまだ残っているだろう。

簡単な事件だ。そう考えて、ライムは一人口もとをゆるめた。サックスが一緒に来ていたら、さっそくこの話を聞かせられるのに。

ヤギ……

男性は結局、もう少しよく探してみるようにと説得されて引き下がった。

ライムは前に進んだ。受付の女性は少し腰を浮かせてライムを見下ろした。ライムはマイケル・ポワティエに面会したいと伝えた。

「お呼びします。失礼ですが、お名前は？」

「リンカーン・ライム」

女性は電話をかけた。「ポワティエ巡査部長、受付のベセル巡査です。ミスター・リンカーン・ライムとお連れの方が受付にいらしてます」ベージュ色の旧式な電話機に目を落として相手の声に聞き入っていた女性の表情がしだいに硬くなっていく。「ええ、そうです、巡査部長。いまこちらに……ええ、目の前にいらっしゃいます」

ポワティエは、外出中だと嘘をついてくれとでも頼んだのだろうか。

ライムは言った。「すぐには手が離せないようなら、待ちますと伝えてください。お会いできるまで待ちます」

女性がもの思わしげな目でライムを見やった。それから、電話に向かって言いかけた。「ミスター・ライムは……」だが、ライムの声はポワティエにも聞こえていたようだ。「はい、巡査部長」女性は受話器を置いた。「すぐにまいります」

「ありがとう」

三人は回れ右をして、待合エリアの人のいない一角に移動した。

「神のご加護がありますように」順番を譲ってくれた女性が、気の毒な男の後ろ姿にそう声をかけた。

トムとプラスキーはベンチに腰を下ろし、ライムはそのベンチの傍らに車椅子を停めた。すぐ上の壁に、王立バハマ警察の歴代本部長や署長の肖像画や写真が掛けられていた。ライムはずらりと並んだ顔ぶれをながめた。殉職者に捧げられた〝追悼の壁〟はどこも同じだ。無表情な顔が並び、ヴィクトリア女王の像と同じように、絵描きやカメラのレンズをまっすぐに見ることなく、どこか遠くを見つめている。その瞳に感情は浮かんでいない。しかし、全員を合わせたら数百年に及ぶ警察生活を通じて、実にさまざまなものを目撃してきたことだろう。

ポワティエはどのくらい時間稼ぎをするだろうかとライムが考えていると、若い警察官が奥の廊下から現れて受付デスクに近づいた。みなと同じ赤のストライプ入りの黒いスラックスを穿き、青い半袖の開襟シャツを着ていた。第一ボタンから伸びたチェーンが左の胸ポケットに消えている。警笛でも持っているのか？　セミオートマチック拳銃を下げた褐色の肌の青年は、帽子をかぶっておらず、強《こわ》い髪は短く刈りこんである。丸い顔はいかにも不機嫌そうな表情を作っていた。

ベセル巡査がライムのほうを指し示す。青年が振り返った。心底驚いたのか、目をしばたたかせている。衝動を抑えきれなかったのだろう、即座に視線を車椅子とライムの脚に走らせ、もう一度まばたきをした。当惑しきっているらしい。

青年刑事が困っているのは、ライムが本当に来ていたからだけではないだろう。

殺人事件に政治的な圧力。それだけでも十分に厄介なのに、障害者の相手までしろと？

ポワティエはさらに一秒ほど凍りついていた。自分が来たことに気づかれているかどうか、見きわめようとしたのだろう。いまから逃げ帰るのは可能だろうか？　だがすぐに平静を取り戻すと、気の進まない様子で受付デスクを離れ、ライム一行に近づいてきた。

「ライム警部。どうも」さりげない、朗らかとも聞こえる調子でそう言った。ついさっき順番を譲った観光客の女性の口調とまったく同じだ。それから手を差し出すようなそぶりをした。握手などしたくないが、その気があるところは示さなくては人格を疑われると恐れているかのように。ライムは手を持ち上げた。ポワティエはその手をすばやく——触れるか触れないかの一瞬だけ——握ったあと、すぐに離した。

四肢麻痺は伝染病ではないぞ——ライムは心のなかで辛辣につぶやいた。

「巡査部長、こちらはニューヨーク市警のプラスキー巡査。そっちは私の介護士のトム・レストンだ」

先ほどよりは自然に握手が交わされた。ただしポワティエはトムをじろじろ見ていた。〝介護士〟という概念が目新しかったのだろう。

それから周囲に視線を巡らせた。同僚の警察官たちが何人か、思い思いの姿勢で凍りついていた。

マイケル・ポワティエの視線はすぐにまた車椅子とライムの動かない脚に舞い戻った。だが、何よりも右腕の緩慢な動きに注意を釘付けにされたらしい。やがて意思の力を総動員するようにして視線を引きはがすと、ライムの目をまっすぐに見た。

ライムは初め、ポワティエの反応に苛立ちを感じた。しかしまもなく、久しく経験していなかった感覚が押し寄せた。恥ずかしかった。障害のある体を恥ずかしいと思った。その感覚が怒りに変容することを祈ったが、変わらなかった。自分の価値が一気に低下したように感じた。無力感に襲われた。

ポワティエのうろたえた目がライムを傷つけていた。

恥ずかしい……

無数の棘《とげ》のような感覚を押しのけ、平板な口調で言った。「事件についてきみの意見を聞かせてもらえたらと思ってね、巡査部長」

ポワティエはまた周囲を見回した。「お話しできることはもう、すべてお話ししました」

「鑑識報告書を見たい。犯行現場そのものを見たい」

「それは無理です。現場は封鎖されています」

「封鎖するのは市民から現場を守るためだ。鑑識捜査員を排除するためではない」

「でも、あなたは……」ポワティエは、そう言いかけて口をつぐんだ。ライムの脚を見ないようにしているのがわかる。「バハマの警察官ではないわけですから、ライム警部。あなたはここでは民間人です。申し訳ありませんが」

プラスキーが言った。「捜査に協力させてください」

「時間がありませんので」そう言って、ほっとしたような顔でプラスキーに――自分の足で立っている人物、ふつうの人間に視線を移した。「時間がないんです」そう繰り返して、今度は掲示板に目を向けた。そこにはポスターが一枚貼ってあった。見出しは〈行方不明〉。そのストレートな言葉の下に、金髪の女性の笑顔があった。フェイスブックからダウンロードした写真と見える。

ライムは言った。「電話で話していた女子学生だね」

「そうです。あなたが……」

そのあとに続くはずだったのはおそらく――〝あなたがまるで案じようとしなかった女性です〟。そう非難するつもりだったに違いない。

だがポワティエは、寸前でその言葉をのみこんだ。

なぜなら、ライムは対等な相手ではないからだ。弱者だからだ。鋭い言葉を叩きつければ、修復のしようがないくらい粉々に砕けてしまいかねないからだ。

頬がかっと熱くなった。

プラスキーが言った。「巡査部長、鑑識報告書や解剖報告書だけでも見せていただけませんか。ここで見るだけでかまいません。外へは持ち出さないようにします」

いいアプローチだ――ライムは思った。

「あいにくですが、それは不可能です、プラスキー巡査」ポワティエはそう答えたあと、歯を食いしばるようにしてふたたびライムを見た。

「ならば、短時間でいいから現場を見せてもらえないか」

ポワティエは咳をした。あるいは、咳払いをした。「事件発生時のまま保存する必要があります。ベネズエラ当局が何と言ってくるかにもよりますが」

ライムは調子を合わせることにした。「そういうことなら、現場が汚染されることのないよう十分に気をつけよう」

「それでも、すみませんが」

「きみも指摘していたように、私たちはきみたちとは別の観点からモレノの死を捜査している。それでもやはり、バハマにある証拠が必要だ」

リスクを承知で夜のカジノから電話をかけた行為が無駄になってもいいのか——暗にそう伝えた。

アメリカの諜報機関やスナイパーの話は持ち出さないよう用心した。バハマ当局がベネズエラの麻薬密輸組織を狙っているのなら、それを邪魔するつもりはなかった。ただ物的証拠がほしいだけだ。

行方不明の女子学生のポスターを一瞥した。

なかなか美人だ。無邪気な笑みを満面に浮かべている。

情報提供の謝礼はたった五百ドルだった。

ライムはささやくような声で言った。「銃器分析課があるね。バハマ警察のウェブサイトで紹介されているのを見た。せめて銃弾の分析結果だけでも見せてもらえないか」

「まだ分析に取りかかっていません」

「ベネズエラ当局からの連絡を待っているわけだ」

「そうです」

ライムは大きく息を吸いこんで苛立ちを押さえつけた。「頼む——」

「ポワティエ巡査部長」ロビーの反対側から鋭い声が聞こえた。

カーキの制服を着た男性が一人、薄暗い廊下との境の戸口に立っていた。暗い顔——肌色も表情も暗い――は、追悼の壁の前に集まった四人をまっすぐ見つめていた。

「ポワティエ巡査部長」男性は険しい声で繰り返した。

青年刑事が振り向いた。目をしばたたかせる。「はい」

短い間があった。「話がすんだら、私のオフィスに来てくれ」

あのいかめしい人物は、ビル・マイヤーズ警部のバハマ警察版といったところか。

「はい」

ライムたちに向き直ったポワティエは、怯えたような目をしていた。「マクファーソン副本部長。ニュープロビデンス島全体の責任者です。もうお帰りください。車までお送りしますから」

一行は出口に向かった。ポワティエは立ち止まると、ぎこちないしぐさでドアを押さえてライムを先に通した。このときもまた、動けない男という対処に困るものを正視しようとしなかった。

ライムは車椅子の低い音とともに建物の外へ出た。トムとプラスキーがそれに続く。四人は乗ってきたバンのほうに向かった。

ポワティエが低い声でささやくように言った。「警部、私は大きな危険を冒してあなたに情報を渡しました――電話の件や、サウス・コーヴ・インにいた男のことです。アメリカで捜査を続けてくれるものと思っていました。ここではなく」

「話してくれたことには感謝しているよ。しかし、情報だけでは足りない。証拠が必要なんだ」

「それは無理です。来ないでくださいと言ったでしょう。すみません。お手伝いはできません」痩せた青年刑事は目をそらし、ロビーの正面玄関を振り返った。上司にまだ見られているのではとでもいうように。ポワティエは怒っている。表情でわかった。いまにも爆発しそうなのを堪《こら》えている。しかしポワティエが示した反応は、よしよしと子供の頭をなでるような態度だけだった。

神のご加護がありますように……

「無駄足でしたね、警部。一日か二日、ゆっくり観光してください。レストランで食事をするとか。きっとあまり外に出る機会は……」急ブレーキをかけるようにして口をつぐむ。それから方針を変更した。「仕事が忙しくて、リラックスする暇などないでしょう。港の近くにいいレストランが何軒かあります。観光客向けのレストランが」

大型客船でやってくる高齢の観光客のための、バリアフリーの店。

ライムは食い下がった。「私は外で会おうと提案した。断ったのはきみだ」

「まさか本当にここに来るとは思いませんでした」

ライムは車椅子を停め、トムとプラスキーに言った。「巡査部長と二人きりで話したい」

二人はバンの方角へ立ち去った。

ポワティエの目がまたしてもライムの脚や体をなめるように動いた。それから口を開いた。

「できれば――」

「巡査部長」ライムは噛みつくように言った。「くだらないゲームはそのくらいにしろ」恥ずかしいという気持ちがついに昇華して、氷のような怒りに変容していた。

ポワティエが驚いて目をしばたたかせた。

「たしかに、二つ三つ手がかりをくれたな。だが、どちらも裏づける証拠がないかぎり使えない情報だ。何の役にも立たない。きみはテレホンカード代をただ無駄にしたんだ」

「協力しようとしたんです」ポワティエは冷ややかに言った。

「罪悪感を帳消しにしようとしただけだろう」

「罪悪感——？」

「捜査に協力したくて電話してきたのではない。私に電話したのは、刑事として最低な仕事をした罪悪感を振り払うためだ。無意味な情報の断片を適当に渡しておいて、あとは上司に言われたとおりベネズエラ当局の連絡を待っていると繰り返す」

「あなたは何もわかってない」ポワティエが反撃した。やはり怒りを抑えきれなくなったのだろう。顔から汗を滴らせ、険しい目でライムをまっすぐにらみつけていた。「アメリカでは、私たちの十倍くらいの給料をもらっている。それでも足りなければもう一つ仕事をして、本業と同じかそれ以上の金をもらう。この国ではね、警部、そうしたくてもできないんですよ。私はもう充分すぎるリスクを冒した。内密にいくつか情報を渡したら……」わめくような早口になっていた。「いきなり押しかけてきて。上司に見られたじゃないか！　私には妻と二人の子供がいる。その三人を養っていかなくちゃならない。家族を心から愛している。あんた、何様のつもりなんだ？　私の仕事を奪うような真似をして！」

ライムは吐き捨てるように言い返した。「きみの仕事？　いいか、きみの仕事は、五月九日にサウス・コーヴ・インで何が起きたかを突き止めることだ。狙撃したのは誰か、きみの管轄区内で人ひとりの命を奪ったのは何者なのか、それを突き止めることだ。それがきみの仕事だろう。上司がでっち上げた作り話の陰に隠れることではなく！」

「やっぱりわかってない！　私は――」

「わかっているよ。刑事になりたいなら、刑事の仕事をしろ。それができないなら、営業設備検査および営業許可課とやらに戻るんだな、巡査部長」

　ライムは車椅子の向きを変えると、バンのほうに走りだした。プラスキーとトムは車のそばに立ち、心配と困惑の表情でこちらを見守っている。近くの窓の奥に人影が映っているのも見えた。やはりこちらをじっと観察している。十中八九、さっきの副本部長だろう。

32

　バハマ警察本部を出たあと、バンはろくに舗装されていない細い道をたどって北西の方角へ向かった。

「ルーキー。一つ仕事をやろう。サウス・コーヴ・インで聞き込みだ」

「え、ニューヨークに帰るんじゃないんですか」

「帰るわけがないだろう。仕事がほしいのか、それともこのあとも話の邪魔を続ける気か」プラスキーの返事を待たず、ライムは昨夜、ポワティエ巡査部長が電話で伝えてきた情報を繰り返した。モレノの予約を確認するアメリカ人からの電話、射殺事件の前日、メイドにモレノのことを尋ねていたという男――輝かしい才能を持ったスナイパー、ドン・ブランズ。

「三十代なかば、明るい茶の短髪、アメリカのアクセント、細身で筋肉質」プラスキーは証拠物件一覧表の記述をそらんじていた。

「その調子だ。私が自分で行くわけにはいかない」ライムは言った。「私が行くと、騒ぎが無用に大きくなるからな。駐車場で待機している。フロントに行ってバッジをちらつかせ、アメリカからかかってきた電話の発信者番号を聞き出す。モレノについて尋ね回っていた男の情報があれば、それもだ。あまり詳しく説明しすぎるなよ。事件を捜査している警察官だと言うだけでいい」

「バハマ警察本部から来ましたと言います」

「ふむ。名案だな。適度に権威を振りかざせるが、同時に曖昧だ。もし電話番号が手に入ったら――いや、もしではないな――電話番号がわかりしだい、ロドニー・サーネックに連絡して、携帯電話または固定電話の接続業者に掛け合ってもらおう。いいな?」

「うぃっす」

「何だ、その返事は」

「任せてください、リンカーン」プラスキーが言い直す。

「まったく、調子に乗るな」このときもまだ、ポワティエの裏切り――とライムは考えていたが、実際は単に協力を断られたにすぎない――に傷ついた心は立ち直っておらず、怒りもくすぶっていた。

でこぼこしたナッソーの通りを行くバンに揺られているうち、一つ閃いた。「ホテルに行ったら、記者のエドゥアルド・ド・ラ・ルーアの持ち物が残っていないか確認しろ。手荷物、ノート、パソコン。あれば、どうにかして持ち帰れ」

「どうにかって、どうやって？」

「知るか。何だってかまわん。ド・ラ・ルーアの取材メモや録音があれば手に入れたい。当地の警察は証拠の押収にあまり熱心ではなかったようだ。もしかしたら、ホテルにまだ何か残っているかもしれない」

「何者かが監視ってたみたいだって話をモレノがしていれば、録音されてるかもしれませんね」

「そうだな」ライムは苦々しげに言った。「あるいは、何者かが監視を行なっているという話をしていれば。きみの指摘の内容は正しいが、名詞として使うには申し分ない単語を強引に動詞にした点では間違っている」自分の皮肉ににやりとせずにはいられなかった。

プラスキーが溜め息をつく。トムは楽しげに微笑んだ。

やがてプラスキーが言った。「ド・ラ・ルーアは記者だったんですよね。カメラはどうです？　事件の前に室内やホテルの敷地の写真を撮ったかもしれません」

「おお、それは思いつかなかった。いいぞ。それだな。監視者の写真が残っている可能性はある」そこで怒りが再燃した。「ベネズエラ当局だと？　は！　笑わせるな」

ライムの携帯電話が鳴った。発信者番号を確かめる。

おやおや、これはどうしたことだ？

応答ボタンを押す。「ポワティエ巡査部長？」

解雇されたか。癇癪を起こして申し訳なかったと謝罪する一方で、これ以上の協力はできないと念を押すための電話か。

ポワティエのささやくような声は、低くて険悪だった。「いつも昼食は遅い時間にとります」

「え？　何だって？」

「シフトのせいで」ポワティエが苦味のある調子で続ける。「昼休みはいつも午後三時からになる。毎日どこで昼食をとるか知りたいですか」

「何の話だ……？」

「簡単な質問です、ライム警部！」巡査部長は怒鳴りつけるように言った。「いつもどこで昼飯を食うか知りたいかと訊いている！」

「ああ、そうだな、知りたいね」ライムはそれだけ答えるのがやっとだった。心底当惑していた。

「ベイルーヒル・ロードのハリケーンという店です。ウェスト・ストリートの近く。昼はいつもその店で食べますから！」

そこで唐突に電話は切れた。かちりと控えめな音が伝わってきただけだったが、まるで八つ当たりのように〝切〟ボタンを力任せに押すポワティエの姿がライムの頭に浮かんだ。

「ふむ」ライムはほかの二人にいまのやりとりを伝えた。「ついに協力する気になったらしいぞ」

プラスキーが言った。「僕らを逮捕する気かも」

　ライムは反論しかけたが、なるほど一理あると思い直した。「きみの推測が当たっていないともかぎらないな、ルーキー。よし、計画の変更だ。トムと私は昼飯を食べに行く。または、逮捕されに行く。いや、おそらくその両方だな。きみはサウス・コーヴ・インの聞き込みを担当してくれ。専用の車を調達するか。トム、どこかでレンタカー店を見なかったか」

「エイビスがありましたよ。いまから行きます？」

「当然だろう。好奇心から訊いたとでも思ったか」

「ねえ、リンカーン。そうやっていつもいつも上機嫌にしていると、だんだん疲れてきませんか」

「申し訳ないが、レンタカー店に行ってくれ。頼む。いますぐだ」

　見ると、ロン・セリットーからの着信履歴が残っていた。ポワティエとの〝話し合い〟のさなかで気づかなかったらしい。伝言は残っていなかった。電話をかけ直したものの、即座に留守電サービスに転送された。行き違いのメッセージを吹きこみ、携帯電話をしまった。

　トムが車のナビを使ってエイビスを探し出し、道案内に従って進路を変えた。数分後、不安げな声で言った。「リンカーン」

「何だ？」

「尾行されてます。間違いないと思います」

「振り返るんじゃない、ルーキー！」ライムが現場に出る機会は少なくなっている。理由は言うまでもない。まだ捜査の最前線で活躍していたころは〝ホット〟な犯行現場で仕事をすることも多かった。犯人がまだ近くに残っていて、どの刑事が捜査を担当しているか、どんな手がかりを見つけたか、警察の動向をうかがっているような現場だ。ときには捜査陣の殺害を試みる犯人もいる。そういった現場で長年磨かれた勘はいまも失われていなかった。何より大切なのは、相手の存在にこちらが気づいていると悟られないようにすることだ。

トムが続けた。「対向車線を近づいてきた車がすれ違うなりUターンしたんです。そのときはとくに何とも思わなかったんですが、ずいぶん複雑なルートをたどってるのに、まだ後ろにいるので」

「どんな車だ？」

「ゴールドのマーキュリー。黒いビニールトップ。十年落ちか、もっと古そうです」

この街を走っている車の大半がそのくらいの年代のものだった。

トムはバックミラーにちらりと目をやった。「乗ってるのは二人。いや、三人だ。黒人の男性。二十代後半か三十代くらい。Tシャツを着てます。グレーと緑。この二人は半袖ですね。もう一人は黄色いタンクトップ。顔は見えません」

「パトロール警官の手本のような説明だな、トム」ライムは肩をすくめた。「警察の監視がついただけのことだろう。あの副本部長――マクファーソンと言ったか？――は、私たちよそ者を心から歓迎しているようには見えなかった」

トムは目を細めてバックミラーを見つめた。「警察ではないと思いますよ、リンカーン」

「なぜそう思う？」

「ドライバーは金のピアスをしてるし、助手席の男はドレッドヘアです」

「おとり捜査官だろう」

「それに、マリファナ煙草を回しのみしてます」

「ほほう。たしかに、警察官ではなさそうだな」

33

プラスチック爆薬が起爆した直後に充満する、化学物質をたっぷり含んだ煙ほど吐き気を催させるものはほかにないだろう。

いやな臭いがする。味もした。そのねっとりとした攻撃に、アメリア・サックスは思わず体を震わせた。

それに、耳鳴りもしている。

サックスは少し前までジャヴァ・ハットだった店の前で、爆弾処理班がひととおりの検証を終えるのをじりじりしながら待っていた。犯行現場の検証はこのあとサックスが自分でするが、グリニッチビレッジの第六分署から出動する爆発物の専門家集団は、現場を引き渡す前にかならず隅々まで点検し、警察や救急隊の人員を狙って第二の爆弾が仕掛けられていないかどうかを確認する。時間差のある爆発物を二つ仕掛けるというのはよく使われる手だった。少なくとも、爆弾が政治的声明を表す手段の一つにすぎないような国ではそうだ。ドン・ブランズは国外で訓練を受けているかもしれない。

サックスは左右の耳のそばで指を鳴らしてみた。よかった。耳鳴りはしているが、聴覚には問題なさそうだ。

彼女とカフェの客の命を救ったのは、コメディのような映像だった。

サックスと、色とりどりのタトゥを入れた店長のジェリーは、店のパソコンがあるこぢんまりとした薄暗い事務室に行った。パソコンの前に椅子を並べて座り、ジェリーがパスワードを入力して、古いウィンドウズOSのロックを解除した。

「防犯カメラの録画を見るにはこのソフトを使います」ジェリーはソフトウェアを起動し、MPEGファイルを再生、早戻し、早送りするコマンド、また画像をキャプチャーしたり、一部を別ファイルに保存してメール送信したりフラッシュドライブにコピーしたりするコマンドをサックスに教えた。

「わかった。ありがとう」

サックスは椅子をモニターの正面に引き寄せると、画面をよく観察した。四つに分かれている。四台あるカメラから送られてくる映像がそれぞれに映し出されていた。二台は客席、一台はレジ周辺、一台は事務室。

リアルタイムの映像から、密告者がSTOを添付したメールをこの店から送信した五月十一日に向かって早戻しを始めてすぐ、事務室の、いま二人が座っている場所に向かって前進している男の姿が映し出された。

ちょっと待った。何かおかしい。サックスは再生を一時停止した。

何が奇妙なのだろう?

ああ、そうか。それだ。サックスは笑った。逆向きに再生しているから、映っているほかの人々は全員後ろ向きに歩いているように見える。ところが事務室の映像の男は、前に進んでいるのだ。つまり実際には、事務室から後ずさりして出ていったことになる。

なぜそんなことを？

店長のジェリーにそのことを指摘した。ジェリーはサックスと違い、笑ってはいなかった。

「ここ、タイムスタンプを見てください。ほんの十分前の映像だ。それに見たことのない男です。うちの従業員じゃない」

男は痩せていて、野球帽の下の髪は短く見える。ウィンドブレーカー風のジャケットを着て、小ぶりのバックパックを持っていた。

ジェリーが立ち上がって裏口を見にいった。ドアノブを試す。「鍵が開いてる。くそ、侵入されたらしいぞ！」

サックスは映像をさらに早戻ししてから再生した。男が事務室に入ってきてパソコンに近づき、システムにログインしようと何度か試みたあと、今度はまるごと持ち上げようとしたが、筐体を床に固定している鋼鉄の帯に阻まれた。次にモニターをちらりと見やって、撮影されていることに気づいた。まもなく、カメラに顔を向けないよう後ろ向きのまま歩いて事務室から消えた。

スナイパーだ。間違いない。

どういうわけかスナイパーも密告メールの送信元がこの店であることを突き止め、密告者の正体を調べに来たのだろう。そしてサックスとジェリーが近づいてくる気配を聞きつけたのだ。

サックスはもう一度録画を再生した。このとき、男が事務室を出る前にパソコンの後ろに何か小さなものを隠すような動作をしたことに目を留めた。何だろう？

まさか――？　たいへんだ！

簡易爆弾。パソコンの後ろに置いていったのはそれだ。パソコンを盗むのはあきらめ、代わりに爆弾で吹き飛ばすことにしたのだろう。起爆装置の解除を試みるべきか。だめだ、何分にセットされているかわからない。「避難！　全員、避難させて！」サックスは叫んだ。「爆弾よ。爆弾がある。避難を呼びかけて。早く！」

「でも――」

サックスは無数の表意文字が彫りこまれたジェリーの腕を引っ張って事務室から店に戻った。バッジを高々と掲げ、バリスタや洗い場の担当者、コーヒーを楽しんでいる客に向かって大きな声で避難を呼びかけた。「ニューヨーク市警です。ただちに避難してください！　ガス漏れです！」

爆弾があると説明している暇はない。

サックスが最後の客――無料のお代わりをまだもらっていないのにといまにも泣きそうな声で訴える男子学生――をドアから押し出した瞬間、爆弾が破裂した。

このときサックスはまだ店内にいた。胸と耳に衝撃を感じた。床を通じて、足の裏からも。窓ガラスが二枚、粉々に砕け、店のなかの大部分のものがばらばらになって飛び散った。苦い味のする脂じみた煙が一瞬のうちに店じゅうに広がった。サックスは戸口から外へ飛び出したが、まっすぐ立ったままでいた。アクション映画の爆破シーンで主人公が決まってするようにコンクリートに身を投げ出したりしようものなら、自分の膝関節に一生恨まれるだろうと思ったからだ。

ようやく爆弾処理班が店の外に出てきた。「安全を確認した」副隊長がそう報告したが、サックスの耳には、まるで分厚い綿《わた》の向こうから言われているように聞こえた。爆弾の破裂音はすさまじかった。プラスチック爆薬の爆風は秒速およそ七千六百メートルに達する。

「何だった？」サックスは尋ねた。副隊長がにやりとした。サックスの声が不必要に大きかったからだろう。

「FBIとATFの分析が済むまで断定はできない。個人的な印象で言えば、軍事用だな。カモフラージュを施した金属片がいくつかあった。基本的に対人爆弾だが、人にかぎらず、周囲のあらゆるものを残らず吹き飛ばす」

「たとえばパソコン」

「え？」副隊長が訊く。

今度は声が小さすぎたらしい。耳がおかしくなっているせいだ。「パソコンも吹き飛ぶ」

「そうだね、パソコンにはとりわけ有効だ」副隊長が言う。「ハードディスクは粉微塵《こなみじん》だし、破片の大部分は溶けた。塀から落っこちたハンプティ・ダンプティだよ」

サックスは礼を言った。クイーンズの鑑識チームが証拠採取器具を山と積んだ現場急行車《RRV》で到着していた。鑑識チームの二人はよく知っている。アジア系アメリカ人の女性とジョージア州出身の丸顔の若者だ。若者がやあというように手を振った。二人は補佐に回り、サックスは単独でグリッド捜索をする。それがリンカーン・ライムの定めるルールだった。

サックスは腰に両手を当て、煙に包まれたジャヴァ・ハットの残骸を眺めた。

ひどい有り様だ……

簡易爆弾は臭いも独特だが、現場を汚染する威力も際立っている。

タイベック素材の防護服を着た。エヴィデントのデラックス版で、着用する鑑識員を危険な物質から保護すると同時に、鑑識員による犯行現場の汚染を防ぐ。煙が充満していることを考え、密閉ゴーグルとフィルター入りのマスクも着けた。

とっさにこう考えた——マスクをしていたら、リンカーンに声が聞こえないかもしれない。しかし次の瞬間、思い出した。ふだんとは違って、現場検証のあいだ、無線やビデオカメラを介してライムとやりとりすることはない。今日は一人きりだ。

朝、ラボで感じたのと同じ、冷たい空虚感が体の内側を通り抜けていった。

やめなさい。自分を叱りつけた。仕事のことだけを考えなさい。

証拠採取器具や袋をまとめて片手に持つと、グリッド捜索を開始した。

無惨に破壊された店内を歩きながら、まずは爆弾そのものの残骸を捜すことに注力したが、副隊長が言っていたとおり、ほとんど残っていなかった。犯人がただの爆破薬ではなく対人爆弾を使ったことにとりわけ強い危惧を感じた。

次に侵入／逃走ルートである裏口を丹念に調べた。ブランズは、侵入する前にドアの前でいったん立ち止まったはずだ。そこは爆風の被害を最低限しか食らっていない一角でもある。何十種類もの対照資料を集めた。裏通りや戸枠から、この地域のどこにでも存在する物質のプロファイルを作るのに十分な量の微細証拠を採取した。そのプロファイルに含まれない物質があれば、それは犯人が持ちこんだものである可能性が高く、そこから犯人の住居や勤務先につながるかもしれない。

対照資料がどこまで役に立つかはわからない。ニューヨークの裏通りはどこもそうだろうが、微細証拠は多すぎるくらいある。そこから事件に関係のあるものを探し出すのは困難だろう。証拠が多すぎるのは少なすぎるのと同じくらい厄介だ。

グリッド捜索を終えるとすぐに防護服を脱いだ。有害物質が付着しているのではと心配だからではなく、生まれつき閉所恐怖症だからだ。ビニールに似た質の布地に全身を覆われていると、じっとしていられなくなる。

深く息を吸い、一瞬目を閉じた。パニックを引き起こしそうな感覚は少しずつ落ち着き、やがて消えた。

密告者……防犯カメラの録画が失われたいま、いったいどうやって探せばいいのだろう？もはや不可能だと思えた。複雑なプロキシシステムを使って自分の足跡を隠すような人物だ。書類を送信する場所だって抜け目なく選んだだろう。このカフェの常連ではないはずだし、支払いにクレジットカードを使ったりもしていないだろう。そこで一つ考えが浮かんだ。ほかの客は——？　五月十一日の午後一時ごろ、この店にいた人々の一部は割り出せるのではないか。いまどきあまり見かけないノートパソコンだというｉＢｏｏｋを使っていた人物を覚えているかもしれない。観光客が互いに撮り合った写真に、密告者の姿が写りこんでいたという偶然もないとはかぎらない。

いまや廃業状態のカフェの怯えきった店長、ジェリーに近づき、クレジットカードの利用記録はないかと尋ねた。ジャヴァ・ハット中央運営本部と呼んでいた店を悲しそうにじっと見つめていたジェリーが、ようやく視線を引きはがす。十分後、サックスは、メールが送信された時刻ごろにこの店にいた十数人の客のリストを手にしていた。ジェリーに礼を言い、リストをメールでロン・セリットーに送った。そのあと電話をかけた。

ビル・マイヤーズの特捜部の人員を使ってリストにある客に当たってもらえないかと話した。問題の日にジャヴァ・ハット店内で写真を撮っていないか、奇妙な外観の古いノートパソコンを使っている人物を見なかったか。

セリットーが答える。「わかった、アメリア。すぐに手配しよう」そこで低いうめき声を漏らした。「事件は新たな様相を呈し始めたな。簡易爆弾まで登場するとあっては。犯人はコード名〝ブランズ〟だと思うか？」

「そうとしか考えられない。防犯カメラの映像だけからじゃ断言できないけど、サウス・コーヴ・インのメイドが証言した人相とだいたい一致してるわ。つまり、仕事の痕跡を消しにかかったというわけね――おそらくメッガーの指示で」サックスは苦笑しながら付け加えた。「おかげでジャヴァ・ハットはきれいに消えちゃった」

「しかし、どうかしてるな――メッガーとブランズは前後の見境をなくしてる。この殺害指令プログラムがそこまで大事なのか？　罪のない市民の命を奪うほど？」

「ねえ、ロン。この件は当面、伏せておきたいんだけど」

しわがれた笑い声が返ってきた。「わかるよ。マンハッタンで簡易爆弾？　パニックになる」

「表向きはガス漏れってことにできない？　詳細は調査中ってことにするの。二、三日でいいから時間を稼ぎたい」

「やれるだけのことはやってみる。しかし、マスコミは何だって嗅ぎつけるからな」

「一日か二日。それだけでいい」

セリットーがつぶやくように応じた。「やってはみるよ」

「ありがとう」

「ところで、ちょうどいいところに電話をもらった。マイヤーズの聞き込みチームがリディアを見つけたらしい。五月十一日にモレノが一緒に行動したっていう例の女性だ。そろそろ住所と電話番号を知らせてくるはずだ」

「娼婦ね」

セリットーの忍び笑いが伝わってきた。「いざ事情を聴くとき、俺だったらそのキーワードは言わずにおくな」

34

右手をゆっくりと持ち上げ、リンカーン・ライムは自家製ホットソースをつけたコンク・フリッター——衣はかりっとしていて、なかはしっとり柔らかな貝のフライ——を口に入れた。次にカリック・ビールの缶から一口飲んだ。

〝ハリケーン〟という、この地の気候を思うといくぶん不穏な名を持つレストランは、ナッソー中心部の雑草茂る脇道沿いにあった。鮮やかな青と赤の壁、反り返った床板。バハマのビーチの風景写真は汚れて色褪せていて、インドのゴアやアメリカのジャージーショアを撮ったものだったとしても区別はつかない。頭上でシーリングファンがいくつかのんびりと回転しているが、暑さを和らげる役にはまるで立っていない。唯一の貢献はハエを追い散らすことだけだった。

それでも、料理は絶品だった。これほど美味いものは食べたことがない。

そう思う一方で、誰かに口に運んでもらうのではなく、フォークで突き刺して自分で食べられるなら、それだけでもう最高に美味い食べ物だ。

「コンクか」ライムは考えにふけった。「単殻軟体動物の組織を証拠として提出した経験はまだないな。牡蠣《かき》の殻は一度だけあったが。なかなか美味だ。ニューヨークでも作れるか？」

真向かいの席に座っていたトムが立ち上がり、料理人に作り方を尋ねた。赤いバンダナをマルクス主義の革命家のように巻いた堂々たる体格の女性シェフは、レシピを書きつけたメモをトムに差し出しながら、かならず生のコンクを使うようにと言い添えた。「缶詰はだめだよ。絶対に生のコンクでね」

時計の針はまもなく三時を指そうとしている。ポワティエの思わせぶりな誘いの目的は、プラスキーの推理のとおり、逮捕チームを手配するまでのあいだライムによけいなことをさせないようにすることだったのかもしれない。

昼はいつもその店で食べますから！……

気をもむのはやめ、コンク・フリッターとビールを楽しむことにした。

黒と灰色の犬が足もとに座っておこぼれを待っていた。筋肉の塊のような小型犬をライムは無視したが、トムはフライの衣やパンのかけらをやっている。犬は体高六十センチほどで、顔は細長く、大きな耳は垂れていた。

「これでもう一生つきまとわれるぞ」ライムは言った。「わかって食い物をやってるんだろうな」

「かわいいじゃないですか」

シェフをほっそりさせ、若くしたようなウェイトレス——おそらく実の娘だろう——が言った。「ポットケーキ・ドッグっていうんですよ。バハマにしかいないの。住人が野良犬に分けてやる食べ物から名前がつきました。鍋《ポット》にこびりつい《ケーキ》たお米やグリーンピースをあげるから」

「それでレストランをうろちょろしているわけか」ライムは皮肉を込めて訊いた。

「ええ。お客さんも喜びますし」

ライムは低いうなり声を漏らし、入口のほうをじっと見つめた。いまにもマイケル・ポワティエが現れるのではないかという気がした。あるいは、武装した制服警官のチームが逮捕状を持って踏みこんでくるか。

携帯電話が鳴り、ライムは応答した。「ルーキー？　何かわかったか」

「いまサウス・コーヴ・インです。わかりましたよ。モレノの予約を確認する電話の主の番号が。携帯電話でした。エリアコードはマンハッタンです」

「いいぞ、いいぞ。ただし、十中八九プリペイドだろうから、追跡は不可能だ。だがロドニーなら発信場所をかなり絞りこめるだろう。勤務先か、ジムか、我らがスナイパーがいつもラテを飲むスターバックスか。すぐに――」

「でも――」

「いやいや、そう難しいことではない。携帯電話の基地局からさかのぼって、隣接する電波塔のシグナルデータを加算するだけのことだ。電話機はすでに廃棄されているだろうが、記録を突き合わせれば――」

「リンカーン」

「何だ？」

「プリペイドじゃないし、いまも使われてます」

一瞬、言葉を失った。信じがたい幸運だ。

「それだけじゃないんです」

言葉が復活した。「ルーキー！　さっさと要点を言え！」

「ドン・ブランズ名義で登録されてるんです」

「スナイパーか」

「そうです。契約のときに社会保障番号と住所を届け出てました」

「どこだ？」

「ブルックリンの私書箱です。私書箱を設置したのはデラウェア州のペーパーカンパニー。社会保障番号は実在しませんでした」

「それでも、電話番号はまだ生きているわけだ。ロドニーに連絡して、通話を監視させろ。おおよその居場所もだ。いまの時点では連邦盗聴法を適用して全通話を盗聴するのは無理だが、ロンか誰かに判事を説得してもらおう。せめて通話開始から五秒間の盗聴が許可されれば、声紋は採れる」

声紋があれば、密告者が送ってきた音声ファイルの声紋と比較して、問題の電話をいま使用しているのがスナイパーかどうか確かめることが可能になる。

「フレッド・デルレイにも連絡だ。そのペーパーカンパニーの実態を調べてもらえ」

「わかりました。聞き込みの成果はまだ二、三個あります」

〝二つ三つ〟とでも言うべきところだろう――ライムは心のなかで毒づいたが、口には出さなかった。今日はもう十分、言葉遣いを注意してへこませている。

「記者のことです。ド・ラ・ルーア。ホテルに荷物は残っていません。鞄かブリーフケースを持ってインタビューに来たようですが、遺体と一緒に警察が押収していったそうです」

ポワティエに頼めば記者の荷物を調べることができるかもしれない。ポワティエが本当にこの店に現れて、しかも協力的な気分でいてくれればの話だが。

「事件前日にホテルに来たというアメリカ人の件ですが、メイドの出勤待ちです。あと三十分くらいで来ると聞いてます」

「いい仕事ぶりだ、プラスキー。ところで、背後に用心しているだろうな。マリファナ好きの尾行チームを乗せたマーキュリーはいないか」

「いいえ。ちゃんと気をつけてましたけど。そちらはどう……？　あ、そうか。僕に訊くってことは、そっちはうまくまいたってことですね」

ライムはにやりとした。プラスキーも成長している。

35

「リディアは娼婦じゃなかったのね」アメリア・サックスが言った。

「ああ」ロン・セリットーが答える。「通訳だとさ」

「本当の職業を隠すために通訳を名乗ってるってことはない？」

「ない。本物だ。十年前からビジネス通訳をやってる。企業や法律事務所の依頼を受けてるらしい。それでも念のために照会してみたよ。逮捕歴はない。市、州、ＦＢＩ、犯罪情報センター。全部確認した。モレノは以前にも彼女に依頼していたようだ」

サックスは自嘲するように笑った。「私の思いこみだったわけね。エスコート嬢かテロリストだろうって頭から決めつけてたわ。自分で自分にあきれちゃう。まっとうな通訳なら、モレノも不法なミーティングには同伴していないだろうけど、リディアが何か知ってる可能性はありそうじゃない？　モレノの情報をいろいろ持ってるんじゃないかしら」

「おそらくな」セリットーも同意見だった。

リディアはいったい何を知っていただろう？　ミッドタウンに停めたニッサン・アルティマの運転席でこの会話をリアルタイムで聞いていたジェイコブ・スワンは考えた。このときもまた、アメリア・サックスの３Ｇ携帯——簡単に盗聴が可能な携帯電話のやりとりに聴き入っていた。サックスがジャヴァ・ハットの爆弾によってあの世まで吹き飛ばされずにすんで幸運だった。この手がかりはまさしく金脈だ。

「何語の通訳？」サックスが訊く。いま話している相手の携帯電話の識別番号もすでに入手してあった。ロン・セリットー、ニューヨーク市警の刑事。技術サービスからそう報告を受けていた。

「ロシア語、ドイツ語、アラビア語、スペイン語、それにポルトガル語」

すごいな。ますますフルネームと住所が知りたくなった。さあ、教えてくれてもいいぞ。

「いまから話をしてみる」

いいぞ、それなら一石二鳥だ。サックス刑事と目撃証人がアパートの一室に同時にそろう。ジェイコブ・スワンと〝旬〟ナイフも。

「メモの用意はいいか」

「いいわ」

右に同じ——ジェイコブ・スワンも心のなかで答えた。

セリットーが言いかける。「フルネームは、リディア——」

「待って！」サックスが大きな声を出した。

あまりの大きさにスワンは顔をしかめ、携帯電話を耳から遠ざけた。

「どうした？」

「何か変だと思わない？　いまふと思ったの。犯人はどうしてジャヴァ・ハットのことを知ってたのかしら」

「どういうことだ？」

「私を尾行してきたわけじゃないわ。犯人のほうが先にいたんだもの。どうしてあの店のことを知ってたの？」

「しまった。電話を盗聴されてると思うんだな？」

「ありうるわ」

くそ、気づかれたか。スワンは溜め息をついた。

サックスが続ける。「別の電話からかけ直す。固定電話が安全ね。本部の代表番号から転送してもらうわ」

「了解」

「この携帯電話はもう使わない。ロン、あなたもその電話は処分したほうがいいわ」

通話はそこで唐突に終わり、ジェイコブ・スワンは純然たる静寂のなかに置き去りにされた。

36

電池を抜いておけばいいだろう——初めはそう考えた。

しかしまもなく不安が心に染み入った。防水が万全ではないブルックリンの自宅タウンハウスの地下室に、水がじわりと浸入するように。サックスはまだ煙を立ち上らせているジャヴァ・ハット跡地近くの下水溝に携帯電話を投げこんだ。

パトロール警官をつかまえ、持ち合わせたうちでもっとも小額だった十ドル紙幣と引き換えに四ドル分の小銭を受け取ると、近くの公衆電話から市警本部の代表番号にかけてセリットーに転送を頼んだ。

「はい、セリットー」

「ロン？　私よ」

「犯人は本当に盗聴してると思うか」

「わずかな危険も冒したくない」

「了解。俺はかまわないぞ。ただ、頭に来るな。買ったばかりのスマートフォンだったのにくそ。さて、メモの用意はいいか」

サックスはペンを片手にかまえ、電話機の下の染みだらけの台にメモ帳を危なっかしく置いた。「どうぞ」

「通訳の名前はリディア・フォスター」セリットーは続けて、三番街の住所と電話番号を伝えた。

「聞き込みチームはどうやってリディアを探し当てたの？」

「足で稼いだってやつさ」セリットーが説明した。「モレノがリディアを拾ったビルの最上階から始めた。あのビルは二十九階建てだ。ま、当然のことながら、お宝ははるか下のほう、三階に埋まってた。おかげで時間がかかった。フリーランスの通訳だそうだよ。いまは銀行の仕事を受けてる」

「このあとすぐ電話してみる」それからサックスは訊いた。「それにしても、どうやって私たちの電話を盗聴したのかしら、ロン。誰でもできることじゃないわ」

セリットーはうなるように言った。「この犯人はやたらに広い人脈の持ち主だな」

「あなたの番号も知られた」サックスは指摘した。「背後に気をつけて」

しわがれた笑い声が返ってきた。「リンカーンが眉をひそめそうな常套句だな」

そう言われたとたん、いっそうライムが恋しくなった。

「何かわかったら知らせる」

まもなくリディア・フォスターと電話がつながった。サックスは連絡した理由を説明した。

「ええ、ミスター・モレノですね。亡くなったと聞いて、とても悲しかった。この一年くらいのあいだに三度、通訳の仕事でお会いしてたから」

「三度ともニューヨークで？」

「そうです。会談の相手は英語が上手な人ばかりだったんですけど、ミスター・モレノは私を介して相手の母語で話すほうがいいとおっしゃって。そのほうが相手のことをよりよく理解できると考えてたの。通訳するのと同時に、相手の態度が私の目にはどう映るか、それも伝えてくれと頼まれていました」

「五月一日にあなたとミスター・モレノを乗せたドライバーと話をして、ミスター・モレノと世間話もしていたと聞きました」

「ええ。とても話し好きな人でしたから」

鼓動が速くなるのを感じた。この女性は情報の泉かもしれない。

「その日は何人と会談しましたか」

「たしか四人です。ロシア系の非営利団体の代表者、ドバイから来た人。ブラジル領事館にも行きました。ミスター・モレノ一人で会った人もいます。英語とスペイン語が話せるという人。通訳は必要ないということだったので、私はそのオフィスビルの一階のスターバックスで待っていました」

会合の内容を聞かれたくなかったという可能性もある。

「そちらにお邪魔してお話をうかがうことはできますか」

「どうぞ、私でお役に立てるなら。今日はずっと自宅にいますし。そのときの議事録を探して整理しておきます」

「全部コピーしてあるの？」

「ええ、一語残らず。あとで議事録を送っても、なくすクライアント、コピーを取っておかないクライアントは驚くほど多いんです」

なお期待が持てる。

そのとき、サックスの電話が低い音を鳴らして新規メッセージの着信を知らせた。〝至急〟のアイコンがついている。「ごめんなさい、ちょっと待って」リディア・フォスターにそう断って、メールに目を通した。

ブランズの電話は現在も利用中。声紋を比較。一致しました。リアルタイムで追跡しています。現在地マンハッタン。至急ロドニー・サーネックに電話してください。

——ロナルド

サックスは電話口に戻った。「ミズ・フォスター？　すみません、先に片づけなくてはならない用事ができてしまいました。でも、そのあとすぐにそちらにうかがいますから」

37

ハリケーンというレストランでカリック・ビールの残りを飲み干したちょうどそのとき、ライムの背後から声が聞こえた。

「こんにちは」

マイケル・ポワティエだった。

ポワティエの青いシャツには汗が染みて、ロールシャッハ検査の絵のようになっている。赤いストライプが風格を添える黒いスラックスは砂にまみれ、ところどころ泥がはねた跡があった。バックパックを肩にかけている。ポワティエが軽く片手を上げるとウェイトレスは微笑んだが、アメリカから来た体の不自由な男の向かいに腰を下ろしたのを見て、意外そうな表情を浮かべた。何も訊かずにオーダーを厨房に通したあと、ココナッツのソフトドリンクをポワティエの前に置いた。

「遅くなったのは、残念なことに、女子学生が発見されたからです。遊泳中の事故だったようです。ちょっとすみません。先に報告メールを送ってしまいます」バックパックから傷だらけの革ケースに入ったiPadを取り出し、ロックを解除した。簡単な文章をタイプして送信ボタンを押す。

「これでしばらく時間を稼げます。女子学生の件で補足の捜査をしていることにしておきましたから」そう言ってiPadのほうに顎をしゃくる。「残念な結果になりました」ポワティエは沈んだ顔で言った。最初に配属された交通課、そしてその次の営業設備検査および営業許可課では、警察で働く人間を根本から変えてしまうような悲劇をじかに経験することはほとんどなかったのだろう。そういった悲劇を通して鍛えられることもあれば、心が弱くなることもある。「ふだんはとくに危険ではない海水浴ポイントでしたが、どうやら酒を飲んでいたようで。車からラム酒とコカ・コーラが見つかっています。まあ、学生ですから。自分だけは死なないと思いこむ年代です」

「見てもかまわないかな」ライムは尋ねた。

ポワティエがiPadをライムのほうに向けた。ライムはスライドショーで次々と、だがゆっくりと映し出される写真に見入った。失血のために遺体の皮膚は青ざめ、水に浸かっていたせいでふやけて皺だらけになっていた。顔から首にかけての肉は、魚か何かの生物にほぼ食われてしまっている。年齢を推測するのは難しい。ポスターには何歳と書いてあっただろうか。ポワティエに確認した。

「二十三歳です」

「学校では何を勉強していた？」

「今学期はナッソー・カレッジでラテンアメリカ文学を専攻していました。アルバイトもしていて——もちろん、パーティにも熱心でした」そう言って溜め息をつく。「熱心すぎたようですね。アメリカのご家族には連絡しました。遺体を引き取りに来ると言ってます」消え入りそうな声で続けた。「あんな電話をしたのは初めてです。とてもつらかった」

女子学生は、スポーツ選手のようなすらりとした体つきをしていた。肩に星の形の控えめなタトゥが一つ。イエローゴールドのジュエリーを好んだようだが、皮膚の失われた首もとには小さな葉のモチーフがたくさんついたシルバーのネックレスをしていた。

「サメに襲われたのかな」

「いや、おそらくバラクーダでしょう。この辺りでサメが人を襲うことはめったにありませんから。それにバラクーダは、彼女が死んだあとに肉を食っただけです。海水浴客に嚙みつくことはたまにありますが、大した傷にはなりません。この女性は潮にさらわれて溺れたんでしょうね。そのあと魚が仕事にかかった」

損傷がとくにひどいのは首だった。魚に食われてぼろぼろになった皮膚の隙間から頸動脈の太い管がのぞいている。頭蓋骨も大部分が露になっていた。ライムはフォークを槍のように使ってコンク・フリッターを突き刺し、口に運んだ。

テーブルの上を滑らせてｉＰａｄをポワティエに返した。「どうやら私たちを逮捕しに来たのではないようだね、巡査部長」

ポワティエが笑った。「実を言うと、それは考えましたよ。ものすごく腹が立っていましたからね。しかし違います。もう一度あなたに協力したいと思って来ました」

「ありがとう。その前に私が知っていることをすべて話すのが公平というものだろうな」ライムはＮＩＯＳのこと、メッガーやスナイパーのことを洗いざらい話した。

「殺しの部屋《キル・ルーム》か。背筋が冷たくなるような呼び名ですね」

ポワティエを味方と考えてよさそうだとわかったこともあり、ライムはプラスキーがいまサウス・コーヴ・インでメイドが来るのを待っているのだと話した。事件前日にスナイパーがホテルを訪れて下調べをしていた件について、メイドから詳しく訊く予定でいる。

するとポワティエは眉間に皺を寄せた。「本当なら私の仕事なのに、ニューヨークから来た刑事さんに代わりにやらせてしまうなんて。それもこれも政治のせいだ」

ウェイトレスが料理を運んできた。野菜と、鶏かヤギらしき黒みがかった肉の煮込みだ。揚げパンが添えてある。ポワティエはパンをひとかけちぎってポットケーキ・ドッグにやった。それから皿を引き寄せ、ナプキンをシャツの襟もとにはさみこんだ。第一ボタンから胸ポケットに垂れている鎖が見えなくなった。そしてｉＰａｄを何やら操作したあと、顔を上げた。

「まずは食事を済ませてしまいます。ついでにトムにバハマのことをお話ししようかな。歴史や文化について。ご興味があれば」

「ええ、ぜひ聞かせてください」

ポワティエはｉＰａｄをライムのほうに押しやった。「あなたは、ライム警部、バハマの美しい景色のフォトギャラリーを鑑賞していてください」

巡査部長はトムに向き直って話を始めた。ライムは写真をスクロールしていった。海辺で撮影した、ポワティエ一家と思しき三人の写真。美人の奥さんと、笑顔の子供たちが写っている。十数人のバーベキューパーティの最中のようだ。

夕日の写真。

小学校の音楽発表会。

ロバート・モレノ殺害事件の捜査報告書の第一ページ。

まるでスパイのように、iPadのカメラを使って撮影してきたらしい。

ライムは目を上げてポワティエを見たが、ポワティエは知らぬ顔で植民地の歴史をトムに語り、合間にポットケーキ・ドッグに昼飯をお裾分けしていた。

最初のページには、情報の断片をつなぎ合わせて作成したものだろう、モレノがこの世で過ごした最後の数日のタイムスケジュールがある。

モレノとボディガードのシモーン・フローレスは、五月七日の日曜日にナッソーに到着した。翌月曜は終日ホテルを留守にした。おそらく外で人と会っていたのだろう。モレノは、イルカと泳いだり、ジェットスキーに乗ったりするタイプではなかったらしい。翌日は朝九時から訪問客を迎えている。その客が十時半ごろ帰ったあと、入れ違いに記者のエドゥアルド・ド・ラ・ルーアが来た。そして十一時十五分ごろ狙撃事件が発生した。

ポワティエは、その朝モレノの部屋を訪れた人物を特定し、事情を聞いている。農業や輸送に関連した会社を経営するバハマ在住の実業家だ。モレノは、ローカル・エンパワーメント運動ナッソー支局開設に伴い、彼らと合弁事業を始めようとしていたという。会社はどれも合法で、経営者である彼らもナッソーのビジネス界で一目置かれる存在だ。

予約確認の電話と茶色い髪のアメリカ人を除外すれば、モレノを監視している人物がいた、あるいはモレノに特別の関心を示した人物がいたという証言は一つもなかった。

犯行現場そのものに関するページをめくっていったライムは落胆を感じた。バハマ警察の鑑識チームは、被害者のものではない指紋を四十七個採取しているが、分析したのはその半分ほどにすぎない。身元特定に至った分はすべてホテルの従業員のものだった。メモ書きによれば、それ以外の採取された指紋は紛失している。

被害者三名の遺体から微細証拠を採取する努力はほとんど行なわれていなかった。一般論を言えば、狙撃事件の場合、事件発生時に被害者がいた場所を捜索して得た情報はあまり有益ではない。狙撃した人物は遠く離れた場所にいたからだ。しかし今回の事件の場合、前日のこととは言え、スナイパーはホテル内にいた。見通しや狙撃角度を確認するために〝キル・ルーム〟に侵入した可能性さえある。その際に、指紋はないとしても、微細な痕跡を残した見込みは充分すぎるほどあるだろう。ところが現場の客室から採取された微細証拠はないに等しかった。キャンディの包み紙が何枚かと、ボディガードの遺体の傍らにあった灰皿の吸い殻。それだけだ。

しかしｉＰａｄに表示された次のページの写真――キル・ルームを撮影したもの――は大いに参考になるものだった。モレノはスイートルームのリビング部分にいたところを狙撃された。その部屋のものや人はすべてガラス片を浴びている。モレノは手足を投げ出してソファに横たわっていた。頭はのけ反り、口は開いている。シャツに広がった血の染みの中心に黒い大きな点があった。射入口だ。モレノの後方のソファの張り地には、黒っぽく変色した血糊がべったりこびりついている。巨大な射出口からスナイパーの弾丸とともに吹き飛んだものだろう。

ほかの二人の死者は、ソファの近くに仰向けに倒れていた。片方は大柄なラテン系の男性、モレノのボディガードのシモーン・フローレス。もう一人、粋な服装をした五十歳代の男性は、記者のド・ラ・ルーアだ。髭をたくわえ、額が後退しかけている。二つの遺体は大量のガラス片と血を浴びていた。全身に数十の切り傷があるようだ。

床に落ちた弾丸も〝14〟の二つ折り番号札と並んで写っていた。位置はソファの後ろ一メートルほどのカーペットの上だ。

ライムはページをめくった。まだ先があると思った。

ところが次に表示されたのは、ビーチチェアに座ったポワティエと妻の写真だった。

トムのほうを向いたまま、ポワティエが言った。「それだけです」

「検死報告書は？」

「検死は済んでいます。結果はまだ戻ってきていません」

「被害者の衣類は？」

ポワティエが初めてこちらに顔を向けた。「安置所です」

「サウス・コーヴ・インにいる同僚に、カメラや録音機などド・ラ・ルーアの持ち物がどこにあるか確かめてもらった。同僚によると、安置所にあるらしいという話だ。ぜひ見たい」

ポワティエは疑念のこもったような笑い声をあげた。「私だって見たかった」

「見たかった？」

「ええ、お察しのとおりですよ、ライム警部。私が確認したときにはもう、行方不明になっていたんです。被害者の貴重品も一緒に」

たしかに、現場写真のボディガードはロレックスの腕時計をしており、ポケットからはオークリーのサングラスが飛び出しかけていた。記者のそばには金のペンが転がっていた。

ポワティエが続けた。「この国では、現場に急いで駆けつけて物証を確保する必要があるようです。次はその経験を活かしますよ。弁護士の事件をちらっとお話ししましたね」

「有力な弁護士」

「そうです」ポワティエがうなずく。「事件が起きて、警察が駆けつけるまでのあいだに、事務所の物品の半分が持ち去られていました」

ライムは言った。「しかし、弾丸はあるんだろう?」

「あります。証拠保管庫に。ただ、さっきうちの本部で、あなたを見送ったらオフィスに来いと副本部長に呼ばれていたのはご存じでしょう。モレノ事件の物証を全部持ってくるようにと言われました。副本部長預かりになって、保管庫は封印されました。もう持ち出せません。それに、あなたとは今後いっさい接触しないようにと厳命されました」

ライムは溜め息をついた。「よほどこの捜査の進展を阻止したいと見える」

出会ってからこれまでに聞いたことのない苦々しげな口調で、ポワティエは応じた。「いや、この捜査は進展したんですよ。それどころか、解決している。被害者を殺したのは麻薬密売組織、動機は何らかの報復。本当にそうなのかもしれません。何をしでかすかわからない集団ですから」そう言って顔をしかめる。それから声をひそめて続けた。「というわけで、ライム警部、残念ながら、物的証拠をお見せすることはできませんでした。代わりに、ツアーガイドは務められます」

「ツアーガイド?」

「はい。ニュープロビデンス島の南西岸にすばらしい観光スポットがあります。ハリケーンで破壊された、長さ一キロほどの砂嘴です。地表の大部分は岩と汚れた砂で覆われています。観光のハイライトはごみ廃棄場、海洋汚染の例としてよく引き合いに出される金属加工工場、それにリサイクル目的でタイヤを裁断している工場です」

「それは見る価値がありそうですね」トムが言った。

「人気のスポットですよ。少なくとも、アメリカ人観光客一名にとても好評でした。そのアメリカ人は、五月九日にそこを訪れました。九日の午前十一時十五分ごろに。その朝、彼がもっとも魅力的だと感じた眺めはサウス・コーヴ・インでした。そこからなら何にもさえぎられずに千九百三十メートル先のホテルがきれいに見えますよ。せっかくバハマに観光にいらしたわけですし、ごらんになりたいだろうと思ったのですが。いかがです?」

「ぜひ見たいね、巡査部長」

「では、さっそく行きましょう。ツアーガイドでいられる時間はあまり長くありませんので」

38

ダウンタウンを猛スピードで飛ばしながら、アメリア・サックスはサイバー犯罪対策課のロドニー・サーネックとの電話を切った。通話に使ったのは新しく手に入れたプリペイド携帯だった。当然のことながら自腹で、しかも現金で購入した。サーネックとのいまのやりとりは、目下二人が捜索中の人物にも盗聴されていないはずだ。

サーネックによれば、NIOSのスナイパーはいま、携帯電話で話しながらウォール街近くを徒歩で移動している。

スナイパーのだいたいの位置を聞いたサックスは、愛車を飛ばしてその地点に向かっていた。到着したらサーネックに電話をかけ直し、サーネックはより正確な位置の割り出しにかかるという手はずだ。

トリノ・コブラのクラッチを床まで踏みこみ、叩きつけるようにしてギアを落としたあと、エンジンの回転を合わせてクラッチをつなぎ、二本の黒いストライプを署名のように路面に残して一気に加速する。

そのまま車のあいだを縫うようにしてたちまち距離を稼いだが、やがて前方に渋滞の最後尾が見えてきた。「どいて、どいて」脇道にそれて東から迂回しようと考え、U字形にスピンターンしようとしたものの、横断歩道でないところで通りを渡ろうとした歩行者が飛び出してきたおかげで、急遽《きゆうきよ》Q字形を描くことになった。Uターンをやり直し、まもなく細い通りを飛ぶように走っていた。東へ、南へ、せわしなく向きを変えながらダウンタウンを目指す。

「もう、またなの？」またしても渋滞が見えてきて、一番近い路地に飛びこんだ。空いている。ただし、逆向きの一方通行だった。サックスの戦略は、ほかのドライバーのパニックとクラクションの不協和音を招いた。中指を立てた人もいた。サックスは、歩道に避難しようとしていたイエローキャブの脇を高速ですり抜け、ブロードウェイに出た。南に向かって飛ばす。赤信号は一時停止と左右確認でやり過ごした。

携帯電話会社が警察の要請に応じて契約者の利用状況や現在地を開示することについては多くの批判がある。通常、電話会社が正式な令状なしに協力するのは緊急時だけだ。それ以外は原則として令状を要求する。ロドニー・サーネックはトラブルを避け、バハマにいるプラスキーからスナイパーの電話番号を知らされた直後に判事と交渉し、録音すべき会話かどうか判断することを目的とする通話開始から五秒間の盗聴と携帯電話の現在地の取得の両方の令状を手に入れていた。

サーネックは三角測量を使っておおよその位置を割り出した。問題の携帯電話は、ブロードウェイとウォーレン・ストリートの交差点周辺で使用中だ。サーネックは引き続き、近隣のネットワークアンテナの信号データを加えた分析を行なっている。地方より、基地局アンテナの多い都市部のほうが探査は容易だ。反面、都市部では携帯電話の利用者が多く、たとえば農場で通話中の容疑者を探し出すより、大都会で特定するほうが難しい。

ＧＰＳ位置情報を補足できれば万全だ。ＧＰＳ位置情報は桁外れに価値が高い。スナイパーの現在地を誤差数メートル以内で特定することができる。

目的地まであと少しというところで、サックスは時速六十キロを維持したまま角を曲がった。トリノ・コブラは、バスとホットドッグの屋台をかすめたあと、ブロードウェイから一本入った裏通りで尻を振りながら停止した。焼け焦げたタイヤの匂いが立ち上った。それは懐かしさと安らぎを呼び起こす匂いだった。

周囲を見回す。数百の人々がいる。そのうちの一割ほどが携帯電話で話していた。スナイパーは、このなかにいる誰かなのか。髪をクルーカットにし、カーキのスラックスとワークシャツを着た痩せた若者がそうなのか。若者は軍人らしく見えた。それとも、不機嫌な顔をした肌の浅黒いあの男性か？　サイズの合わないスーツを着て、色の濃いサングラスの奥からうろんな視線をきょろきょろさせていた。ヒットマンらしいと言えなくもないが、会計士だと言われればそのようにも見える。

ブランズはあとどのくらい通話を続けるだろう。電話を切っても、電池を抜かないかぎり追跡は続行可能ではある。しかし、現に通話をしている人物のほうが位置の特定は簡単だ。

忘れてはいけないことがもう一つある。これは罠かもしれないということだ。ジャヴァ・ハット爆破の記憶はまだ鮮明すぎるほど新しかった。スナイパーは捜査が進行していることを知っている。サックスのことも知っている。彼女の電話を盗聴してジャヴァ・ハットの情報を手に入れた。またしても背筋を軽い電気ショックのような寒気が駆け抜けた。

そのとき、サックスの電話が着信音を鳴らした。

「サックスです」

「GPSで居場所を突き止めたよ」ロドニー・サーネックだ。まるで十代の少年のように興奮している（いつだったか、警察の仕事はゲームの『グランド・セフト・オート』をプレイするのと同じくらい楽しいと言っていたことがある）。「リアルタイムだ。電話会社のサーバーを見てる。ブロードウェイの西側に沿って歩いてるよ。あと少しでヴィージー・ストリートの交差点だ」

「すぐ追いかける」その方角に歩きだそうとしたとたん、左の腰に鋭い痛みが走った。今日、主を痛めつけたいのは膝だけではないらしい。後ろのポケットに手を入れ、最初に指に触れた飛び出しナイフの下から鎮痛剤のアドヴィルのブリスターパックを引っ張り出す。歯でパックを引きちぎって錠剤をのみくだし、空のパックをごみ入れに投げこんだ。

可能なかぎりの早足で、ターゲットとの距離をすばやく縮めた。

サーネック──「立ち止まった。赤信号かな」

少し前に車のあいだをすり抜けたように、歩行者のあいだをすり抜けるようにして交差点に近づいた。赤信号が南向きの車と歩行者の流れを止めていた。

「まだいるぞ」サーネックが言った。珍しくロック音楽の伴奏は聞こえない。

十数メートル先の赤信号が緑に変わった。歩道で待っていた大勢の歩行者が一斉に通りに足を踏み出す。

「動き始めた」一ブロックほど先へ進んだころ、サーネックは淡々とした口調で告げた。「電話を切った」

あと少しだったのに。

サックスは足を速め、電話をしまおうとしている歩行者がいないか目で探した。いない。たったいまの通話を最後に、いまサーネックが追跡している電話を二度と使わなかったら——?何と言っても相手はプロだ。携帯電話には盗聴されやすいという欠点があることを知らないはずがない。サックスの尾行を察知し、彼女と同じように、下水という名の墓場に携帯電話をいままさに放りこもうとしているのかもしれない。

次のデイ・ストリートの交差点で信号が赤に変わった。サックスも止まらないわけにはいかなかった。二十人ほどの歩行者が仲よく信号を待つ。ビジネスマンにビジネスウーマン、建設作業員、学生、旅行者。当然のことながら人種はさまざまだ。白人、アジア系、ラテン系、黒人。それに考えうるかぎりのコンビネーション。

「アメリア?」ロドニー・サーネックが電話越しに呼びかけた。

「聞こえてる」サックスは応じた。

「奴に電話がかかってきた。着信音が鳴ってるはずだ」

サーネックがそう言うと同時に、サックスの右隣の男性のポケットのなかで電話が鳴りだした。

肩と肩が触れ合いそうな近距離だ。

白人男性、小柄だが筋肉質の体つき。バハマ警察のマイケル・ポワティエ巡査部長から聞いたサウス・コーヴ・インで目撃された男の人相特徴に一致しなくもない。スラックスを穿き、シャツの上からウィンドブレーカーを羽織っていた。野球帽もかぶっている。髪の色は……茶だろうか。茶というより暗めの金髪に見えるが、これを茶色と表現する目撃証人がいるとしてもおかしくはない。髪は短く刈りこんである。これもスナイパーの特徴と一致する。紐靴はぴかぴかに磨かれていた。

軍人風。

サックスは電話に向かって快活に言った。「ほんとに？　なかなかおもしろそうな話ね」

サーネックが訊く。「すぐそばにいるんだね？」

「そうよ、そうみたい」演技過剰にならないように——自分に言い聞かせた。

信号が変わった。サックスは男を先に行かせた。

この男の身元を知る方法は何かないだろうか。何年か前、ライムとともに携わったある事件で、イリュージョニストであり奇術師でもある若い女性の協力で犯人を逮捕したことがある。彼女はスリのスキルにも長けていた（あくまでも出し物としてやってみせるだけだと笑っていた）。彼女がいまここにいてくれたら。サックス自身にスリの真似事はできるだろうか？　あのジャケットのポケットにこっそり手を入れて、財布かレシートをくすねることはできないものだろうか。

無理だ。仮にそんなスキルを持っていたとしても、男は警戒心の強いタイプと見え、絶えず周囲に視線を配っている。

信号を渡り、ブロードウェイをさらに南に歩く。数ブロック先のリバティ・ストリートも越えた。やがてスナイパーは、ふと思いついたかのように右に向きを変えてズコッティ・パークに入った。公園のベンチには誰もいなかった。方向転換とほぼ同時にサーネックの声が聞こえた。「西に向かってる。ズコッティを通り抜けようとしてる」

「たしかにそうよ」こちらの声はおそらくターゲットには届いていないだろうが、サックスは芝居を続けた。

男は公園をななめに突っ切り、西側のトリニティ・プレイスを南に歩いた。

サーネックが訊く。「このあとどうする、アメリア？　こっちで応援を手配しようか？」

迷った。逮捕はできない。それには証拠が足りなかった。「できるかぎり尾行を続けて、様子を見るわ」リスクを承知で芝居を中断し、そう伝えた。どのみちスナイパーとの距離はこちらの声が聞こえないくらい開いている。「運がよければ、自分の車に乗ってくれるかも。そうしたらナンバーがわかる。運が悪ければ、地下鉄ではるばるファーロッカウェイまでつきあわされるかもしれないけど。ちょっと待って、すぐかけ直す」

電話で話している芝居を続けながら歩く速度を上げてスナイパーを追い越し、次の赤信号で立ち止まった。会話に夢中になっているような表情を装って微妙に向きを変え、携帯電話のカメラのレンズを男のほうに向けると、シャッターボタンを十数回押した。信号が変わると、またスナイパーを先に歩かせた。スナイパーも電話のやりとりに気を取られてサックスには気づいていないようだった。

尾行を再開し、サーネックに電話をかけ直した。サーネックが言った。「奴はたったいま電話を切った」

男は電話をポケットにしまい、薄暗い峡谷のようなレクター・ストリートに面した十階か十二階建てのビルにまっすぐ向かっていた。しかし正面玄関からは入らず、すぐ横の細い路地に回った。その路地のなかほどで向きを変え、IDカードのついたストラップを首にかけると、ゲートを抜けて、有刺鉄線で厳重に守られた駐車場らしきスペースに入っていった。

暗がりに身を隠し、サックスはサーネックに頼んで電話をセリットーに転送してもらった。スナイパーを見つけたことを話し、専従チームを派遣して尾行してもらいたいとセリットーに伝えた。

「お手柄だな、アメリア。スペシャル・サービスに頼んですぐに誰か行かせよう」

「写真をメールで送るわ。ロドニーと連携するように伝えて。携帯電話を監視してれば、次にまた動き出したらすぐ知らせてもらえるから。私は尾行チームが到着するまでここで待ってる。交替したらすぐ、リディア・フォスターの事情聴取に行く」

「いまどこだ？」セリットーが訊く。

「レクター・ストリート八五番地。ビルの脇のゲートからなかに入った。駐車場みたい。中庭かも。あまり近づくと気づかれると思って」

「了解。ところで、どんなビルだ？」

サックスは思わず笑った。控えめに掲げられた表示板の存在にちょうど気づいたところだった。

国家諜報運用局——ＮＩＯＳ。

サックスはセリットーに答えた。「勤め先みたいよ」

39

悲しいニュースだ。ミスター・モレノが亡くなったなんて。いい人だったのに。

三番街の自宅アパートメントで、リディア・フォスターはキューリグのメーカーを使ってコーヒーを淹れていた。何百種類もあるカプセルのなかから、ヘーゼルナッツ・フレーバーのものを選ぶ。コーヒーができると、カップを持ってリビングルームに戻った。さっき電話をかけてきた女性の刑事はあとどのくらいで来るだろう。

ミスター・モレノには好感を抱いていた。頭がよくて、親切だった。紳士でもあった。リディアは外見に恵まれていて、セクシーだと言われることも多い。しかし、一部の男性クライアントとは違って、モレノがなれなれしい態度を取ったことは一度もなかった。何ケ月か前に初めて通訳の仕事を依頼されたとき、モレノは子供たちの写真を彼女に見せた。かわいい！　そう思ったが、モーションをかける前置きとして、子供の写真を見せる男は少なくない。リディアに言わせれば品に欠けるアプローチだ。たとえシングルファーザーであってもその印象は変わらない。しかしミスター・モレノは、愛くるしい子供の写真に続いて奥さんの写真を見せ、結婚記念日のお祝いが楽しみでしかたがないと言った。

すてきな人だった。礼儀正しかった。運転手もいるのに、彼女のために車のドアを押さえてくれた。おもしろい人で、おしゃべり好きだった。興味深い会話もあった。モレノは複数のブログや雑誌に寄稿したり、ラジオ番組の進行役を務めたりしていた。一方のリディアは、他人の言葉を別の言語に置き換えることを仕事にしている。モレノとは、さまざまな言語の類似性を議論した。より専門的な話もした。主格、与格、所有格について、あるいは動詞の活用について。母語は英語なのに、モレノは英語を心から嫌っていると言った。不思議なことを言うものだとリディアは思った。少し攻撃的に聞こえるからという理由で、たとえばドイツ語やコーサ語は好きになれないという人はいる。流暢に話すのは難しいという理由で、たとえば日本語の習得はあきらめたという人もいる。しかし、一つの言語を頭から嫌悪する人には初めて会った。

英語はいいかげんで怠惰で（構文に法則らしい法則がない）、まぎらわしいうえに優雅ではないとモレノは言った。ただ、反感を持つ本当の理由はそこではないらしいとのちにわかった。「世界中の人がいやおうなく英語を押しつけられている。他国をアメリカに依存させる手段として利用されているんだ」

ただ、ミスター・モレノは、多くの論点について独断的だった。一度政治の話が始まったら最後、やめさせるのは不可能に近い。リディアはそもそも話題を政治の方角に持っていかないよう用心するようになった。

刑事が来たら、ミスター・モレノは自分の身に危険を感じているようだったと話さなくては。車で市街を走っているあいだも、会合の場に歩いて向かうあいだも、さかんに周囲を気にしていた。ある会合を終えて次に向かおうとしたとき、ミスター・モレノは急に立ち止まって言った。

「あの男。見かけるのは二度目だという気がする。別のビルの前にもいただろう？　私たちを尾行しているのかな」モレノの視線の先にいたのは、陰気な顔をした白人の若い男で、雑誌をめくっていた。それだけでリディアは奇妙に感じた。私立探偵が街角で新聞を読むふりをしながら犯人らしき人物をひそかに見張る、古い探偵映画のようではないか。ニューヨークの通りで読み物をめくって時間をつぶす人などいない。いまはみなｉＰｈｏｎｅやブラックベリーをチェックする。

その一件もかならず刑事に話さなくては。あの若い男がミスター・モレノの死に関与していないともかぎらない。

レッドウェルドのアコーディオン式フォルダーを丹念に点検しながら、ここ数ケ月のあいだにモレノに依頼されてした通訳のメモを集めていった。すべてのメモを保存していた。警察や裁判所から通訳を依頼されることも少なくない。そういった仕事で使った資料やメモをすべてファイルしておく癖がついている。刑事の質問や容疑者の答えを誤訳すれば、無実の市民が有罪になったり、罪を犯した人間が自由の身になったりしかねない。ビジネス通訳にも同じ几帳面さを持ちこんでいる。

モレノ関連の資料をいざ集めてみると、警察には千ページ近い資料を渡すことになりそうだった。

そのとき、インターフォンのブザーが鳴った。「はい？」

「ミズ・フォスターですね？　ニューヨーク市警の者です」男性の声だった。「少し前にサックス刑事から連絡した件です。かなり遅くなってしまいそうだと連絡がありまして、代わりにうかがいました。ロバート・モレノについてうかがいたいのですが」

「わかりました。どうぞ。12Bの部屋です」

「ありがとう」

まもなくドアにノックの音が響いた。リディアはドアののぞき穴から相手を確かめた。スーツを着た三十代くらいの感じのよい男性だった。革ケース入りの金バッジを掲げている。

「どうぞ」リディアは鍵を開け、チェーンをはずした。

刑事は軽く会釈をしてなかに入った。

ドアを閉めたとき、リディアは刑事の手に目を留めた。異様に皺が寄っている。いや……違う。肌と同じ色の手袋をしている。

リディアは眉をひそめた。「ちょっと待って――」

悲鳴をあげる間もなく、男は手刀を振り出してリディアの喉を強打した。

喉を詰まらせ、涙を流しながら、リディアは床に倒れこんだ。

40

ジェイコブ・スワンはときどき人間というものについて考えを巡らせる。

丁寧か、否か。人間は二種類に分類される。ステンレス製のソテーパンの銅底にこびりついた焼け焦げを完全にこすり落とすか、否か。手間をかけてスフレを作り、ラムカン皿の縁から十センチはみだして大きくふくらむまで見届けるか、そんな手間はかけられないと言って、ハーゲンダッツのアイスクリームを客に出すか。ちなみにハーゲンダッツは、北欧風に聞こえる名を名乗っているが、純アメリカ製だ。

床の上で体を丸め、苦しげに喉を鳴らしているリディア・フォスターを見下ろしながら、スワンはアメリア・サックスのことを考えた。

携帯電話を破壊したのは利口だった（電池を抜いただけではなく、本当に壊した。彼の技術チームが調べて確認した）。しかしその直後、ジャヴァ・ハットからわずか十メートルのところにある公衆電話からセリットー刑事に連絡するというミスを犯した。そのときには、同じハイテクの達人たちが盗聴の準備を整えていた――その公衆電話はもちろん、近隣の十数台について。

（もちろん表向きは、盗聴の方法など知らないし、たとえ知っていたとしても盗聴などしないことになっている）

よりによってラムローストを入れようとしたちょうどそのとき、ミーレのオーブンが故障して、即興で別の手をひねり出すはめになることもある。

というわけで、サックスはロン・セリットーに――そしてうかつなことにジェイコブ・スワンにも――リディア・フォスターの個人情報を伝えることになった。

スワンは足音を忍ばせて室内を見て回り、ほかに誰もいないことを確かめた。時間はさほどないだろう。サックスは遅れると言っていたが、そろそろ連絡するか、訪ねてくるかするだろう。サックスの到着を待つべきか？　それについてはよく考えたほうがよさそうだ。一人で来るとはかぎらないということもあるし、彼も拳銃は持ってきているが、ナイフとは違い、銃は当てにならず、しかも少しも楽しくない問題解決法だ。

しかし、もしサックスが一人で来たら？　その場合は可能性が広がる。

ナイフをしまい、通訳のところに戻った。髪とブラウスの襟をつかんでダイニングルームの椅子まで引きずっていき、乱暴に座らせた。ランプのコードを使って椅子に縛りつける。コードを切断するのに使ったのは、言うまでもなく、〝旬〟ナイフではなく、いつも持ち歩いている万能ナイフだ。気に入りの料理、ビーフ・ルラードを作るのに肉を縛るときも、〝旬〟で紐を切ることは絶対にしない。

リディア・フォスターの頬を涙が幾筋も伝っていた。殴られた喉をぜいぜいと鳴らしながら、身をよじらせ、足をばたつかせている。

ジェイコブ・スワンは胸ポケットに手を入れ、木の鞘《さや》から〝旬〟ナイフを抜いた。リディアがそれまで以上の恐怖を示すことはなかった。人間は予想外のものに直面して初めて動揺する。この事態は想定内だったということだろう。

ママのちっちゃなお肉屋さん……

椅子のすぐ横にしゃがむ。リディアは聞くに堪えない音を喉から漏らしながら、激しく身をよじらせている。

「じっとしていろ」スワンは耳もとでささやいた。

昨日のバハマでのことを思い出す。ビーチのそば、ネナシカズラに絡みつかれて窒息しかけたシルバーパームやスズカケノキに囲まれた砂地で、〝ぐ……ぐ……ぐ……〟と声にならない音を漏らしていたアネット。

リディアは彼の命令に完全に従ったわけではないが、そこそこおとなしくなった。

「いくつか質問がある。ロバート・モレノの通訳を務めたときのことを残らず話してもらう。何が議題になったか、誰と会ったか。手始めに、ロバート・モレノに関してこれまで何人の刑事と話した？」アメリア・サックスのあとにも警察の人間と電話で話していたら。

リディアは首を振った。

ジェイコブ・スワンは左手を伸ばし、きつく縛られたリディアの手に重ねた。「それは数字ではないな。何人だ？」

ナイフの刃で彼女の指を軽くなぞると、リディアはまたしても奇妙な音を漏らした。それからかすれた声で言った。「誰とも話してない」

リディアの目が玄関のほうをちらりと見やった。時間を稼げば――警察が来るまで時間を稼げば助かるだろうと考えていることの表れだ。

ジェイコブ・スワンは左手を軽く握り、〝旬〟ナイフの刃、槌目模様の入った刃を関節に添わせるように当てた。剃刀のように鋭い刃をリディアの中指と薬指にそっと下ろす。プロのシェフはかならずナイフをこのようにして使う。食材を押さえるほうの手の指を丸め、危険な刃の進路から指先を遠ざける。切るときは細心の注意が必要だ。スワンも何度か自分の指を切ってしまったことがある。言語に絶する痛みだった。全身のなかで神経末端がもっとも多く集中しているのが手の指だ。

スワンはささやくように言った。「さて。もう一度訊くぞ」

41

サウス・コーヴ・イン近くの砂嘴で見つかったというスナイパー拠点までのドライブは、ふつうに行くよりずっと長い時間がかかった。

マイケル・ポワティエは、目的地に続く幹線道路サウスウェスト・ロードに出るのに複雑なルートを指示した。ゴールドのマーキュリーがまだ尾《つ》けてきているかどうか確かめるための遠回りだ。その車に乗っているのは王立バハマ警察の監視チームではないとポワティエは断言した。尾行しているのはおそらく、モレノ射殺事件に関与した人物か、まったく別の動機を持った人間だろうという。車椅子に乗った、身なりがよくて無防備なアメリカ人観光客となれば、それだけで窃盗団の関心を引き寄せてしまう。

ライムはいまもまだホテルで待機中のプラスキーに電話をかけて行き先を伝えた。プラスキーは、スナイパーが事件前日にホテルを訪れてモレノの情報を収集していた件について、詳しい情報を持っているかもしれないメイドの出勤をこのまま待つ。

空港を過ぎると交通量はぐんと減り、トムは車の速度を上げ、ゆるい弧を描きながら島を半周しているサウスウェスト・ロードをひたすら走り続けた。美しくメンテナンスされたゲーテッド・コミュニティ、装飾品は風に翻る洗濯物と囲いのなかのヤギだけのみすぼらしい集落、沼沢。最後に、どこまでも続く森と草原が見えてきた。クリフトン・ヘリテージ・パークだ。

「ここです。ここを曲がって」ポワティエが言った。

未舗装の道を右に曲がった先に錆びた大きな門があった。門は開いている。道はクリフトン湾に八百メートルほど突き出した砂嘴に沿って続いていた。海面から一メートルほど高くなっており、木立や茂み、汚れた空き地などが点在している。砂嘴の輪郭は岩の海岸だったり砂浜だったりしていた。道端には〈遊泳禁止〉の札が立ち並んでいる。理由は書かれていないが、毒々しい緑色をした海を見ると、とても泳ごうという気にはなれない。

トムは車を進めた。砂嘴の北側を走る道沿いに、ポワティエがレストランで話していた商工業施設が並んでいる。名前のない通りとサウスウェスト・ロードの交差点にさしかかったところで最初に見えたのは、公共のごみ捨て場だった。ところどころで火が燃えている。十数人が捨て場をうろつきながら売り物になりそうな廃棄物を探していた。その次はタイヤのリサイクル工場、最後に金属加工工場の前を通り過ぎた。後者は、ハリケーンどころかそよ風でも吹き飛びそうなみすぼらしい小屋が集まって操業していた。いずれも看板は手描きだ。フェンスには有刺鉄線が張り巡らされ、番犬が敷地内を徘徊している。どの犬もがっしりとしてたくましい。昼食のテーブルに同席したポットケーキ・ドッグとは似ても似つかなかった。

黄色と灰色が混じった煙の雲が何かに抵抗するように滞留している。微風程度では揺らがないほど重量があるかのようだった。

車は穴だらけの道を進む。右手の景色が急に開けた。抜けるような青空、綿《わた》の塊のようにみっしりとした白雲、その下の紺碧の入り江。一キロ半ほど先に薄茶色をした土地が横たわっており、そこにサウス・コーヴ・インとその敷地が見えた。砂嘴の北側、いま車がいる地点から百メートル先の先端までのどこかにスナイパー拠点があるはずだ。

「適当に停めてくれ」ライムは言った。トムは少し先の退避エリアに車を乗り入れた。エンジンが止まったとたん、二種類の音が車内を埋めた。金属加工工場で何かを叩いている規則的でやかましい音。海沿いの岩場に打ち寄せる波の遠い音。

「そうだ、いまのうちに」ポワティエはそう言うと、バックパックから何かを取り出してライムに差し出した。「これ。持っておきますか」

拳銃だった。グロックだ。アメリア・サックスのものに似ている。ポワティエは弾が込めてあることを確認し、スライドを引いて一発を薬室に送りこんだ。グロックにセーフティはない。引き金をしぼるだけで撃てる。

ライムは拳銃を見つめ、トムのほうを盗み見るようにしたあと、右手で拳銃を受け取った。これまで銃器に関心を持ったことはない。少なくとも鑑識を専門にしているかぎり使う機会はないに等しく、しかも銃を抜いて発砲せざるをえない場面を恐れてきた。襲いかかってきた人間を殺してしまうのが怖いのではない。たとえ一発でも発射すれば犯行現場が汚染されるからだ。煙、爆風圧、射撃残渣、蒸発気……

ここでもそれは同じだ。しかしなぜだろう、いまは銃があるだけで無敵になったような錯覚に打たれていた。

事故以来、ライムの人生を支配してきた百パーセントの無力感とは好対照だ。

「貸してもらおう」ライムは答えた。

指で感じ取ることはできないが、グロックは皮膚と同化し、彼の新しい腕の一部になろうとしているような気がした。銃口を慎重に持ち上げ、窓の外の海に狙いを定めた。銃器の訓練で教えられたことを思い返す。どんな銃も、弾が装填されていて、引き金一つで発射できる状態にあるという前提で扱うこと。弾丸をめりこませる予定のない物体に決して銃口を向けないこと。ターゲットの背後が確認できるまでは発砲しないこと。撃つ寸前まで指を引き金にかけないこと。

科学者であるライムは、なかなか優秀な射撃手だった。狙った目標物に弾を確実に送り届けるためにどう撃つべきか、その計算に物理学の知識を応用できるからだ。

「貸してもらおう」ライムはそう繰り返し、ジャケットの内ポケットに拳銃を忍ばせた。

車から降りて周囲に目を凝らす。雑然とした場所だった。雨水や排水を海に誘導する管や溝、巨大なアリ塚のようにそびえる汚泥の山、コンクリートブロック、車のパーツ、電化製品、錆びた産業機械。

遊泳禁止……

頼まれたって泳がないさ。

トムが言った。「煙霧が濃いし、ホテルまではずいぶん距離がある。どうやってもターゲットをはっきり確認するのは無理そうですが」

ポワティエが答える。「特殊なスコープを使ったんだろうと思います。補償光学系やレーザー」

ライムは愉快に思った。この巡査部長は、そんなそぶりはまるきり示さずにいるが、実はしっかりと下調べしたのだ。マクファーソン副本部長が知ったら眉をひそめそうなくらいきちんと。

「その日は視界もましだったのかもしれない」

「ここはいつもこんな感じです」タイヤのリサイクル工場から伸びる短い煙突を指し示しながらポワティエが言った。煙突は不気味な緑色と薄茶色の煙を吐き出していた。

腐った卵と熱したゴムの吐き気を催すような臭いのする汚れた空気をかき分けるようにして、三人は海岸に近づいた。ライムは地面に注意を払い、スナイパーが〝巣〟を作るのに適した場所を探した。ほかからは見えず、ライフルの重量を預けるのに向いたくぼみがある場所。六つほど候補があった。

検証の邪魔をする者はなかった。基本的には彼ら三人しかいない。ほどなく、ピックアップトラックが一台来て、道のちょうど真向かいに停まった。汗染みのできた灰色のTシャツを着たドライバーは、携帯電話で話しながらトラックの後ろに回り、ごみの入った袋を道端の排水溝にいくつも投げこんだ。ポイ捨ては犯罪であるという意識はバハマには存在しないらしい。金属加工工場のフェンスの向こう側から笑い声や怒鳴り声も聞こえていたが、それを除けば周囲には誰もいなかった。

スナイパー拠点を探して、トムとポワティエは歩き、ライムは車椅子を転がした。雑草をかき分け、土や砂がむき出しの小さな空き地を横切る。ストームアローは地面の凹凸もうまくグリップして超えた。車椅子では近づけない海のそばは、ポワティエとトムが調べた。ライムは何を探すべきか指示した。枝を切られた茂み。地面のくぼみ。平らな一角に向かう足跡や靴の跡。「砂の表面もよく確かめてくれ」空薬莢でも、落ちれば明らかな痕跡を残す。

「狙撃犯はおそらくプロだ」ライムは言った。「ライフルを支える台として三脚や砂袋を持ってきただろうが、岩や石も利用したあと、そのままにして帰ったかもしれない。場違いな印象の石がないか探してくれ。バランスをとって積み上げてある石などだ。これだけの距離だろう、一ミリたりとも動かないよう固定したはずだ」

ライムは目を細めた。汚れた空気や潮風が目に染みた。「薬莢がほしいところだ」しかし、スナイパーは空薬莢を回収しただろう。プロならば、かならず一つ残らず拾い集める。空薬莢は、銃や射手に関する情報の宝庫だからだ。それでも、ライムは海を見つめた。排出された薬莢は海に落ちたかもしれない。海は真っ黒だった。かなり深いのだろう。

「ダイバーに捜索させたいな」

「警察のダイバーは来ません、ライム警部」ポワティエが悔しげに言う。「これは正式な捜査でさえありませんから」

「観光ツアーにすぎない」

「そのとおりです」

ライムはぎりぎりまで海に近づいて水をのぞきこんだ。

「気をつけてくださいよ」トムが言った。

「でも」ポワティエが続けた。「私はダイビングができます。あとで出直して、海に何かないか探してみましょう。沿岸の分署から水中ライトを借ります」

「頼めるか、巡査部長?」

ポワティエも海中に目を凝らしていた。「ええ。明日にでも——」

文字どおり一瞬のうちの出来事だった。

指をぱちんと鳴らすように、あっというまの。

サスペンションがかたかた鳴る音と、プラグがかぶって苦しそうなエンジンの音が聞こえて、ライム、トム、それにポワティエは、さっきバンで走ってきた道のほうを振り返った。昼に見たゴールドのマーキュリーが車体を揺らしながらまっすぐこちらに向かってこようとしていた。乗っているのは二人だけになっていた。

その瞬間、ぴんときた。ライムは振り返った。灰色のTシャツの男、トラックで来てごみを捨てていた男が全速力で走って細い道を渡ってくると、銃を抜こうとしていたポワティエにタックルした。ポワティエの手から銃が飛んだ。Tシャツの男はすばやく立ち上がると、あえいでいるポワティエの脇腹や頭を力いっぱい蹴った。

「よせ!」ライムは叫んだ。

マーキュリーがタイヤをきしらせて停まり、男が二人飛び降りた。さっき尾行していた三人のうちの二人、黄色のタンクトップを着たドレッドヘアの男と、緑色のTシャツを着た背の低い男だ。緑のほうがトムの手から電話を奪い取り、腹にパンチを食らわせた。トムは腹を押さえて体を二つ折りにした。

「よせ!」ライムは無意識に、そして無意味に叫んでいた。

灰色のTシャツの男がほかの二人に言った。「おい、ここに来るまでにほかに誰かいたか」

「いや」

そうか。この男が携帯電話で話していたのはそのためだ。ごみを捨てに来たのではない。ここまで尾行してきて、獲物が狩場に到着したと電話でほかの二人に伝えたのだ。

ポワティエは脇腹を押さえて苦しげにあえいでいる。

ライムは毅然とした調子で言った。「私たちはアメリカの警察官だ。FBIに協力している。これ以上手出しをすると、きみたちのためにならないぞ。いまのうちに消えろ」

その言葉は誰にも聞こえていないかのようだった。

灰色の男がポワティエの銃に近づいた。銃は三メートルほど先の地面に転がっている。

「止まれ」ライムは命じた。

男は止まった。ライムのほうを向いて目をしばたたかせている。ほかの二人も凍りついた。三人はライムの手のなかのグロックを凝視している。まあ、たしかに、銃口は危なっかしく揺れている。しかしこの近距離だ。撃てば灰色の男の上半身のどこかに当たるだろう。

腰をかがめようとしていた男は上体を起こして両手をわずかに持ち上げた。目は拳銃を見つめている。その視線はまもなくライムの顔に舞い戻った。「わかったよ、落ち着きなって。そんなもん、しまっとけよ」

「三人とも、後ろに下がって地面にうつぶせになれ」

マーキュリーで到着した二人が灰色の男の反応をうかがう。

誰も動かない。

「何度も言わせるな」銃の反動は右手にどんなダメージを与えるだろう。腱を痛めてしまうかもしれない。しかしいまは引き金を引いたあと、銃をしっかり握っていることだけを考えればいい。リーダーが倒れれば、ほかの二人は逃げるだろう。

　特殊任務命令書のことを考える。適正手続きも裁判も必要としない。正当防衛だ。殺《や》られる前に殺れ。

「あんた、俺を撃とうってか?」男はふいに挑戦的に言い放った。ライムをまじまじと見つめている。

　ライムが敵と一対一で対峙することはまずない。初めて顔を合わせるのはふつう、敵は犯行現場とはまったく別の場所——検察側の専門家証人として喚《よ》ばれた法廷だ。それでも、灰色の男とにらみ合ってもひるむことはなかった。

　仲間の一人、黄色いタンクトップの男、みごとな筋肉を持つ男が一歩前に出たが、ライムがすかさず銃口を向けたとたん、また凍りついた。

「わかったよ。落ち着けって、な?　落ち着けよ」黄色の男が両手を挙げた。

　ライムはリーダー格の男に銃を向け直した。男は両手を挙げて銃をじっと見つめていた。やがてにやりと笑った。「どうなんだよ?　撃つか?　ま、撃てそうにないな、その様子じゃ」

男は一メートルほど進み出た。そこで立ち止まる。それから一直線にライムに近づいてきた。

　言葉ではもう、解決しない。

　ライムは覚悟を決めた。銃の反動で難しい手術の成果が損なわれずにすむように、銃を握ったままでいられるようにと祈りながら、右手の人さし指に向けて信号を送り出した——〝引き金を引け〟。

ところが、何も起きなかった。

信頼に足るオーストリア製の拳銃、グロックのトリガープル――引き金《トリガー》を引くのに必要な力――はほんの数ポンドと軽い。

なのに、ライムにはその力さえなかった。介護士と、職を失うリスクを冒して彼に協力した刑事の命を救うことすらできなかった。

リーダー格の男が近づいてくる。ライムが必死で引き金を引こうとしているこの瞬間も、彼には人を撃つ度胸がないから撃てないのだと思っていることだろう。さらに屈辱だったのは、横手から距離を詰めるのではなく、自分を狙っている銃口に向かってまっすぐ歩いてきたことだった。

力強い手が伸びてきたかと思うと、グロックはあっさり奪い取られていた。

「こうしてやる、かたわめ」男は片足をしっかりと踏ん張ると、もう一方の足を持ち上げて、ライムの胸を強く押した。

ストームアローは後ろに五十センチほど動いた。岩場はそこで終わっていた。ライムと車椅子は派手な水しぶきを上げて海に落ちた。水中に没する寸前に、ライムは大きく息を吸った。

海は思ったほど深くなかった。黒く見えたのは、汚染されているせい、化学物質と廃棄物のせいだった。車椅子は三メートルほど沈んで海の底に落ち着いた。

頭は脈打ち、空気の供給を断たれた肺は痛みに悶えている。ライムは限界まで首をひねると、車椅子の背もたれにかけてあったキャンバス地のバッグのストラップをくわえた。思いきり前に引く。バッグが右手の届く位置まで漂った。腕をからみつかせて動かないようにしておき、ジッパーのつまみを前歯ではさんで開ける。そのうえに突っ伏すようにして呼吸器のマウスピースを探した。引っ張り、どうにか唇でつかまえた。

両目が燃えるようだった。水に含まれる汚染物質に痛めつけられている。ぎりぎりまで目を細めて、呼吸器のスイッチのありかを確かめた。

あった。あったぞ。

スイッチを入れた。

ランプがぼんやりと光を放った。低い音とともに呼吸器が起動する。ライムはこのうえなく甘くて美味い酸素を吸いこんだ。

もう一度。

だが、三度目はなかった。ケースの隙間から海水が忍びこみ、機械がショートしたらしい。ランプは消えた。空気も止まった。

そのとき、別の音がした。水の中ではくぐもって聞こえたが、疑いようがなかった。その音は二度響いた。

銃声だ。

友人たちの死を意味する音。生まれたときからずっと知っているような気がする友人。そして、この二時間ほどで急速に親しくなった友人。

ライムの肺が次に吸いこんだのは、水だった。

アメリア・サックスの顔が思い浮かぶ。体から力が抜けていった。

42

まさか。

まさか——？

午後五時になろうというころ、アメリア・サックスは三番街のリディア・フォスターのアパートメント近くに車を停めた。

すぐ前までは行かれない。警察車両や救急車で通りがふさがっている。

理屈で考えれば、それらの車がここにいるのはリディア・フォスターが死んだからではないはずだ。この一時間半ほどのあいだ、スナイパーはずっとサックスに尾行され、見張られていたのだから。スナイパーはいまもまだ、ダウンタウンの勤務先にいる。サックスはマイヤーズが派遣した監視チームが到着するまで当のオフィスに張りついていた。第一、スナイパーはリディアの氏名や住所をどうやって知ったのだ？ サックスは用心して、一般回線とプリペイド携帯しか使っていなかったのに？

理屈で考えれば、ありえない。

しかし直感は別の事実を告げていた。リディアは死んだ。サックスのせいで。いま考えればそうだとしか思えない可能性、それを考慮しなかったからだ——犯人は二人いる。片方は、さっきまでニューヨークの通りを歩いていた男、サックスがずっと尾行していた男だ。こちらはスナイパーだとわかっている。声紋が一致しているからだ。そしてもう一人は、リディア・フォスターを殺した犯人、身元未詳《みしよう》の人物だ。スナイパーとはまったく別に存在している。もしかしたら、スナイパーの相棒、狙撃手の多くが使う観測手《スポッター》なのかもしれない。あるいは、シュリーヴ・メッガーから暗殺の後始末を依頼された、スナイパーとは無関係のスペシャリストということも考えられる。

手際よく車を駐め、ニューヨーク市警の駐車票をダッシュボードに置いて降り、どこにでもあるようなアパートメントへと急いだ。正面の淡い色をした外壁にオフホワイトの水の染みが幾筋も伝っている。まるでエアコンが涙を流したかのようだった。

黄色い立入禁止テープをくぐり、部下を集めて聞き込みチームを編成している刑事に近づいた。贅肉のない体つきをしたアフリカ系アメリカ人の刑事だ。サックスはその刑事を知らないが、相手は知っていたらしい。軽くうなずいて言った。「サックス刑事」

「リディア・フォスターなの？」いまさら確かめるまでもないような気がした。

「そうです。あなたが捜査中の事件の関係者？」

「ええ。捜査主任はロン・セリットー。ビル・マイヤーズが監督してる。私は外回り担当」

「では、あとはお任せしますよ」

「何があったの？」

刑事は怯えたような顔をしていた。落ち着きのない様子で視線をそらし、ペンをもてあそんでいる。

まもなく一つごくりと喉を鳴らして答えた。「かなり凄惨な現場です。被害者は拷問のあと、刺殺されている。これほどむごい現場は初めて見た」

「拷問？」サックスはささやくような声で訊き返した。

「指の肉を薄く削ぎ落とした。時間をかけて」

ひどい……。

「どうやって部屋に入ったのかしら」

「被害者が何らかの理由で招き入れたようです。押し入った痕跡はありません」

狼狽しながらも、ようやく呑みこめた。未詳はやはり電話を盗聴したのだ。おそらくジャヴァ・ハットそばの公衆電話だろう。そしてリディア・フォスターの情報を手に入れた。偽造の警察バッジを閃かせ、サックスの同僚刑事だと名乗った。サックスの名前はとっくに知っているだろう。

あのときのサックスとセリットーの会話が、リディア・フォスターの殺害指令になったのだ。殺人者に対する怒りがふいに湧き上がって、息さえできなくなった。彼がリディアにしたこと、彼がリディアに与えた苦痛は、不要なものだった。一般市民から情報を絞り取るには、言葉で脅すだけで足りる。身体的な拷問を加える意味はない。

それが楽しいのなら別だが。

ナイフを振るい、正確に、スキルを試すかのように切り刻むのが快感だというのなら。

「通報はどこから？」サックスは尋ねた。

「犯人の野郎がやりすぎたんですよ。大量の血が下の階の天井から染み出した。血が壁を伝い始めたのに気づいた下の住人が緊急通報したんです。部屋は荒らされていました。何を探していたんだかわかりませんが、被害者の持ち物を全部ひっくり返している。抽斗《ひきだし》は残らず開いてました。パソコンや携帯電話は、すべて持ち去られています」

モレノの通訳の仕事に関連した資料を探したのだろう。どれもいまごろはもうシュレッダーにかけられたか、焼却されたかしているだろう。

「鑑識はこっちに向かってる？」

「クイーンズのチームに出動を要請しました。そろそろ来るでしょう」

トリノ・コブラのトランクに、最低限の鑑識キットを積んである。車に戻り、パウダーブルーのカバーオールやオーバーシューズ、シャワーキャップを着けた。いますぐ検証を始めよう。

証拠は一分ごとに劣化していく。

そしてリディアを殺害した怪物は、一分ごとに遠ざかっていこうとしている。

グリッドを歩く。

手術中の外科医のような出で立ちで、アメリア・サックスはリディア・フォスターの部屋を捜索していた。現場捜索の代表的な手法を採っている――碁盤目《グリッド》捜索だ。壁際からスタートして、一度に一歩ずつ進みながら捜索し、向かいの壁に着いたら百八十度向きを変え、一歩横に位置をずらして元の壁まで戻る。それを繰り返して全面の捜索を終えたら、今度は九十度向きを変えて同じ手順を再開する。

もっとも時間を食う捜索手法だが、もっとも遺漏の少ない手法でもある。かつてライムは犯行現場をこうして捜索していた。いまは代わりに捜索する者に同じ手法を採用させる。

現場検証において何より重要なのは、おそらく捜索だ。写真、ビデオ、スケッチ。侵入経路、脱出ルート、薬莢が見つかった位置、指紋、精液の染み、血痕。どれも欠かせない。しかし事件解決の切り札となる微細証拠を発見すること、それが現場検証のすべてだ。メルシー、ムッシュ・ロカール。グリッド捜索では全身の機能を総動員しなくてはならない。鼻で匂いを嗅ぎ、指で手触りを確かめる。そしてもちろん、目でものを見る。視覚が休む暇はない。

アメリア・サックスはいま、まさしく全身を使って捜索を進めていた。

自分を生まれながらの科学捜査官だとは思わない。そもそも科学者でさえなかった。ライムの推理力は常人の域を超えているが、サックスの頭脳はそのようには働かない。しかしサックスには一つ強みがある。感情移入する力だ。

二人の初めての事件で、ライムは自分が持ち合わせない能力をサックスが備えていることを即座に見抜いたらしい。犯人の意識にもぐりこむ能力——グリッド捜索をしながら、いつしか殺人者やレイプ犯やこそ泥になることができる。精神的負担が大きく、心身はひどく消耗するが、うまくいったとき、ふつうの捜索員なら捜索しないであろう場所にふいに思い当たったりする。あるいは、隠し場所や意外な侵入・脱出ルート、被害者の様子がよく見える位置などを発見することもある。

そうやって、そうでなければ永遠に表に出ることのなかったはずの証拠が、サックスによって発見される。

クイーンズの鑑識チームが到着した。だが、ジャヴァ・ハットのときと同じように、サックスは予備的な捜索を単独で行なった。人数が多ければそれだけ徹底した捜索ができると考えがちだが、実はそれが当てはまるのは銃の乱射事件のような広大な現場に限られる。通常は単独のほうが集中力を発揮しやすい。しかも、自分が何か見逃せばそれきりになるという意識が働いて、よりいっそう集中できる。

また、現場検証の真理も忘れてはならない。〝決定的な手がかりを見つけるチャンスは最初の一度だけ〟。またあとで来てやり直そうと思っても、それは不可能だ。

頭をのけ反らせた血まみれのリディア・フォスターの遺体のある部屋の捜索を始めると、むしょうにライムと話がしたくなった。いま何が見えているか。どんな匂いがするか、どんなことが頭に浮かんだか。ジャヴァ・ハット店内の捜索をしたときと同じように、ライムの声を聞くことができない虚無感が心に冷たく染みた。ほんの二千キロかそこら離れているだけなのに、ライムがこの世から永遠に消えてしまったかのように感じる。

いつしか、今月下旬に予定されている手術のことを思い出していた。考えたくなくても頭から離れない。

ライムが手術中に命を落としたら？

サックスとライムは二人ともつねに危険と隣り合わせで生きている。スピードと冒険を求めるサックス、身体にリスクを抱えたライム。ひょっとしたら、いや、おそらく、危険という要素が二人をいっそう強く結びつけているのだろう。ふだんはその事実と難なく共存できている。

しかし、ライムが遠い場所にいて、サックスはここでとりわけ負担の大きな現場――こちらのことを知り抜いている犯人が残した現場を捜索していると、ライムもサックスも、一人きりの人生とは銃声一つ、鼓動一つで隔てられているにすぎないと痛感させられる。

やめなさい――サックスは自分を叱りつけた。口に出して言っていたかもしれない。わからない。ともかく目の前の仕事に集中しよう。

しかし、犯人の意識に入りこむことはできそうになかった。この現場では無理だ。一つの部屋から次に進むたび、障壁に突き当たったような感覚が深まっていく。スランプでもがく作家やアーティストはこんなふうに感じるのだろうか。どこからもインスピレーションが湧いてこない。一つには、殺人者がどこの誰なのかわからないということもある。新しい情報が混乱を招いていた。リディアを殺したのはスナイパーではないが、十中八九、メッガー配下のスペシャリストではあるだろう。だが、いったい誰なのだ？

犯人の意識に入りこめないもう一つの理由は、動機が理解できないからだ。証人を殺して捜査を妨害するのが目的なら、おぞましい拷問を加えたのはなぜだろう？　不気味に几帳面なあの切り口は何なのだ？　時間をかけて――と見えた――ナイフを動かして皮膚を削ぎ落としたらしい深い切り傷。いつのまにか、リディアが縛られた椅子の下に落ちた細長い皮膚片、大量の血液を凝視していた。

目的は何だ？

ライムの声がイヤフォンから聞こえていたら――無線やビデオカメラを介して一緒に捜索をしているのだったら、事情は違っていたかもしれない。何かが閃いていただろう。

だが、彼はおらず、サックスは殺人者の意識を捕まえることができずにいる。

捜索自体に時間はさほどかからなかった。動機が何であれ、リディア・フォスターを殺した人物は用心深いようだ。ゴムの手袋を使っている。皮膚を削ぎ落としているときに触ったのだろう、リディアの遺体についた血の汚れに皺の痕跡が見て取れることから、手袋を使ったとわかる。目に見える靴の跡は残っていない。血を踏まないよう注意していたらしい。カーペットを敷いていない床に静電ワンドをかざしてみたが、目に見えない靴跡も一つも見つからなかった。微細証拠を採取し、バスルームのドアにかけてあったジーンズのポケットからレシートやポストイットを集めた。見つかった書類はそれだけだった。次に遺体を調べた。このときもまた、ぞっとするような傷に目が釘付けになった。リディアの指に残る、小さいがきっちり同じ大きさをした傷。胸には彼女の命を奪った傷が一つ。その周囲に痣《あざ》のようなものがある。指で強く押したような。骨に邪魔されずに心臓をひと突きできる場所を探したかのような。

なぜ?

一階で待機していた鑑識チームに無線で連絡し、上がってきてビデオや写真の撮影を始めてもらえるよう伝えた。

出口で立ち止まり、振り返って、リディア・フォスターの遺体を最後にもう一度だけ見た。

ごめんなさい、リディア。私が至らなかったばかりに!

ジャヴァ・ハット前の公衆電話が盗聴されているかもしれない、犯人は二人いるかもしれないとは夢にも思わなかった。

別の考えも心をよぎった。もっと早く来ていれば。そうしたら、リディアが持っていたであろう情報を手に入れられたのに。リディアが知っていたはずの情報、持っていたはずの記録は、きわめて重要なものだったのだ。そうでないなら、尋問などする意味がない。

サックスはもう一度リディアに謝罪した。そのような利己的な後悔を抱いたことを謝った。

外に出てカバーオールを脱ぎ、焼却袋に入れる。リディアの血で汚れていた。クレンザーで両手をこする。グロックをチェックした。周辺を見回し、不審なものがないか確かめた。無数の真っ暗な窓、行き止まりの薄暗い路地、停まった車。見えたのはそれだけだった。だが、いずれも隠れて彼女を見張り、彼女を狙うには最適の場所だ。

携帯電話をホルダーに戻そうとしたところで、思い直した。いますぐライムの声が聞きたい。買ったばかりのプリペイド携帯のスピードダイヤルボタンを押す。ライムの番号を設定してある。留守番サービスが応答した。メッセージを残そうかと考えたが、結局そのまま切った。いまライムに何を伝えたいのか、いざとなるとわからなくなった。

彼がいないと心細い。言いたいことはそれだけなのかもしれない。

43

リンカーン・ライムはまばたきをした。水が猛烈に目に染みる。口のなかで二種類の味がせめぎ合っていた。オイルの甘ったるい味と化学薬品の苦い味。

意識を失っていたらしい。意外にも、恐れていたほどひどい咳は出なかった。口と鼻は酸素マスクで覆われ、呼吸もふつうにできている。しかし、喉は痛かった。きっと気を失っているあいだにこれでもかと咳をしたのだろう。

周囲を見回す。救急車のなかのようだ。焼けるように暑い。車は三人組に襲撃された砂嘴に停まっていた。三角波の立つ青と緑の湾をはさんで、かなたにサウス・コーヴ・インが見えている。褐色の丸顔をした小太りの医師がライムの上に身を乗り出し、懐中電灯を使って彼の目を診ていた。次に酸素マスクをはずして口と鼻をチェックする。

医師の濃い褐色の顔には何の感情も浮かんでいない。やがてイギリス風ではなく、アメリカ風のイントネーションで言った。「あの水。人体に最悪。排水。化学物質。いろんなものが混じってる。でも、見たところ大丈夫そうです。目が充血した程度。痛みますか」

「染みる。かなりひどく。痛む」

医師の単語を並べるような話し方が伝染したようだ。

ライムは深く息を吸った。「私のことはいいから、教えてくれ！　一緒にいた二人はどうした？　まさか二人とも――？」

「その人の肺はどんな調子ですか」

質問の主はトム・レストンだった。救急車に近づいてくる。咳をした。続けざまに二度。かなりひどい咳だった。

ライムも咳をした。それから驚いた調子で訊いた。「無事……無事なのか？」

トムが自分の目を指さす。真っ赤に充血していた。「命にはまるで別状がありません。汚染された水をたっぷり飲んでしまいましたけどね」

人体に最悪。排水……

トムの服はぐっしょり濡れている。それを見て、疑問のいくつかが解消した。まず、ライムを救ったのはトムだ。

そしてもう一つ、聞こえた二発の銃声は、マイケル・ポワティエを狙ったものだった。

私には妻と二人の子供がいる。その三人を養っていかなくちゃならない。家族を心から愛している……

ポワティエが死んだ――やりきれない思いがした。ポワティエが殺され、三人組が逃げるのを見て、トムは海に飛びこみ、ライムを救助したのだろう。

医師はまたライムの胸の音を聞いていた。「驚きだな。音は正常です。肺のことですが。傷痕。呼吸器の管を通していた傷。ただし、ずいぶん古い傷だ。がんばりましたね。エクササイズも。それに右腕。義肢システム。文献を読んだことがある。すばらしい」

どんなにすばらしかろうと、マイケル・ポワティエを救う役には立たなかった。

医師は立ち上がった。「よくすすぐことです。目と口。水で。ほかのものはだめです。ボトル入りの精製水だけ。一日に三度から四度。主治医の診察も受けてください。国に帰ってからすぐに戻ります」そう言い置いて救急車を降りた。砂と砂利を踏む音が遠ざかっていく。

ライムは言った。「ありがとう。トム。ありがとう。またしても命を救われた。しかも今回はクロニジンを使わずに」クロニジンとは、自律神経過反射の発作を起こした際、血圧を下げるのに使う薬だ。「呼吸器を試してみたんだが」

「知ってます。首にからみついてましたからね。まずはそれをほどかなくちゃなりませんでした。アメリアの飛び出しナイフを借りたいところでしたよ」

ライムは溜め息をついた。「マイケル。悲劇だ……」

トムはそばのラックにあった血圧計を取った。ライムの血圧を測りながら、肩をすくめる。

「心配いりませんよ」

「血圧の話か？」

「いえ、ポワティエのことです。ちょっと静かに。脈を取らせてください」

いまのは聞き違いだろう。まだ耳に水が入っているせいだ。「しかし――」

「静かに」トムは勝手に借りた聴診器をライムの腕に当てている。

「しかしいま――」

「静かに！」まもなくうなずいて言った。「血圧は正常です」医師が立ち去った方角を一瞥する。「信用しないわけじゃありませんが、やはり自分で確かめないと――」

「大丈夫というのはどういう意味だ？　マイケルはどうしたんだ？」

「ご自分で見たでしょう。蹴られたり殴られたりはしました。でも、大した怪我じゃありません」

「撃たれたんだろうに！」

「撃たれた？　いいえ、撃たれてなんかいませんよ」

「銃声が二度聞こえた」

「ああ、あれですか」

ライムは嚙みつくように言った。「〝ああ、あれですか〟だと？　どういう意味だ？」

トムが答えた。「あなたを蹴って海に落とした男。灰色のTシャツの男です。あの男がロナルドを狙って撃ったんですよ」

「プラスキーだって？　無事なのか？」

「無事です」

「おい、きちんと説明しろ！」ライムは叱りつけるように言った。

トムは笑った。「その調子ならもう安心ですね」

「何があった？」

「ロナルドは、サウス・コーヴ・インの聞き込みを終えてから来たんですよ。ここにいるって伝えてあったでしょう。あなたが海水浴に行ったのと入れ違いにレンタカーで現れた。すぐに状況を見て取って、銃を持っていた男に一直線に突っこんでいきました。アクセル全開で。男は二度、車に向けて発砲しましたが、ロナルドの車を地元警察の応援の最初の一台だと思ったんでしょうね。とすると、逃げるしかないわけで、マーキュリーとトラックに飛び乗って逃走しました」

「マイケルは無事なのか」

「ええ、さっきそう言ったでしょう」

計り知れないほどの安堵が押し寄せた。ライムはしばし黙りこんだまま、すぐそこで波打つ海や陽光にきらめく波しぶき、西に傾いた太陽を見つめた。「車椅子は？」

トムが首を振る。「あれが唯一の犠牲者です」

「許せん」ライムは低い声で悪態をついた。仕事で使うものであれ、私的なものであれ、道具に対して感傷を抱くことはない。それでもストームアローには愛着を持っていた。すばらしくよくできた機械だった。それに、苦労してようやく操作をマスターした。車椅子の操作は一つの技能だ。悪党どもに憎悪が湧いた。

トムが先を続けた。「こちらのものを貸してもらえることになりました」救急隊にちらりと視線を投げる。「電動ではありません。まあ、この僕というモーターがついていますから」

新たな人影が近づいてきた。

「本日のヒーローのおなりだぞ」

「よかった、元気そうだ」プラスキーが言った。「びしょ濡れですけどね。水をかぶったところは初めて見ましたよ、リンカーン」

「ホテルで収穫はあったか？」

「あんまり。メイドと話はしましたが、ポワティエ巡査部長から聞いた内容を裏づけただけです。たくましい体つきのアメリカ人が来て、モレノやスイート一二〇〇号室のことを訊いていった。モレノの友人で、サプライズパーティを計画してると話してたそうです。モレノのほかに誰がいるのか、スケジュールはどうなってるか、友人らしき男は何者か。友人というのはたぶん、ボディガードのことだと思います」

「パーティか」ライムはうなるように言うと、救急車の周囲に視線をめぐらせた。さっきの医師が体格のいい助手を何人か従えて戻ってきた。助手の一人がくたびれた車椅子を押している。

「ブランデーか何かないかな」

「ブランデー？」

「薬用ブランデー」

「薬用ブランデー？」医師の大きな顔がしかめ面を作る。「どうだったかな。この島の医者は治療に使っているかもしれない。ここはほら、第三世界の島だから。私はメリーランド大学で救急医療の学位を取得したんですが、あいにく、薬用ブランデーの授業は受けそこねました」

一本取られた。

しかし医師は気分を害してはいないようだ。それどころか、おもしろがっている様子だった。助手に合図をして、ライムを古ぼけた車椅子に移す。バッテリーやモーターのついていない車椅子に乗るのはいつ以来だろう。無力感が腹立たしい。事故直後に引き戻されたような気がした。

「マイケルに会いたいな」ライムは言った。無意識のうちに車椅子のコントローラーに手をやろうとしたところで、この車椅子にはないのだと思い出した。車輪のハンドグリップを使って自分で進めようとは考えなかった。銃の引き金ひとつ引く力もないのだ。ひび割れたアスファルトと砂の地面を越えて、片手だけで自分の体重を動かせるわけがない。

トムが車椅子を押した。ポワティエは十メートルほど先のクレオソートの染みた二十センチ角の木材に座っていた。緊急通報を受けて駆けつけてきたバハマ警察の制服警官が二人一緒だ。

ポワティエが立ち上がった。「ああ、ライム警部。無事だと聞いてました。よかった。本当によかった。どこも何でもなさそうだ」

「びしょ濡れですけどね」プラスキーがまた言った。トムは楽しげに口もとをゆるめ、ライムは苦い顔を作った。

「きみはどうだ？」

「何ともありません。少しふらふらしていますが、それだけですよ。鎮痛剤をもらいました。警察に入って五年になりますが、格闘は初めてです。ほとんど頼りになりませんでしたね。不意をつかれました。まったく予想していなかった」

「誰か車のナンバーは見たか」ライムは尋ねた。

「ありませんでした。ナンバープレートをつけていなかったんです。ゴールドと黒のマーキュリーや白いピックアップトラックを捜しても無駄だと思います。どうせ盗難車でしょうから。署に戻ったら、手配写真をひととおり見てみるつもりではいますが、それもおそらく無駄でしょう。ただ、やれることは形式的にでもやらなくては」

そのとき、サウスウェスト・ロードの方角で土埃の雲が広がった。車が一台——いや、二台だ——猛スピードで近づいてくる。

近くで待機していた制服警官が緊張した面持ちで姿勢を正した。

その二台が身体的な脅威を意味するからではない。無印のフォードのラジエーターグリルに備えつけられた赤い回転灯がこれ見よがしに光を放っていた。ああ、やはり——後部座席に乗っているのは副本部長のマクファーソンだった。もう一台、バハマ警察のパトロールカーが付き従っていた。

二台は急ブレーキをかけて救急車の手前で停まった。マクファーソンは怒りに満ちた顔つきで車を降りると、叩きつけるようにしてドアを閉めた。

そのまま一直線にポワティエに近づいた。「ここでいったい何があった?」

自分が責任を引き受けようと、ライムは代わって説明した。

マクファーソンはライムをねめつけたあと、部下に向き直って脅すような低い声で言った。

「このような不服従に目をつぶるわけにはいかない。なぜ事前に話さなかった？」

ポワティエは上司におもねるだろうとライムは思った。ところが意外なことに、マクファーソンの視線を真っ向《まこう》から受け止めて言った。

「副本部長、失礼ながら申し上げます。私はモレノ射殺事件の捜査を任されたはずです」

「任せたのは事実だが、適正な手続きに従ってもらわなくては困る。よそ者を現場に連れてくる行為は適正な手続きには含まれない」

「重要な手がかりです。実行犯がここにいたんですから。先週のうちに捜索しておくべきだった」

「よけいなことはせずに――」

ポワティエがさえぎった。「ベネズエラ当局の判断を待て、ですか」

「二度と私の話をさえぎるな、巡査部長。そういった反抗的な態度は許さない」

「わかりました。申し訳ありません」

ライムは言った。「これは重大な事件です、副本部長。バハマとアメリカの両国に関係がある」

「あんたもあんただ、ライム警部。私の部下を巻きこんで、あやうく死なせるところだった。そのことをわかっているのか」

返す言葉がない。

石のように冷たい声でマクファーソンは続けた。「あんたも殺されかけた。バハマにこれ以上アメリカ人の死体を増やさないでいただきたいね。死体はもう間に合っている」冷ややかな視線を部下に向けた。「巡査部長。きみを停職処分とする。今後の調査の結果によっては解雇も覚悟しておきたまえ。最低でも交通課に戻ってもらうことになるだろう」

ポワティエの顔に失望が広がった。「ですが――」

「あんたは、ライム警部、即座に出国してもらう。うちの者に空港まで送らせる。あんたの同僚も一緒だ。荷物は宿泊先から引き取って空港で渡す。航空会社にはすでに連絡した。二時間後の便の切符を押さえてある。それまでうちの者が付き添う。きみは、巡査部長、銃と身分証を本部に預けろ」

「わかりました、副本部長」

ここでロナルド・プラスキーがふいにつかつかとマクファーソンに歩み寄ると、体重は倍もありそうで、身長では十センチ近く優っているマクファーソンの顔に鼻先を突きつけるようにした。「お断りします」

「え、何だって？」

プラスキーは断固たる口調で言った。「今夜はホテルに泊まって、明日の朝、出国します」

「何だと？」マクファーソンは驚いたように目をしばたたかせた。

「今日は出発できません」

「それは受け入れがたいな、プラスキー巡査」

「リンカーンはあやうく死ぬところだったんです。少し休んで体力を回復してからでないと、飛行機に乗るのは無理です」

「あんたたちのしたことは犯罪——」

プラスキーは携帯電話を取り出した。「大使館に電話して相談してもかまいません。もちろん、この国に来た理由も話しますよ。僕らが捜査中の事件について」

沈黙が流れた。聞こえるのは、背後の工場で稼働している謎の機械の音と、まばゆい光を放ちながら寄せる波の音だけだった。

やがてマクファーソンが苦々しげに顔を歪めて言った。「いいだろう。ただし、明日の朝一番の飛行機で出国することが条件だ。ホテルまで送る。空港に出発するまで外出は禁止する」

ライムは言った。「ありがとう、副本部長。感謝するよ。いろいろと迷惑をかけて申し訳なかった。事件が解決することを祈る。アメリカ人女子学生の殺人事件もうまく解決するといい」ポワティエに視線を移す。「申し訳なかった、巡査部長。もう一度謝らせてくれ」

五分後、ライムとトムとプラスキーはフォードのバンで砂嘴を後にした。ちゃんとホテルに帰ったか見届けるために——そしてそこでおとなしくしているよう目を光らせるために——パトロールカーがついてきた。大柄な制服警官二人はにこりともせずに一行を見張っていた。ライムは見張りの存在をありがたいとさえ思った。ゴールドのマーキュリーの行方はまだつかめていない。

「おみごとだった、ルーキー」

「それは〝いい仕事ぶりだ〟より上の褒め言葉ですか」

「ああ、すばらしい仕事ぶりだよ」

プラスキーは笑った。「なんとなくぴんときたんです。ここは少し時間を稼いだほうがよさそうだぞって」

「そのとおりだ。ところで、大使館の脅しはなかなか気に入ったぞ」

「アドリブです。さて、これからどうします?」

「パンが焼けるのを待とう」ライムは謎めかして言った。「まずは噂に聞くバハマ産ラムを調達しようじゃないか」

44

アメリア・サックスはカートを押してライムのタウンハウスの客間に入っていった。カートにはリディア・フォスター殺害事件の物証を入れた箱を積んである。

「リンカーンから連絡は?」メル・クーパーが興味深げに物証を見やりながら訊いた。

「ないわ。いっさいの連絡なし」

ベテラン鑑識技術者のクーパーは、あれから正式に捜査チームに加わっていた。ロン・セリットーとマイヤーズ警部の根回しが功を奏して〝ライム分署〟に異動になった。ニューヨーク市警の刑事であるクーパーの生え際はかなり後退していた。体つきは小柄で、愛用のレンズの分厚いハリー・ポッター眼鏡は鼻の上の定位置からずり落ちてばかりいる。非番の時間は数理パズルや『サイエンティフィック・アメリカン』とともに過ごしているのかと思いきや、そのほとんどは社交ダンスの競技会に費やされていた。パートナーはコロンビア大学数学科教授、息を呑むほど美しい北欧系のガールフレンドだ。

ナンス・ローレルも自分の席にいた。サックスが運びこんだ物証を興味なげに一瞥したあと、サックスをじっと見た。挨拶のつもりなのか、それとも口を開く前のいつもの沈黙にすぎないのだろうか。

サックスは暗い声で言った。「読み違えてたわ。犯人は二人いる」誤った前提で捜査を進めていたことを説明する。「私はスナイパーを尾行してた。リディア・フォスターを殺したのはスナイパーとは別の人物」

「どこのどいつかな？」クーパーが訊く。

「ブランズの代替要員とか」

「メッツガーに後始末を命じられたスペシャリストという可能性もありますね」ローレルが言った。その口調は、サックスの耳にはふだんより明るく聞こえた。捜査にとって明るいニュース、陪審に進んで聞かせたい明るいニュース——主要な容疑者は部下に冷酷な行為を命じるような人物であるということを裏づけている。被害者を悼む言葉は一つもなかった。悲しげに眉根を寄せることさえしなかった。

その瞬間、サックスの心は憎悪の炎に包まれた。

サックスは続けた——露骨にメル・クーパーだけに向かって。「ロンと話をして、当面は動機の不明な事件としておくことにした。ジャヴァ・ハットの事件も、公式にはガス本管の爆発事故ってことにしてある。捜査の進行状況をメッツガーに知られないほうがいいと思ったから」

ローレルがうなずく。「いい判断ですね」

サックスはホワイトボードを一渡り眺めたあと、新たに判明した事実に基づいて最新の状態にアップデートした。「リディア・フォスター事件の犯人は、未詳《みしよう》五一六号と呼ぶことにしましょう。今日の日付ね」

ローレルが尋ねた。「スナイパーの身元、あなたがＮＩＯＳまで尾行した男の身元については？」

「まだ何も。ロンが手配した監視チームが張りついてる。身元が判明ししだい、連絡が来るはず」

またしても間があった。それからローレルが言った。「一つ訊いてもかまわないかしら。彼の指紋を採取しようとは思いませんでしたか」

「彼の――？」

「ダウンタウンでスナイパーを尾行したときのことです。こんなことを訊くのは、以前担当した事件で、容疑者を尾行していたおとり捜査官が光沢紙の雑誌を落としたことがあったものだから。容疑者が拾っておとり捜査官に返したの。それで指紋を手に入れました」

「そう」サックスはそっけなく答えた。「考えなかったわ」

そうよね、もし私が同じことをしていれば、いまごろはもうスナイパーの身元が判明していたでしょう。あいにくそうはならなかったけど。

ローレルは何を考えているのかまるで読めない顔のままうなずいた。

一つ訊いてもかまわないかしら……

〝差し支えなければ〟に負けないくらい癪に障った。

　サックスはかすかに顔をしかめながらローレルに背を向け、リディア・フォスターの部屋で集めた証拠をメル・クーパーに渡した。わずかばかりの収穫を見るクーパーの目には、サックスが感じているのと同じ落胆があった。

「これだけ？」

「そうなの。未詳五一六号は手慣れてるみたい」サックスはリディア・フォスターの血まみれの遺体を写した写真を見ていた。クイーンズの鑑識本部からメールで送られてきたものを印刷していた。

　唇を引き結び、ホワイトボードの前に立つと、遺体の写真をテープで貼った。

「拷問したのね」ローレルがささやくように言った。顔の表情は変わらない。

「拷問したうえに、リディアがモレノの依頼でした仕事の資料をすべて持ち去った」

「何を知ってたのかしら？」ローレルは独り言のようにつぶやいた。「プロの通訳を連れていったということは、会ったのはビジネスの相手であって、犯罪者ではないということでしょう。モレノはテロリストではなかったと証言してもらうのにうってつけの人物なのに」そこでこう言い直した。「うってつけの人物だった、のに」

　サックスの胸の奥で怒りが爆発した。リディア・フォスターの死を嘆く気持ちはまるで示さず、代わりにシュリーヴ・メッガーの有罪を勝ち取るための材料の一つを失ったことを嘆くとは。しかしすぐに思い出した。リディアの遺体を見てサックス自身も意気消沈したではないか。それは、来るのが遅かったせいで、リディアから確実な情報を引き出しそこねた、そう思ったからではなかったか。

サックスは言った。「リディアと電話で少しだけ話したの。ロシアとアラブの非営利団体、ブラジル領事館を訪問したという話は聞いた。でも、それだけ」

それ以上のことを聞き出す機会を失ってしまったから。このときもまだ自分を許せずにいた。もしライムがいたら、犯人が二人いる可能性を指摘していただろう。悔しい。

やめなさいったら――サックスは厳しい調子で自分を叱った。捜査を進めることを考えなさいよ。

クーパーに向き直る。「二つの事件を結びつけられないかやってみましょう。簡易爆弾を仕掛けたのはブランズなのか、未詳五一六号なのか、それが知りたいわ。ジャヴァ・ハットの現場からは何か見つかった？」

クーパーは、手がかりはほんの数えるほどではあるものの、いくつか発見があったと言った。爆弾処理班の報告によれば、簡易爆弾はいわば〝既成の〟対人爆弾で、チェコスロバキアで開発された爆薬、セムテックスが使われている。「兵器市場に大量に流通してる。コネさえあれば簡単に手に入るよ」クーパーはそう説明した。「大部分は軍関係に流れる。正規軍、傭兵軍」

サックスがカフェで採取した潜在指紋は処理して自動指紋識別システム《AFIS》で照合したが、一致するものは見つからなかった。

クーパーが続ける。「ジャヴァ・ハット周辺で大量の対照資料を集めてくれて助かったが、犯人が持ちこんだと思しき微細証拠はほとんど見つからなかった。ただ、対照資料には含まれない物質が二つあった。つまり、爆弾犯が残したと推測できるものだね。一つは浸食の痕跡が見える石灰岩、サンゴ、貝の細片——言い換えれば、砂だ。熱帯地域の砂だよ。甲殻類の排泄物も含まれていた」

「何のこと？」ローレルが訊く。

「カニの糞」サックスは答えた。

「そのとおり」クーパーがうなずく。「まあ、より正確を期すなら、ロブスターやザリガニ、オキアミ、フジツボの糞ってこともありえる。地球上には六万五千種の甲殻類が生息してる。ともかく、カリブ海周辺のビーチの砂と考えて間違いないと思うよ。それに、海水が蒸発した残留物と思われる物質も含まれていた」

　サックスは眉をひそめた。「とすると、爆弾を仕掛けた犯人は、モレノが射殺される前日にサウス・コーヴ・インにいた男と同じかもしれないということになる。でも、砂って、一週間もくっついてるもの？」

「極微小な粒子だった。ありうると思うよ。付着力が強い場合が多いから」

「ほかには何か見つかった、メル？」

「犯行現場の微細証拠に含まれてるのは初めて見たもの——1,5－ジカフェオイルキナ酸」

「何それ？」

「シナリン」クーパーはモニターに表示した化学物質データベースから読み上げた。「アーティチョークに含まれる生理活性物質が代表例だ。アーティチョークの甘い味のもと」

「犯人はその物質を現場に残したわけ？」

「断言はできないが、ジャヴァ・ハットの裏口前の階段、ドアノブ、簡易爆弾の破片の一つから検出されてる」

　サックスはうなずいた。アーティチョークか。不可解ではあるが、科学捜査とはそういうものだ。無数のピースを組み合わせてパズルを完成させる。

「それくらいだな」

「ジャヴァ・ハットの現場からわかったのはそれだけってこと？」

「そうだ」

「二人のどちらが爆弾を仕掛けたかはわからないわけね」

　次にリディア・フォスター殺害事件の物証を検討した。

「まず目につくのは」クーパーが遺体写真のほうに顎をしゃくって言った。「刃物の傷痕だな。こんなのはあまり見たことがない。ものすごく細いだろう？　ただ、切創のデータベースはないから、調べようがない」

　全米ライフル協会の膝元であるアメリカは、いわば銃撃事件の都だ。イギリスなど銃規制の厳しい国々では刃物による殺人事件がよく発生するが、至るところに銃があるアメリカでは、殺人の凶器に刃物が使われることはあまりない。そのため、切創のデータベースを作成している警察組織は、サックスとライムの知るかぎり、一つもなかった。

　犯人が手袋をしていたのはほぼ確実ではあるが、それでもサックスは遺体そのものと周辺の指紋を採取していた。犯行のさなかに手袋をはずす瞬間があったかもしれないからだ。しかしジャヴァ・ハットの現場と同じく、データベースに該当する指紋は登録されていなかった。

「まあ、ないだろうとは思ってたけど」サックスは言った。「対照資料とは一致しない毛髪を見つけたの。そこの封筒に入ってる」封筒を取ってクーパーに渡す。「色は茶。短い。犯人の頭髪かも。ポワティエ巡査部長によれば、事件前日にモレノのスイートルームのことを嗅ぎ回ってた男の髪は短くて茶色だった。あ、毛根がついたままね」

「いいぞ。CODISで照会しよう」

統合DNAインデックスシステム（CODIS）の登録数は急激な増加を続けている。この毛髪の持ち主も登録されている可能性は充分ある。登録があれば身元が判明する。うまくすれば現在の消息もまもなくわかるだろう。

サックスはほかの証拠を見ていった。犯人は、ロバート・モレノに関する情報が含まれていた可能性のある書類、パソコン、ハードディスクやメモリをすべて持ち去っていたが、一つだけ手がかりになりそうなものが残っていた。スターバックスのレシートだ。一番上に印字された日付と時刻を見ると、五月一日の午後になっている。モレノが一人きりで会合に出かけ、リディアは同席せずにカフェで待っていたときのものだろう。会合が行なわれた場所を特定する手がかりになるかもしれない。

明日、このスターバックスに行ってみようとサックスは考えた。カフェはチャンバーズ・ストリートに面したビルに入っている。

サックスとクーパーはリディアの部屋から採取したほかの微細証拠をひととおり調べたが、単離させるのは無理だった。そこでクーパーは少量のサンプルをガスクロマトグラフにかけた。まもなくサックスとローレルに向かって言った。「何か見つかったぞ。植物だ。ラテン名グリシリザ・グラブラ――スペインカンゾウだ。豆科の植物。リコリスと呼ぶのが一般的かな」

サックスは訊いた。「アニスとかフェンネルのこと?」

「いや、その二つとは関係ないが、味は似てる」

ナンス・ローレルは不思議そうな顔をしている。「いま、何か調べたりはしませんでしたよね。シナリンに、グリシリザ何とか……疑うみたいで申し訳ないけれど、どうしてそんなことを知っているの?」

クーパーは黒縁の眼鏡を指で押し上げると、わかりきったことだと言いたげに答えた。「リンカーン・ライムと仕事をしてるから」

45

ついに突破口が開けた。スナイパーの実名が判明したのだ。

マイヤーズ警部率いる特捜部の監視チームは、NIOS本部を出たスナイパーを自宅まで尾行した。スナイパーはキャロル・ガーデンズで地下鉄を降り、そこから徒歩でバリー・シェールズとマーガレット・シェールズが共同所有する家に帰った。特捜部はバリー・シェールズ名義の車両を検索し、本人の顔写真を入手した。その日の午後、サックスが尾行し、携帯電話のカメラで隠し撮りした男と同一人物だった。

バリー・シェールズは三十九歳、元軍人だ。空軍を退役したときの階級は大尉。何度か勲章を授けられていた。現在はＮＩＯＳの〝情報スペシャリスト〟の肩書きで民間工作員を管理している。教師をしている妻とのあいだに小学生の男の子が二人。長老派教会の熱心な信者で、また子供たちが通う学校でボランティア講師として読み方を教えている。

このプロフィールを読んで、サックスは当惑を感じた。これまでライムとともに追ってきたのは、常習的な犯罪者、札付きの悪人、犯罪組織のボス、猟奇殺人者、テロリストなどだった。ところが今回は趣が違う。経歴を見るかぎり、シェールズは献身的な公務員であり、よき夫であり父親だ。自分に与えられた任務をこなしているにすぎない——その任務に、テロリストを冷酷に撃ち殺す仕事がたまたま含まれているとしても。この人物を逮捕し、有罪にすれば、一つの家族が崩壊してしまう。メッガーという人物は、国家を守るためにはそれしか方法がないという妄想じみた考えを抱いてＮＩＯＳを私物化し、スペシャリストを使って違法な処刑を続けてきたのかもしれないが、シェールズは——？　彼はただ命令に従っているだけのことかもしれない。

ただ、リディア・フォスターを拷問して殺したのはシェールズではないとしても、それを指示した組織の一員であることに変わりはない。

ロン・セリットーに電話をかけ、判明したばかりの事実を伝えた。それから情報サービス課に連絡して、バリー・シェールズについて入手できるかぎりの情報を集めてもらえるよう依頼した。とくに、事件当日、五月九日にどこで何をしていたかを知りたい。

ラボの電話が鳴った。サックスは発信者番号を確かめたあと、スピーカーボタンを押した。

「フレッド？」

未詳五一六号がこの回線を盗聴している気遣いはない。ロドニー・サーネックから、盗聴の有無を検知できる〝盗聴トラップ《タップ》〟という装置が送られてきていた。その装置のディスプレイを見るかぎり、盗聴の気遣いはなさそうだった。

「よう、アメリア。ほんとなのか？　我らが友人はカリブ海で日光浴中だって噂を聞いたが」デルレイの驚いた調子があまりにも大げさで、サックスは思わず口もとを緩めた。クーパーもにやにやしている。ナンス・ローレルは笑っていなかった。

「ほんとよ、フレッド」

「なんで、ああ、なんで俺に回ってくる仕事は、サウスブロンクスだのニューアークだの、超、い、人気のバケーションスポットにしか連れてってくれねえんだ？　ミスター・ライムはビーチで寝そべってるってのに？　しかも旅費はニューヨーク市持ちで。なあ、不公平ってもんじゃねえか？　ちっちゃな傘やらプラスチックのタツノオトシゴやらをのっけたファ、ン、シ、ーな酒を飲んだりしてんのか、あいつは？」

「旅費は自分で払ってるんだと思うわ、フレッド。それに、バハマではカクテルにプラスチックのタツノオトシゴがついてくるって、どうして知ってるわけ？」

「ばれたか」デルレイは悔しげに言った。「ココナッツのカクテル、な。あれが俺のお気に入りだ。でもって、捜査は進んでるか？　三番街の殺人事件。あれは関係してるのか？　リディア・フォスター。速報で見た」

「実は関係してる。証人を消しにかかってるみたい。例のメッツガーの指示で」

「やっぱりそうか」デルレイは吐き捨てるように言った。「そいつ、とことん悪に染まってやがるな」

「そうね」サックスは、犯人は二人いると判明したことを話した。「カフェを爆破したのがどっちなのかはまだわからない」

「それなんだが、関連してそうな情報がいくつか手に入った」

「教えて。どんな小さなことでも」

「まず、スナイパーが使ってた携帯電話。ミスター〝コードネームはドン・ブランズ〟名義のやつな。でたらめの社会保障番号とデラウェア州の幽霊会社の私書箱で登録されてた。幽霊会社の正体は書類の山の底のほうに埋めてあったが、掘り返したよ。NIOSが昔使ってたことがある会社だ。電話がまだ生きてるのは、だからだろうな。お役所ってのはたいがい、自分たちはお利口さんだから、隠した悪事は絶対にばれねえって思いこんでるものだ。あとは、組織がでかいからわからねえだろうとかな。ともかく、俺から聞いたってのは内緒だぜ」

「わかった。ありがとう、フレッド」

「もう一つ。偉大なる故ミスター・モレノだがな、ビッグバンで大量殺戮したあと、山ん中の洞窟にこもっちまおうって予定でいたわけじゃねえみたいだぜ」

　ロバート・モレノの〝五月二十四日。そう……跡形もなく消える《イントゥ・シン・エア》〟という謎めいた発言のことだろう。

「じゃあ、どういう意味だったの？」

　デルレイが答える。「言葉遊びだったらしいな。ベネズエラにいるうちの連中が突き止めた情報なんだが、モレノは一家で新居に越す予定だった。二十四日に」

詳細な説明が続いた。ロバート・モレノは寝室が四つある家を買ったらしい。その家は、ベネズエラの高級住宅地として有名なサンクリストバルにある。山の上に。

空気の薄い場所へ《イン・トゥウ・シン・エア》……

ローレルはデルレイの説明を聞きながら満足げにうなずいていた。モレノは〝西のビン・ラーディン〟ではなかったと裏づける情報だからだろう。

陪審の機嫌を損ねたりしたら一大事だものね――サックスは心のなかで皮肉をつぶやいた。

デルレイがさらに続けた。「ああ、そうだ。五月十三日にメキシコシティで爆弾騒ぎが起きたんじゃねえかって話な。ほとんどジョークだ。その日にメキシコシティで起きたモレノ関連の出来事は、モレノが協力してた慈善運動の資金集めのイベントだけだった。〝クラスルーム・フォー・アメリカズ〟って団体だ。イベントの名前は〝バルーン・デー〟。一つ十ドルの風船を買って割ると、なかから賞品が出てくる。千個以上売ったらしいな。まあ、それだけの数の風船を膨らませるなんてことになったら、俺の肺はとても持ちこたえられねえ」

サックスは椅子の背にもたれて目を閉じた。やれやれ。

モレノが言ったとされる〝爆破《ブロー・アップ》できそうな人材に心当たりはないか〟とは、〝風船を膨らま《ブロー・》せる《アップ》ことができる人材〟のことだったのだ。

「ありがとう、フレッド」サックスは電話を切った。

新事実を耳にしたローレルが言った。「最初の印象が百八十度変わるなんて。おもしろいものですね」サックスを嗤っているつもりはないようだが、何とも言えない。

差し支えなければ……

一つ訊いてもかまわないかしら……

サックスは携帯電話からリンカーン・ライムにかけた。

ライムの第一声はこうだった――「カメレオンを飼ってみたいな」

〝もしもし〟でも〝サックス？〟でもなく。

「カメレオン……トカゲのこと？」

「なかなか興味深い生物だよ。体の色が変わるところはまだ見ていない。色が変化する仕組みを知っているかね、サックス？　専門語では体色変化と呼ぶんだがね。ホルモンの作用で皮膚の下にある色素細胞が変化する。実に魅惑的な現象だ。で、そっちでは捜査は進んだか？」

サックスは経過を伝えた。

最後まで聞き終えると、ライムは言った。「なるほど、それで納得がいくな。犯人は二人いる。メツガーには、花形スナイパーにニューヨークで後始末をさせるつもりはない。もっと早く気づくべきだった」

私も同じように思ってる――サックスは暗い気持ちで考えた。リディア・フォスターの遺体が脳裏に浮かぶ。

「シェールズの写真をメールで送ってくれ。免許証のものでも軍時代のものでもいい」

「わかった。電話を切ったらすぐ送る」それから、モレノの通訳だったリディアの死の詳細を陰鬱な声で話した。

「拷問？」

刃物の傷について説明を加えた。

「特徴的なテクニックか」ライムが言う。「役に立つかもしれないな」

刃物や棍棒などの道具を使う犯罪者は、どの被害者にも共通した傷痕を残す傾向が強く、それが身元の特定につながる場合も少なくない。ライムが指摘しているのはそのことだ。その客観的で実用的な指摘は、リディアの無惨な死についてライムが加えた唯一のコメントだった。

だが、リンカーン・ライムはいつもそうだった。サックスはとうに知っていることだ。それを受け入れてもいる。そこでふと思った。ナンス・ローレルの態度も似たようなものなのに、そちらにはむしょうに腹が立つのはなぜだろう。

サックスは尋ねた。「うららかなカリブ海では捜査は進んでる？」

「いや、ほとんど進んでいないよ、サックス。いまはホテルに軟禁されている」

「え？」

「いずれにせよ、明日には解放される」それより詳しく話すつもりはないらしかった。もしかしたら、彼の電話が盗聴されていたらと心配しているのかもしれない。「そろそろ切るよ。トムが何か夕食を作っている。そろそろできるようだ。いつかダークラムを飲んでみるといい。美味いぞ。原料はサトウキビだ」

「ラムはやめておく。あまりいい思い出がないから。ああ、でも、思い出せない記憶は思い出とは言わないわね」

「この事件をいまはどう思っている、サックス？　政策や政治に関わるべきではないという意見は変わらないか？　議会に任せるべきだといまも思うか？」

「いいえ。もうそうは思ってない。リディア・フォスターの現場を一目見てわかった。この事件を起こしたのは本物の悪よ。かならず捕まえる。ああ、そうだ、ライム。ニューヨークで簡易爆弾が破裂したってニュースが耳に入ったとしても、心配しないで。私は無事だから」カフェで起きた爆発でパソコンが破壊されてしまったことは話したが、あやうく自分が巻きこまれかけた件は省略した。

ライムが言った。「ここはなかなかいいところだよ、サックス。いつかまた来てもいいと思い始めている――仕事ではなく」

「休暇旅行。いいわね、ライム。いつか行きましょう」

「ただし車は飛ばせない。渋滞がひどい」

「昔からジェットスキーに乗ってみたかったのよ。あなたはビーチでのんびりしてて」

「実はもう海で泳いだ」ライムが言った。

「ほんと？」

「本当さ。詳しくはそちらに帰ってから話す」

「早く会いたい」サックスはそう言うと、ライムが同じことを言う前に電話を切った。あるいは――ライムは同じことを言わないとわかる前に。

ナンス・ローレルの携帯電話が鳴った。発信者番号を確かめた瞬間、はっとしたように身構えたのがわかった。電話に出た声の調子から、事件捜査に関係する連絡ではなく、私的な電話なのだろうとすぐにわかった。「もしもし……元気？」

ローレルはサックスとクーパーに背を向けた――露骨なくらい、完全に。それでも、話し声は聞こえた。「あれ、要るんだったの？　要らないんだろうと思って荷物に入れてしまったわ」

意外だ。なんとなく、ローレルには私生活というものがないような気がしていた。結婚指輪も婚約指輪もしていない。そもそもジュエリー類をほとんどしていなかった。母親か女のきょうだいと旅行に行くというならまだわかる。しかし妻や恋人としてのナンス・ローレルは想像できない。

あいかわらず電話をサックスやクーパーから守るようにしながら、ローレルが続けた。「いえ、そんなことはないわ。どこにあるかはわかっているの」

あの声の調子。どう表現したらいいのだろう？

次の瞬間、わかった。弱い立場。無防備。いま電話で話している相手は、ローレルに対して何らかの感情的な影響力を持っている。別れ話が出てはいるものの、完全には別れていない恋人？ そんなところだろう。

ローレルは電話を切り、しばらく身動きもせずに座っていた。考えをまとめようとしているかのようだった。やがて立ち上がると、バッグを取った。「急用ができました」

ローレルが怯えるなんて。

サックスは考える間もなく尋ねていた。「何か手伝えることはある？」

「いいえ。今日はこれで失礼します。また……明日来ますから」

ブリーフケースのハンドルを握り締め、ローレルは客間を出て玄関から帰っていった。見ると、ローレルの作業テーブルが散らかったままだった。書類は向きさえばらばらのまま散乱している。前の晩の整然とした状態とは大違いだ。

テーブルのほうを見ているうち、一枚の書類がなぜか気になった。近づいてその書類を手に取った。

差出人：ナンス・ローレル地方検事補
宛先：フランクリン・レヴィーン地方検事（マンハッタン郡）
件名：ニューヨーク州対メッガーその他の進捗報告（五月十六日火曜日）

手がかりを追った結果、五月一日にニューヨーク市でロバート・モレノのドライバーを務めた〈エリート・リムジン〉の運転手を特定しました。氏名はアタッシュ・ファラダ。調査に基づき、本件に関連して考慮すべき事項がいくつか浮上しています。

1　ロバート・モレノは三十代の女性を同伴していました。エスコートサービスの女性か娼婦と思われます。〝それなりの額〟の金銭を支払った可能性あり。女性のファーストネームは〝リディア〟。

2　モレノとこの女性はダウンタウンで車を降り、数時間後にふたたび車に戻っています。ファラダの印象では、モレノは行き先を知られたくない様子だったとのこと。

3　モレノが反米感情を抱いたきっかけをファラダから聞きました。一九八九年のパナマ侵攻の混乱のなか、モレノの親友がアメリカ軍によって殺害されたとのこと。

サックスは愕然とした。このメールの文面は、〝監視役〟の指示で、サックスが今日、ローレルに宛てて送ったメールとほぼ同じだ。細かな違いがいくつかあるだけだった。

差出人：アメリア・サックス刑事（ニューヨーク市警）
宛先：ナンス・ローレル地方検事補
件名：モレノ殺害事件の進捗（五月十六日火曜日）

　手がかりを追った結果、五月一日にニューヨーク市でロバート・モレノのドライバーを務めた〈エリート・リムジン〉の運転手（アタッシュ・ファラダ）を特定しました。事情聴取より、捜査に重要と思われる事項がいくつか浮上しました。

1　ロバート・モレノはエスコートサービスの女性または娼婦と思われる三十代の女性を同伴していました。〝それなりの額〟の金銭を手渡した可能性あり。女性のファーストネームは〝リディア〟。

2　モレノとこの女性はダウンタウンで車を降り、数時間後にふたたび車に戻っています。ファラダの印象では、モレノは行き先を知られたくない様子だったとのこと。

3　モレノが反米感情を抱いたきっかけをファラダから聞きました。一九八九年のパナマ侵攻の際、モレノの親友が殺害されたとのこと。

ローレルは私の成果を盗んだ。

それだけではない。言葉を微妙に変える細工までしている。

サックスは、ローレルの指示に律義に従って送ったほかの五、六通のメールも確かめた。

差し支えなければ……

大いに差し支える――細工の結果、あたかもローレルが調査を行なったかのような文面になっている。サックスの名前はどの報告書にも、ただの一度も出てこない。ライムの名前は誇らしげに書いてあるのに、サックスはまるで初めから捜査チームにいないかのようだ。

信じられない。いったいどういうこと？

答えを探して、サックスは書類の山をひっくり返した。大部分は裁判所の意見や準備書面だ。しかし、一番下にあった一枚は違った。

それを読んでよくわかった。

メル・クーパーの様子をうかがった。顕微鏡の上にかがみこんでいる。ローレルの書類をくすねた場面は見られていない。サックスは最後に見つけた書類をコピーし、バッグにしまった。オリジナルはローレルの作業テーブルに戻し、念入りに元どおりの状態を再現した。散らかってはいるが、ローレルが書類の位置をすべて――ペーパークリップの位置まで記憶してから帰ったのだとしても意外ではなかった。

書類が盗まれたことを絶対にローレルに気づかれてはならない。

（下巻に続く）

文春文庫

ゴースト・スナイパー　上

定価はカバーに
表示してあります

2017年11月10日　第1刷

著　者　ジェフリー・ディーヴァー
訳　者　池《いけ》田《だ》真《ま》紀《き》子《こ》
発行者　飯窪成幸
発行所　株式会社　文藝春秋

東京都千代田区紀尾井町 3-23　〒102-8008
TEL 03・3265・1211㈹
文藝春秋ホームページ　http://www.bunshun.co.jp

落丁、乱丁本は、お手数ですが小社製作部宛お送り下さい。送料小社負担でお取替致します。

印刷製本・凸版印刷

Printed in Japan
ISBN978-4-16-790969-7

（　）内は解説者。品切の節はご容赦下さい。

文春文庫　ジェフリー・ディーヴァーの本

ジェフリー・ディーヴァー（池田真紀子　訳）
ソウル・コレクター（上下）
そいつは電子データを操り、証拠を捏造し、無実の人物を殺人犯に陥れる。史上最も卑劣な犯人にライムとサックスが挑む！　データ社会がもたらす闇と戦慄を描く傑作。（対談・児玉　清）
テ-11-22

ジェフリー・ディーヴァー（池田真紀子　訳）
バーニング・ワイヤー（上下）
人質はニューヨーク！　電力網を操作して殺人を繰り返す凶悪犯を追うリンカーン・ライム。だが天才犯罪者ウォッチメイカーの影が…シリーズ最大スケールで贈る第九弾。（杉江松恋）
テ-11-29

ジェフリー・ディーヴァー（池田真紀子　訳）
シャドウ・ストーカー（上下）
女性歌手の周囲で連続する殺人。休暇中のキャサリン・ダンスは友人のために捜査を開始する。果たして犯人はストーカーなのか。リンカーン・ライムも登場する第三作。（佐竹　裕）
テ-11-31

ジェフリー・ディーヴァー（池田真紀子　他訳）
クリスマス・プレゼント
ストーカーに悩むモデル、危ない大金を手にした警察、未亡人と詐欺師の騙しあいなど、ディーヴァー度が凝縮された十六篇。あの〈ライム・シリーズ〉も短篇で読める！（三橋　曉）
テ-11-8

ジェフリー・ディーヴァー（土屋　晃　訳）
追撃の森
襲撃された山荘から逃れた女性を守り、森からの脱出を図る女性保安官補。二人の女性vs.二人の殺し屋、決死の逃走の末の連続ドンデン返し！　ＩＴＷ最優秀長編賞受賞。

テ-11-21

ジェフリー・ディーヴァー（池田真紀子　訳）
ポーカー・レッスン
ドンデン返し16連発！　現代最高のミステリ作家が、ありとあらゆる手口で読者を騙す極上の短編が詰まった第二作品集。リンカーン・ライムが登場する「ロカールの原理」も収録。

テ-11-24

ジェフリー・ディーヴァー（池田真紀子　訳）
００７　白紙委任状（上下）
世界最高のヒーローに世界最高のサスペンス作家が挑む。イギリスを狙う大規模テロの計画を阻止せよ。9・11後の世界で、007ことジェームズ・ボンドが世界を駆ける。（吉野　仁）
テ-11-27

（　）内は解説者。品切の節はご容赦下さい。

シャイニング
スティーヴン・キング（深町眞理子 訳）（上下）
コロラド山中の美しいリゾート・ホテルに、作家とその家族がひと冬の管理人として住み込んだ——。S・キューブリックによる映画化作品も有名な「幽霊屋敷」ものの金字塔。（桜庭一樹）
キ-2-31

1922
スティーヴン・キング（横山啓明・中川 聖 訳）
かつて妻を殺害した男を徐々に追いつめる狂気。友人の不幸を悪魔に願った男が得たものとは。〝ダークな物語〟をコンセプトに巨匠が描く、真っ黒な恐怖の中編を二編。
キ-2-38

ビッグ・ドライバー
スティーヴン・キング（高橋恭美子・風間賢二 訳）
突然の凶行に襲われた女性作家の凄絶な復讐——表題作と、長年連れ添った夫が殺人鬼だと知った女性の恐怖を描く「素晴らしき結婚生活」の2編収録。巨匠の力作中編集。
キ-2-39

アンダー・ザ・ドーム
スティーヴン・キング（白石 朗 訳）（全四冊）
小さな町を巨大で透明なドームが突如封鎖した。破壊不能、原因不明、脱出不能のドームの中で、住民の恐怖と狂乱が充満する……。帝王キングが全力で放った圧倒的な超大作！（吉野 仁）
キ-2-40

悪霊の島
スティーヴン・キング（白石 朗 訳）（上下）
孤島に移り住んだ男を怪異が襲う。この島には何かがいる！やがて降りかかる死、死、死。悪しきものの棲む廃墟の館の秘密とは？　恐怖の帝王、渾身のモダンホラー大作。（東 雅夫）
キ-2-46

ジョイランド
スティーヴン・キング（土屋 晃 訳）
恋人に振られた夏を遊園地でのバイトで過ごす僕。生涯の友人にも出会えた僕は、やがて過去に幽霊屋敷で殺人を犯した連続殺人鬼が近くに潜んでいることを知る。巨匠の青春ミステリー。
キ-2-48

11／22／63
スティーヴン・キング（白石 朗 訳）（全三冊）
ケネディ大統領暗殺を阻止するために僕はタイムトンネルを抜けた…巨匠がありったけの物語を詰めこんで、「このミス」他国内ミステリーランキングを制覇した畢生の傑作。（大森 望）
キ-2-49

（　）内は解説者。品切の節はご容赦下さい。

ジャック・カーリイ（三角和代　訳）
百番目の男
連続斬首殺人鬼は、なぜ死体に謎の文章を書きつけるのか？　若き刑事カーソンは重い過去の秘密を抱えつつ、犯人を追う。スピーディな物語の末の驚愕の真相とは。映画化決定の話題作。

カ-10-1

ジャック・カーリイ（三角和代　訳）
デス・コレクターズ
三十年前に連続殺人鬼が遺した絵画が連続殺人を引き起こす！　異常犯罪専従の捜査員カーソンが複雑怪奇な事件を追う。驚愕の動機と意外な犯人。衝撃のシリーズ第二弾。（福井健太）
カ-10-2

ジャック・カーリイ（三角和代　訳）
ブラッド・ブラザー
刑事カーソンの兄は知的で魅力的な殺人鬼。彼が脱走、次々に殺人が。兄の目的は何か。衝撃の真相と緻密な伏線。ディーヴァーに比肩するスリルと驚愕の好評シリーズ第四作！（川出正樹）
カ-10-4

ジャック・カーリイ（三角和代　訳）
イン・ザ・ブラッド
変死した牧師、嬰児誘拐を目論む人種差別グループ。続発する怪事件をつなぐ糸は？　二重底三重底の真相に驚愕必至、ディーヴァーを継ぐ名手が新境地を開いた第五作。（酒井貞道）
カ-10-5

ジャック・カーリイ（三角和代　訳）
髑髏の檻
宝探しサイトで死体遺棄現場を知らせる連続殺人。天才殺人鬼を兄に持つ若き刑事カーソンが暴いた犯罪の全貌とは？　驚愕の展開を誇る鬼才の人気シリーズ最新作。（千街晶之）
カ-10-6

マーサ・グライムズ（山本俊子　訳）
「禍いの荷を負う男」亭の殺人
平穏な田舎町で発生した殺人。ロンドン警察のジュリー警部や元貴族のメルローズ、ミステリ好きのアガサ叔母さんらが謎に挑む。クリスティー・ファン必読の名作。（杉江松恋）
ク-1-15

トマス・H・クック（鴻巣友季子　訳）
緋色の記憶
ニューイングランドの静かな田舎の学校に、ある日美しき女教師が赴任してきた。そしてそこからあの悲劇は始まってしまった。アメリカにおけるミステリーの最高峰、エドガー賞受賞作。

ク-6-7

（　）内は解説者。品切の節はご容赦下さい。

厭な物語
アガサ・クリスティー　他（中村妙子　他訳）
アガサ・クリスティーやパトリシア・ハイスミスの衝撃作からロシア現代文学の鬼才による狂気の短編まで、後味の悪さにこだわって選び抜いた〝厭な小説〟名作短編集。（千街晶之）
ク-17-1

夜の真義を
マイケル・コックス（越前敏弥　訳）（上下）
十九世紀ロンドンの闇に潜む殺人者。彼が抱くのは壮大な復讐の計画だった――イギリス出版史上最高額で競り落とされた、華麗なるヴィクトリアン・ノワール！（瀧井朝世）
コ-20-1

悪魔の涙
ジェフリー・ディーヴァー（土屋　晃　訳）
世紀末の大晦日、ワシントンの地下鉄駅で無差別の乱射事件が発生。手掛かりは市長宛に出された二千万ドルの脅迫状だけ。捜査本部は筆跡鑑定の第一人者キンケイドの出動を要請する。
テ-11-1

青い虚空
ジェフリー・ディーヴァー（土屋　晃　訳）
護身術のホームページで有名な女性が惨殺された。やがて捜査線上に〝フェイト〟というハッカーの名が浮上。電脳犯罪担当刑事と元ハッカーのコンビがサイバースペースに容疑者を追う。
テ-11-2

無罪 INNOCENT
スコット・トゥロー（二宮　磐　訳）（上下）
判事サビッチが妻を殺した容疑で逮捕された。法廷闘争の果てに明かされる痛ましく悲しい真相。名作『推定無罪』の20年後の悲劇を描く大作。翻訳ミステリー大賞受賞！（北上次郎）
ト-1-13

これ誘拐だよね？
カール・ハイアセン（田村義進　訳）
薬物依存で悪名高いアイドル歌手の影武者を務めてきた女性が誘拐された。芸能界の怪しい面々と悪党たちの暗闘がはじまる！　米国ユーモア・ミステリの巨匠の快作。（杉江松恋）
ハ-24-4

マラヴィータ
トニーノ・ブナキスタ（松永りえ　訳）
フランスの田舎に潜伏する元マフィア一家。だがひょんなことから素性がバレ、アメリカから殺し屋たちが乗り込んできた。一家の逆襲なるか？　ロバート・デ・ニーロ主演映画原作。
フ-28-2

（　）内は解説者。品切の節はご容赦下さい。

心理学的にありえない（上下）
アダム・ファウアー（矢口　誠　訳）
他人の心を操れる者たちが暗闘を繰り広げる謎の陰謀の全貌とは？　人間の心の謎を追い最後の驚愕の真実までノンストップの超絶サスペンス。『数学的にありえない』続編。（三橋　曉）
フ-31-3

ＷＯＲＬＤ　ＷＡＲ　Ｚ（上下）
マックス・ブルックス（浜野アキオ　訳）
中国奥地で発生した謎の疫病。感染は世界中に広がり、人類とゾンビとの全面戦争が勃発する。未曾有の災厄を描くパニック・スリラー。ブラッド・ピット主演映画原作。（風間賢二）
フ-32-1

真夜中の相棒
テリー・ホワイト（小菅正夫　訳）
美青年の殺し屋ジョニーと、彼を守る相棒マック。傷を抱えて裏社会でひっそり生きる二人を復讐に燃える刑事が追う。男たちの絆を詩情ゆたかに描く暗黒小説の傑作。（池上冬樹）
ホ-1-7

その女アレックス
ピエール・ルメートル（橘　明美　訳）
監禁され、死を目前にした女アレックス――彼女が秘める壮絶な計画とは？　「このミス」1位ほか全ミステリランキングを制覇した究極のサスペンス。あなたの予測はすべて裏切られる。
ル-6-1

死のドレスを花婿に
ピエール・ルメートル（吉田恒雄　訳）
狂気に駆られて逃亡するソフィー。かつて幸福だった聡明な女は、なぜ全てを失ったのか。悪夢の果てに明らかになる戦慄の悪意！　『その女アレックス』の原点たる傑作。（千街晶之）
ル-6-2

悲しみのイレーヌ
ピエール・ルメートル（橘　明美　訳）
凄惨な連続殺人の捜査を開始したヴェルーヴェン警部は、やがて恐るべき共通点に気づく――『その女アレックス』の刑事たちを巻き込む最悪の犯罪計画とは。鬼才のデビュー作。（杉江松恋）
ル-6-3

傷だらけのカミーユ
ピエール・ルメートル（橘　明美　訳）
カミーユ警部の恋人が強盗に襲われ、重傷を負った。執拗に彼女の命を狙う強盗をカミーユは単身追う。『悲しみのイレーヌ』『その女アレックス』に続く三部作完結編。（池上冬樹）
ル-6-4

（　）内は解説者。品切の節はご容赦下さい。

ティム・オブライエン
村上春樹 訳
ニュークリア・エイジ
ヴェトナム戦争、テロル、反戦運動……我々は何を失い、何を得たのか？　六〇年代の夢と挫折を背負いつつ、核の時代の生を問う、いま最も注目される作家のパワフルな傑作長篇小説。
む-5-30

ティム・オブライエン
村上春樹 訳
本当の戦争の話をしよう
人を殺すということ、失った戦友、帰還の後の日々——ヴェトナム戦争で若者が見たものとは？　胸の内に「戦争」を抱えたすべての人に贈る真実の物語。鮮烈な短篇作品二十二篇収録。
む-5-31

ティム・オブライエン
村上春樹 訳
世界のすべての七月
村上春樹が訳す「我らの時代」。三十年ぶりの同窓会に集う'69年卒業の男女。ラブ＆ピースは遠い日のこと、挫折と幻滅を経、なおハッピーエンドを求め苦闘する同時代人を描く傑作長篇。
む-5-36

マイケル・ギルモア
村上春樹 訳
心臓を貫かれて（上下）
みずから望んで銃殺刑に処せられた殺人犯の実弟が、兄と父、母の血ぬられた歴史、残酷な秘密を探り、哀しくも濃密な血の絆を語り尽くす。衝撃と鮮烈な感動を呼ぶノンフィクション。
む-5-32

グレイス・ペイリー
村上春樹 訳
最後の瞬間のすごく大きな変化
村上春樹訳で贈る、アメリカ文学の「伝説」、NY・ブロンクス生れ、白髪豊かなグレイスおばあちゃんの傑作短篇集。タフでシャープで温かい、「びりびりと病みつきになる」十七篇。
む-5-34

グレイス・ペイリー
村上春樹 訳
人生のちょっとした煩《わずら》い
アメリカ文学のカリスマにして、伝説の女性作家と村上春樹のコラボレーション第二弾。タフでシャープで、しかも温かく、滋味豊かな十篇。巻末にエッセイと、村上による詳細な解題付き。
む-5-35

トルーマン・カポーティ
村上春樹 訳
誕生日の子どもたち
悪意の存在を知らず、傷つけ傷つくことから遠く隔たっていた世界。イノセント・ストーリーズ——カポーティの零した宝石のような逸品六篇を村上春樹が選り、心をこめて訳出しました。
む-5-37

（　）内は解説者。品切の節はご容赦下さい。

鹿島　茂
「レ・ミゼラブル」百六景
一九世紀の美麗な木版画二三〇葉を一〇六のシーンに分けて、骨太なストーリーラインと微に入り細を穿った解説で、古典名作の全貌をあざやかに甦らす。関連地図付き。

か-15-7

アンデルセン（荒俣　宏　訳）
ハリー・クラーク　絵
アンデルセン童話集（上下）
「人魚姫」「みにくいアヒルの子」「マッチ売りの少女」…20世紀初頭に活躍したハリー・クラークの美しいイラストを数々添え、奇才・荒俣宏の訳でおくる美と残酷の傑作童話集！

ア-11-1

ロバート・ジェームズ・ウォラー（村松　潔　訳）
マディソン郡の橋
アイオワの小さな村を訪れ、橋を撮っていた写真家と、ふとしたことで知り合った村の人妻。束の間の恋が、別離ののちも二人の人生を支配する。静かな感動の輪が広がり、ベストセラーに。

ウ-9-1

P・G・ウッドハウス（岩永正勝・小山太一　編訳）
ジーヴズの事件簿
才智縦横の巻

二十世紀初頭のロンドン。気はよくも少しおつむのゆるい金持ち青年バーティに、嫌みなほど有能な黒髪の執事がいた。どんな難題もそつなく解決する彼の名は、ジーヴズ。傑作短編集。

ウ-22-1

P・G・ウッドハウス（岩永正勝・小山太一　編訳）
ジーヴズの事件簿
大胆不敵の巻

ちょっぴり腹黒な有能執事ジーヴズの活躍するユーモア小説傑作集第二弾。村の牧師の長説教レースから親友の実らぬ恋の相談まで、ご主人バーティが抱えるトラブルを見事に解決！

ウ-22-2

クレア・キップス（梨木香歩　訳）
ある小さなスズメの記録
人を慰め、愛し、叱った、誇り高きクラレンスの生涯

第二次世界大戦中のイギリスで老ピアニストが出会ったのは、一羽の傷ついた小雀だった。愛情を込めて育てられた雀クラレンスとキップス夫人の十二年間の奇跡の実話。　（小川洋子）
キ-16-1